島原辨天島のからゆき塔

シンガポールのミドル・ロード。ステレツ街が隣接する

言証さんとからゆきさん。ペナンの施餓鬼

無

ラングーンの施餓鬼

オランダ領テレランカツの施餓鬼

二木多賀治郎

女衒王・伊兵次

在南35年の西山竹四郎医師

闘うカルカッタ・ソナガチの娼婦たち

はじめに

富士の朝霧高原では、ハミがいちどきに麓《ふもと》の町へ向かって、疾《はし》りだした年があったという。まっしぐらとあって、崖下も瀧壺《たきつぼ》もハミの亡骸《なきがら》で埋まった話を、地域の古老に聞かされた。ハミはねずみを指す。

私はその話を聞いたおり、凶年のハミのハミ出しにも似た、渡海からゆきを意《おも》いやっていた。二十世紀以前の維新には、すでに壊《こぼ》たれた武士の家から、二万余の娘が女郎群に身を投じていた。二十世紀の初めには、庶民層の娘たちの渡海が、ドッと数を増したといえる。

ハミ出しのからゆきは、女衒《ぜげん》による拉致《らち》もあれば、自らもからめとられ、地球規模で〝粘液地獄〟へと堕《お》とされたのだった。

鎖国から開国へと、そしていちどきに列強の刺激を受けたお国は、女には苦獄の病巣制度を崩しもせず、その後世紀の半ば過ぎまではずしはしなかった。

仕法と風土の仕繰《しくり》は、女性に「生のなかの死」を、くれてあったといえる。お女郎、からゆきという無明時代に続く、十五年戦争期の軍娼（慰安婦）は、アジア属国や占拠地の女性にまで「死のなかの生」を与えた。

「慰安婦たちの太平洋戦争」で、国策売春という問題のはしりを世に問うた私は、侵攻先の研究所で、これら女性の呻《うめ》きを聞き、命題を荷《にな》わせられての仕事だった。

抑圧され、埋みこめられた古根捜しが、アジア、北米、アフリカ、中南米、南米へと、私に遍路の旅をくれた。

もはや相《すがた》が失せた彼女たちであり、その内なる因果、外枠に縁《よ》る因縁をまさぐったのは、二十世紀を共生した私の、同性への悼み心のせいといえる。

女郎花は詩えたか——目次

女郎花《おみなえし》は詩《うた》えたか

第一章——波濤の涯《はて》へ

石炭《コール》は冥府の色

島原の町には、二十世紀の半ばというのに約十人からの帰国からゆきが現存していた。シンガポール女街《ステレツ》の最盛期に、密行したからゆきたちである。

彼女たちは明治二十年代（一八八七—）の出生者だった。当時、彼女たちの向かったシンガポールは、——六百人余のからゆきのほかは、まだ有力な商店久しく、不正産の婦女のみ多い。南進組女性はあわせて六千人（「南洋及日本人社」一五〇号）と、記されていた。

だがその頃、日本からの主なる石炭の輸出額からすると、彼女たちは石炭輸出の六十分の一を稼ぎ、その中から法人ゴム経営や故郷送金にまわしていった。

夏代の渡航は明治三十六年（一九〇三）で、その時のシンガポールの邦人職業は、通訳一、医師二、娼館九十九、からゆき五百八十五名と、「通商彙算」（六六号）に見られる。

すでに貧家の娘を廓《くるわ》に運ぶ女衒《ぜげん》という国内での周旋屋は、関東で五人が東北まで仕切り、名古屋、大阪、岡山、広島、長崎の各地には名だたる親分がいた。国外への石炭《コール》輸出と相まって、国内外の女衒、楼主、ヤクザ、船員、バクチ打ち、ゴロツキなどの人売買網が、地球規模にはりめぐらされ、列強ならびに北米製材所《ソーミン》の大帆船も運び手になった。

もっとも夏代たちの親の代から、天草や九州の人々は、沖合を通る多数の黒船を見ていた。帆走のかたわら、石炭を焚く蒸汽機関の動力で、両舷の大きな外輪を回転させ、黒く船体を塗っているので黒船と呼んでいた。したがって、沖合の異国船から世界を身近に感じとっていたといえる。だから、東京へ行くより上海や香港が近いと感じていた。

からゆき密行と石炭輸入を、「シンガポール港湾史」でひき比べ、考えさせられたことがあった。香港など清国への高島炭の輸出では、チャーターされた長崎からの輸送船マーシャ号に、女と三名の男を長崎で乗せた。船長マッキントッシュは、一人あたり九ドルを受け取り、船上点検のある時は、からゆきたちを船艙に隠したと、同年の外交資料にも公開されてあった。

高島炭が英人グラバーの目にとまったのは、彼が入国した安政六年（一八五九）に、まずオランダ人技師が造成中の飽《あく》の浦長崎鎔鉄機械所（後の三菱造船所）を見てからである。鋭い眼でエネルギー源の石炭需要を考え、高島炭鉱を頭に入れた。

すでに佐賀藩も洋式蒸汽艦隊を持ち、薩摩も十一隻の艦船のほかに帆船も持ち、船舶修理のドックを緊急に欲していた。そこでグラバーと薩摩が組み、旧小菅修理所を完成させたのは明治元年（一八六八）であり、グラバーは大貿易商に成り上がっていた。彼は天草の北野織部に邸を建てさせ、かつ弟には佐賀藩から経営を頼まれた高島炭鉱を共にやろうと持ちかけた。

高島は長崎湾口に近い島で、燃える石を最初に見つけたのは五平太であったから、石炭はこの地で五平太といわれた。狸掘りの簡単な採掘で得た石炭は、鍛冶屋、つぎに瀬戸内の製塩業者たちが、二十反帆二十五隻ばかりで運び出し、それらの船まで「五平太船」と呼ばれたという。

離島には、もとから暮らしていた島人のうち、女たちが労務者に狙われ、殺人沙汰も起こしていた。長崎海軍伝習所の主任教授であるカッテンディーケの記録には、――海抜百フィートに炭坑の入り口があって、坑道五フィートの高さを有し、手入れがなされる安全な道を二十五分くだると、門壁のようなところに来た。それはギラギラ光る石炭《コール》だった。坑内には、裸体に近い男女が上へ下へと走りまわっている――とある。

すでに同坑に立ちまわったグラバーは、近代様式の掘削機《くっさく》などを、オランダからイギリスへと切り替えだした。英人技師も招いて、堅坑開発を行なった。石炭は英国のニューカッスルや各坑の石炭に優るとも劣らずのものだった。

日本がその頃、初の通商条約を結んだのが明治四年（一八七一）であり、石炭輸出とともに、船艙に押しこめたからゆき輸出も始めたのだった。上海や香港への密行からゆきによる売春街は、このように石炭輸出とからみ合わせたものなのであった。日清貿易の裏目玉娼品が、からゆき人売なことは哀しい。

長崎の高島坑は明治五年（一八七二）、中央政府が掌握に出た後に、明治十四年（一八八一）より三菱岩崎に移している。

マーシャ号による三十二人の密航婦発覚の明治二十年（一八八七）の同坑の出炭量は、三十二万六千トンであった。

一方、夏代の出港地と、三井の石炭はどうであったろう。

高島炭坑が官営より三菱のものとなったように、大牟田炭鉱も三井のものとなった。高島坑であり得た次のようなことは、三井でも起こり得たことだった。

——坑夫の逃亡には残酷な蹴り、打ち叩き、釣り上げのほか、コレラの侵入では半数の千五百人の坑夫を失ったことや、ひとたびコレラの発症と見るや、発病一日後には、海辺に設けた大鉄板の焼場にならべて焼殺もし、また翌十八年（一八八五）に天然痘がはやりだすと、古い酒樽に死体を入れて焚殺《ふんさつ》もした。

ことに問題なのは、両坑とも多数の懲役囚人を酷死させたことである。三池鉱囚人墓は、今でもそれらが語り継がれている。初期の資本経済は、女工やお女郎の年季証文が同じ形式だったり、棄民《きみん》同様に人売網にからめとられる悲惨な基盤の上におかれてあった。

三井は三菱に負けじと、有明海奥の炭田を開発して対抗したが、遠浅なことと満干の差が激しいとあって、大牟田で大型船に石炭を詰めず、艀《はしけ》につんで有明港口の口ノ津まで運び、貨物船に積み替えて輸出した。

口ノ津港は明治四十一年（一九〇八）、大牟田が団琢磨の英断で、インドのカルカッタにみならい、ゲイト式の築港が完成するとともにさびれていくのだが、それまでの三井炭は、バッタンフルはサッスーンと称された。ユダヤ系香港船株式会社で、バターフィル・カムパニーと呼ばれ、煙突を青く塗っていた。したがって、異国行きの貨物船を、土地の人はバタフルと呼びならわしていた。

（「天草海外発展史」北野典夫）

夏代が生まれる六年前、石炭入用のために口ノ津に入港する船は、異国蒸汽船約二百杯。国内蒸汽船六十三、日本型回船四千二百五十一、西洋型帆船四十二とあって、これらの船の石炭庫にくりこまれる密航婦は、半端な数ではないことが考えられる。

帆船が石炭を入用とするのはおかしいようだが、帆走のかたわら石炭を焚く蒸汽機関の動力で、両舷の大きな外輪を回し、快速で走るのである。それは、維新前の各国の黒船にも見られた。また、オランダ東洋艦隊なども、帆走兼外輪丸も幅をきかせていたといえる。

南進からゆきの大集娼区となったシンガポールといえば、T・S・ラッフルズによって英領となったのが、幕末に伊能忠敬が日本地図をまとめて五年目のことであった。シンガポールは自由貿易港として建設され、商人の定着が進んだが、ことに明治二年（一八六九）、スエズ運河が通ってからは、国際貿易港としていっそうの発展をつづけていた。

シンガポールの建設には、大陸からよりつきの労務者が、夏代の出向く二年前の明治三十四年（一九〇一）の時点で、十三万三百六十七人にも達していた。それに三万を越す華人女性のなかの娼婦は、夏代が渡航する前年の公娼中九割を占めていたとされる。

性娼品は、海峡植民地の英・蘭の部隊、植民者、華人、マレー人労務者相手で、まったくの女日照りの中の〝万人花嫁〟として存在していた。

娼婦の中には、イギリス人をのぞくヨーロッパやロシアの女性が、花街《ステレッ》に沿った八戸の娼館に三十名も見られた。

夏代の出向く前年の明治三十五年（一九〇二）のシンガポールのからゆき出身県は、「長崎百八十七、熊本九十六、山口二十九、門司・福岡三十二（筑豊炭積出港）、佐賀十九、愛媛十九、広島十八、大分十六、その他二百五」であった。（「からゆきさんと経済進出」）

三菱の高島石炭《コール》を扱う長崎港と、三井石炭積出港である口ノ津を要する長崎県は、からゆきではダントツの一位であり、つぎが天草を主位とする熊本県である。なお、筑豊炭積出港の福岡・門司とも、密行婦と石炭庫《ダンプロ》の話が多く伝わっている。

門司港を出る船の石炭庫には、周旋屋に引き連れられたからゆきが乗る。

時化《しけ》にでも合うと、船の動揺から崩れ落ちる石炭の下敷きになって、押しつぶされて死ぬというより、肉をもみくちゃにとり剝《は》がされ、黒い塊の骨となって拾われたとか、ひどい勢いで石炭《コール》が摩擦して自然発火をし、黒焦げで死んだとか。中でも基隆《キールン》の粉炭などは、自然発火が激しかったという。

どうかすると、牛肉のふやけたような腐肉を、火夫がスコップでしゃくることもあったという。鼻でももぎられそうな臭気の中、固い石炭だと思って突っこんだスコップの手応えが、意外にも皮一枚を残し、中味は腐れかぼちゃにも似た人間だったりしたという。

また、門司港を出たおり、十数人の密行婦と誘拐男二人に、手引きの船員が二、三日、飯をくれたが、その挙動を仲間になじられ、めったなことができなくなった。石炭庫の女たちは、渇きと飢えとで、台湾沖では熱気も増したことから、水道管に噛みついた。

船では水が出なくなり、調べまわって石炭庫におりたところ、よろめき出た四、五人の女がおり、中には唇を血みどろにしてこと切れている女もいた。女たちに誘拐男たちは噛み殺され、石炭に埋めこまれてあったという。

その門司だが、夏代の密行年に、島原南高来郡上黒村から五人、加津佐村から九人の密行婦が、門司海岸の石炭堆積場から、ノルウェー船ソールム号に乗り込み、発見されて裁きにあっていた。

また、香港へ向け門司港を出たノルウェー汽船が、出港後六時間してビザを持たない女たちを見つけた。調べてみたら、四十八人ものからゆきと、八人の誘拐男まで見つかった。仲介の華人コックが、船長に取り引きを迫っても拒否され、船は下関五キロの六連《むつれ》島に引き返し、日本の警察に届けた。

「香港に行けば、ウンとカネがもらえるから」といわれ、石炭積みの小舟で汽船の石炭庫に押しこめられ、ウンコもオシッコも石炭にし、三日間なんにも食べさせてもらえなかった。火夫時代の米窪満亮は、――その時の十五歳から二十歳前の三十人以上は、天草乙女だったと記録している。

だまされる貧家の娘たちには、この巨大な蜘蛛の巣構えの人売買網が見えはしない。国の内外を問わず散在する親分女衒たち、口入れ屋、前科者、やくざのネットワークなのであった。

長崎でも口ノ津でも、フロ屋や興業主、旅館や港の人足屋、フロ屋の手引き女など、あらゆるところにからゆき誘拐の手合いが見られた。

石炭《コール》の泥人形《べんたろさん》

つぎに密行婦の船艙や水槽タンクの様子を、夏代の語りで知るとしよう。

昭和四十七年（一九七二）、帰国からゆきが島原に生きていた。八人は八十三歳から八十七歳までで、明治二十年代生まれの人たちである。

夏代のことは、島原文化財委員の吉田安弘氏の訪問で知らされた。彼は宮崎康平氏に彼女を紹介し、宮崎氏は「九州文学」に「ピナンの仏陀」の題で、夏代を載せた。私はこのことで現地取材もし、英政府の動きなどを重ねて、夏代を見つめ直した。

他のからゆき川井トエ、伊守居スエ、永田セイ、入江キクノ、満井ソノ、本多タツノなどは、故人となった池田強さんが、農大の卒論に記し、それが知人だった私に贈られたのである。夏代を始め、他のからゆきも、私なりの取材と掘り下げを重ねてみることにする。

夏代は島原城下字萩原の生まれで、口ノ津で風呂屋の主人をよそおった、女衒を本職とする田村茂七が、配下の手引き婆さんを、島原湊道にあった風呂屋のてんぐ屋に張り込ませ、くどかせた女性である。

島原おはるという女性も、このてんぐ屋の婆さんの手引きで、からゆきとして渡海したが、生死の消息は立ち消えたままである。米一升十銭の頃の渡海女性とすると、夏代などと同年代といえよう。

夏代は明治三十六年（一九〇三）十月三十一日、亡母の四十九日に一日の休暇をとって家に帰った。十六歳で町の有明楼の下女奉公に、月一円で雇われていた。家には神経病みの父と幼い妹がいた。

銭湯で五十がらみの手引き婆さんに、「六円五十銭もくれるところがあるばい。明日、浜の肥前屋まで来るがよかたい」と、声をかけられた。

夏代は小学校の四年時から、下女として住みこみ、年に五十銭をあげてもらったが、父と妹がその二円では暮らせなかった。

肥前屋に行くと、ヒゲの野口は、その働き先は長崎の「花月」と嘘でつった。

鉄道の敷かれた長崎から、その頃、島原への便はまだつながっていなかった。町や村から娘を運ぶのは貸切馬車で、ピッポーとラッパを吹かないのは、たいてい密行娘を乗せていたからで、土地の者は「ロノ津行きが通る――」と、悲痛な声で呟《つぶや》いた。

当時の島原波止場には、筑後川上流を含む筑前、肥後、筑後の物資を乗せた船が集まり、停泊の蒸汽船（ひぶね）に乗り込ませるため、艀《サンパン》が何度も往復していた。

島原港でさえ、鉄道が明治四十一年に敷かれるまでこの盛りであった。まして口ノ津は明治十二年（一八七九）、特別輸出港に決まり、その二年後には外国蒸汽船百九十四隻、蒸汽船六十三、西洋型帆船四十二、日本型回船四千二百五十一という増え方であった。

島原港まで第一関門の駐在所前を、馬車は無事通過できた。船は長崎行きと思っていた夏代たちが、口ノ津止まりに乗せられた。島原港から船は深江、堂崎、線川、田平と沿岸の浦々に寄港してから、島原が右、左が湯島の白い燈台が見え、そこをやり過ごすと口ノ津はすぐだった。港口の宿をとると、ヒゲは外出から帰って来るなり、

「家へ戻ったら、頼んだ女中は要《い》らんという手紙がきとった。こがんことなら、四、五日前に便りが届いとりゃ、何も心配せんで済んだとに、俺まで費用《どうよ》ばかぶってしもうたバイ」

「殺生《ちよそわし》げな旦那さん——。ひとば嬲《きやあく》りだまし、今頃ン なっチ——このままじゃ、実家《えんち》に戻らりぁせん」

ヒゲは罵《ののし》られてもとぼけ、その後、

「他にもあるが、よか口じゃなかとタイ。その店はウースン路さ。博多屋ちゅうて花月の倍もある宿屋と料理屋とチャンポンはやらん……ハイカラせんとな……上女中のような仕事すればよかタイ。行きとうない者はええぞ。好かァ着物着て、米の飯ば食うて、楽な仕事で十五円じぁ。ピカピカの指輪で欲しか者、ちいと思いきって行け！」

「上海はぁ長崎の街ごたる。島原ン者も沢山《そうにや》行っとる。総員《そうよ》で行け。費用《どうよ》は心配せんでええい」

その費用《どうよ》は百円もかかるという。

「驚いたか。まぁ聞け、ところが心配せんでよかとじゃ。俺が十円でいかれるようしてやる」と、ヒゲはなだめた。

「だがよ、旅券は警察、郡役所、県庁とめんどうだ。つぎに注射じゃ。十六本もぶっ続けにせにゃならん。もう一つ検疫所で素裸にされて××の中まで調べるじゃからのう。そんで戸籍謄本と比べて、嫁にいっとらん娘がアレとったら落第じゃぁ。国の恥とされ追い返されるお前たちに、そんな者は居らんじゃろうが」

　そしてヒゲは、えへへ……と笑い、おさよは恨めしそうにヒゲを見、お梅は赤い顔をしてうつむき、たけのは無感動に聞き、夏代だけがまじめくさった顔で聞いた。

「米一升十銭、百円の費用があったら、お前たちの欲しいモスリンの着物が三十枚も買える。だから、そんな大金を使うことはない」と、ヒゲは密航を承知させ、知り合いの船長が来るまで、宿の下働きをしろといいくるめた。

　その頃、口ノ津には沖縄の与論人が、数百人も移り住んでいた。その辺りを、町の人は唐人町と呼びならわしていた。彼らは石炭船の荷役をしていた。

　口ノ津は、島原港より港内は幾十倍も広く、二つの岬で馬蹄型に抱かれた港のまわりは人家が密集し、右手の突端近くの広場には、うず高く盛られた石炭の山が目を引いた。

　港内には曳船《タグボート》に曳かれた数十杯の艀《はしけ》が、港内を走り回り、石炭を積み込むために、ガラガラとデレッキを動かしている船や、甲板で蟻のように立ち働いている船もあれば、赤い船腹を突き出して浮いている船、石炭を積み終えてずっしりと深く沈んでいる船もいた。それらの貨物船の間を縫うように、長崎行きの小蒸汽が港内に進むのも見えた。

　夏代は島原生まれだから、藩主の御用船を船蔵に曳き上げる船曳き歌のハイヤ節を、働き出した宿で良く聞くことがあった。

　　ハイヤェー　ハイヤ

ハイヤ可愛や　今出た船はヨ
どこの港に（サエマ）着く頃じゃろヨ
貴方《うん》と寝るともんか、銭と寝っとサー
貴方と寝ると思たなら
腹が立って　たまらん
　ハ　ヒイタ　ヒイター

夏代たちは生まれた頃から、天草鬼池村の久助どんという人買いがいると聞かされていた。この久助に密航を頼んで海外に渡った話を、明治十一年（一八七八）生まれの下田伝之助は、九十四歳で死ぬ時まで語りついでいたという。

当時、女郎もからゆきも「二本奴《ど》」と呼ばれていた。久助は国の内外を問わず娘を売ったが、「二本奴」とは女郎の身代金が、穴あき銭を縄に通して二本、つまり二貫匁で売られた時代の名残りであった。

港には「おこんご」という廓街があった。おこんごはポルトガル人が、永禄五年（一五六二）に、布教で入りこみ、ついた名で、彼らの南蛮貿易には有馬の領主が繋《つな》がった。

いよいよ密行船が来るとあって、夏代は船底で食う芋鉛《チョロキン》、落花生《どうはっせん》などを買い込み、街をながめたりした。おこんごでの崩れお女郎を見たおり、この先の自分に、夏代は突風《ばめき》のような不安を感じたにちがいない。

明治三十六年（一九〇三）十二月二日、夏代を乗せるフランスのエルネスト・ブーランジュ号が、港口に姿を現わした。

天草娘たちは、船首の予備《アンカ》の水槽に押し込められた。アンカとは、揚錨機《キャップスタン》のすわった舳《へさき》の三角形の下の、飲料水タンクである。天草娘は、空の予備水槽にぶちこまれた。当時の船は、ここにマンホールからもぐりこめるようになっていた。

ここは監視の目が届かず、密行者の一等席とされていた。この時、三十人もの人間がひしめいて、アンカ部屋入りをした。かかり船で先乗りをした天草娘十六人と、ヒゲの手引きで脱走をはかる五人の凶状持ちは、石炭庫《ダンブロ》に入れられた。

かかり船とは、本船に女を運ぶ船を指したという。昼は娘たちを船底に隠し、何喰わぬ顔で漁をしているようにみせかけ、二日も三日も投錨《かか》りながら、本船が来るのを待機する船である。

夏代たちが船艙《ダンブロ》の中に移される時、縄梯子をたぐる支那人の男にヒゲは、「天草の娘もうまくいったんじゃろうな」と言った。

甲板から縄梯子、つづく鉄梯子を降りると、暗くて湿っぽい船艙についた。爪先が触れたと思ったら、ザザッとひざまでめりこんだ。石炭の山は息苦しい臭気と湿気で、そこにも三十人もの人間がひしめきあっていた。そして、石炭山はやがて糞《くそ》だらけとなっていく。

牛深の松、夏代の同行娘はさよ、たけの、お梅と四人、ほかに天草娘十六人、ヒゲと彼の手で国外脱走しようとしている五人の凶状持ちがいっしょだった。

石炭庫《ダンブロ》には、梯子伝いに水とパンが届いたりするが、凶状持ちの男たちは、娘の分もかすめたりするなどの騒動が絶えなかった。空瓶での殴り合いに、「汝《うぬ》ら、おとなしうせんかい！」と、手引きのヒゲが一喝くれると、闇の中で五人はペコペコして詫びた。

また、船艙の闇は、容赦なく人を野生の動物にする肉欲地獄でもあった。

夏代は、もやもやする太股のあたりにおどろき、膝をちぢめ、精一杯の力で身をよじりながらひっかき、秘所を押さえられれば、すかさず袷《あわせ》の木綿針を男の手に刺した。うろたえるヒゲ。だが、左方からも手がのびてくる。それは長吉だった。その長吉がお梅を抱いた。しっかり抱き合ったお梅と長吉。やがて放心したように、梅の体が夏代にもたれかかり、彼女の動きがそのまま伝わってきて、夏代は次第に動悸も高まり、息がつまりそうになった。

そこへおさよを抱いたヒゲが、右膝を夏代の股の肉に割り込ませ、グイグイと体を押しつけてきた。

船艙の騒ぎが一つ峠を越しておさまると、彼女は鉄梯子を登った。お梅も食物を持っている夏代について登り、一番艙の荷の間に割り込んだ。上からおりてくる王《ワン》とお梅がかちあい、王がチェッチェッと音をたて、つぎにチャラチャラとバンドの金具を鳴らすと、夏代の側の箱が連続してきしみだした。

司厨長《しちゆう》の王は、「ソコニイルヨ。おいしいものを持ってくる。きっとソコイルヨ」と、消えた。二人は山積みの箱の中で、王が来れば夏代は身をひそめて日をおくった。そこは石炭庫より寒かったが、手足をのばして眠ることもできたのに、ねずみの大襲撃で夏代は、信玄袋の手持ち食糧を奪われ、舶来の石鹼もかじりとられた。

お梅には、王がさし向けたアルジェリアのピエルまで通い出し、夏代は不思議な力で官能をかき乱され、「汚《よそ》しうなかったナ？　あげんされても」と、激しいたかぶりで聞いたりした。

五日目に王からもらった水が、いやな臭いを発していた。

六日目は揺れだし、下痢と吐き気が二人を襲った。

八日目、汕頭《スワトウ》の沖にさしかかった。一大事件が起きていた。甲板員が洗面所で顔を洗おうとして、悪臭のする濁った水に気づいたのだ。腐った膿《うみ》のような血が、コックからドロリと出、ブヨブヨした肉片らしいものが洗面器に落ちたのだった。

ジャン・マロウが娘たちを、予備水槽に入れた失敗から始まり、悪事がバレたのだった。

それで石炭庫《ダンブロ》の人間も、香港からあと二日というとき、船艙の一部のマンホールから、舷側の水槽にもぐりこまされた。

船長のマックスは、屍体処理を王に命じた。腐乱しきって白骨の剥き出した二十数名の天草娘と、誘拐者の三人は海に投棄された。天草の耕田《じいだ》も持たない貧家の娘たちが、渡航なかばで死んでいったのだ。貧しい自分の境遇と重ねて、島原の夏代たちも悲しんだといえる。密航婦の船底地獄は、何百という他の例があった。

十日目、ブーランジュ号が錨を入れたのはマカオだった。支那風の家がひしめく丘に、セントポール寺院のひときわ目立った屋根が見えた。

三日間マカオに停泊したが、もちろん夏代たちは、外の景色も見られず、空気も吸えたわけではなかった。夏代たちは、舷側の空の水槽で四昼夜を過ごした。

王が給水管のバルブを閉めておいたので安全だったが、なにせすし詰めなので、タンク内では小便と大便を、仰向けでやりっ放した。そのうち飲み食いの補給も止まり、大小便も出なくなった。稀薄した空気の中で、絶叫し、喚きだし、そして口も利けなくなった。

タンクから出されたとき、誰もが骨を抜かれた人間のように、フラフラになっていた。石炭庫《ダンブロ》の上に降りて、二、三歩も歩くと、へたって座りこんだ。

娘たちのうち、天草高浜のお美代、天草御領村のおかねは、血を吐いて死んでいた。布津村塩入崎のまさよは、下痢が止まらず、糞まみれで死んでいた。牡丹の鉄、博打打ちも血を吐いていた。

ヒゲは「もったいなかことをした」と、長吉、松吉へ、「汝《われ》たちの分け前、二、三百円ずつも失《な》くしたぞ」と漏らした。

四人の死体は、雷州半島の沖に捨てられた。船艙から夏代とお梅は、また鉄梯子を上った。が、ピエルも王も臭いと寄りつかず、また二人死んだ。あらくれ者で傷害犯の沖仲仕の虎吉、岡引き専門の姦通と窃盗四犯の五位鷺の豊松が、水のことでケンカをし、豊松の方が死んだ。頭から血を噴いてぶっ倒れたのだった。

数日飲まず喰わずで熱帯海域に入ると、船艙の温度が上昇し、人々は狼犬のように這いずり回った。

五位鷺は高熱を出し、頭が痛いと転げ回り、十日目あたりに発狂死を遂げた。その側に天草上津浦のお清が死んでいた。娘たちの頭には虱《しらみ》が群がり、体のあちこちを蛆《うじ》虫が這い回った。

人々は、誰も口を利かなくなった。船艙の中は、熱気ですぐ死体は腐敗しだし、大小便の臭気と混じりあって、息をするのも苦しかった。

王があわただしく梯子をおりてきて、口笛を鳴らし、シンガポールに夕方、着くと知らせた。ヒゲは「多謝《トーシェ》」を口にし、「連絡を頼んますぞ」とかさねた。

王が鉄梯子を上ろうとするとき、ヒゲはまた、二人死んだことを王の背に語った。

投げこまれた麻袋《ジュート》で死体を包み、長吉と松が担《にな》って、暁のシンガポール海峡へと捨てたのである。

夏代は花街《ステレッツ》暮らしの中で、C・J・フォックスに請けだされ、本妻まがいの洋妾《ラシャ》暮らしに入るのだが、後年には別離も待っていた。

フォックスの曽祖父チャールズ・ジェイムス・フォックスは、一七八三年、ノース卿内閣におけるアメリカ合衆国の独立と、インド改革法案を提唱した外務大臣で、英議会において奴隷解放を叫んで、国王の怒りにふれた。だがその後、このこともあって米国は奴隷解放のため、数十万の血を流す南北戦をやりのけたといえる。

二人の出会い、別離とは、どういうものだったのだろう。夏代も語りきれず、また収録者にも見えなかった状勢の流れなど、私はいろいろな面から夏代を追ってみることにしたい。

競《せ》り落とされる娘たち

みんな精一杯の力で、縄梯子を昇った。甲板に出ると、一人ずつ海へと投げ込まれた。夏代は殺されるのだと思ったら、迎える一団が二隻の船と別れ、海の上に張ったキャンバスで受けとめた。

十六人の娘とヒゲを入れた七人の生き残り組は、小船に収容され、船板に横這いにさせられ、上から筵《むしろ》で覆われて、ブーランジュ号を離れた。ロノ津を出て二十四日目の十二月二十五日、クリスマスの晩だった。

「石垣に沿うて、砂の上を這ってゆけ！　絶対に声を立てるな」と、厳しい口調で指示があった。

幾十日ぶりかの陸地の肌に触れ、夏代は力が湧いた。娘たちは四ツン這いで夢中に這った。

「石垣をのぼれ」と、日本人の声がし、入り口で一枚の筵をかぶせられ、亀のように深夜の路上を這いだした。

家につくと、燈火を消した玄関から、ゴザの上を伝って、広い居間に通された。居間中に敷きつめられたゴザには、砂や石炭粉がバラまかれている。その広間には食卓がしつらえられ、真ん中に大きなお櫃《ひつ》が乗っていた。

みんなそこへ駆け寄ると、若旦那風の金縁眼鏡の役者のような好男子が、「待てー。みんなが来たら、ゆっくり食べさせてやる」と、制した。

そこは青井という旅館である。青井は陸軍大尉で、軍偵として前年から乗り込み、旅館経営をし始めていた。

アフリカが列強の探検家やスパイで埋《うず》まっていった時期の明治二十二年（一八八九）頃、日本もアジア各地に密偵をはりめぐらせていた。この年代、シンガポールで国際誘拐魔の女衒として名を馳せた村岡伊兵次も、一八八六年、軍偵の上原中尉について中国北辺部を歩きつくしている。

密偵を教唆し、告発者に金を出す時代を持つ日本は、なかでも古くから渡し守と楼主に密偵を任じていた。

青井などは、表は旅館でも国事探偵であった。国からも多額のまかない費用を得た青井などに、脛《すね》に傷をもつ女衒も楼主たちも、国のためとあって二足の草鞋《わらじ》をはくのだった。そのことはシンガポールならず、汎アジアにわたってその動きがあったといえる。

女たちは二階のフロに案内され、先を争って水を飲むと、つぎに脱衣場の木箱に、臭《くさ》い衣服を捨てさせられた。

女たちは鏡の前に立っても、船艙《ダンブロ》の石炭粉で真っ黒の顔は、見分けがつかなかった。それでも生き残れた嬉しさに、彼女たちはキャッキャッとはしゃぎまわった。

年増女中が一人に三つずつ卵を配った。それで体を洗えといわれたのに、娘たちはみんな口へと流し込んでしまった。

シャボンをつけて洗っても、石炭の汚れは取れず、頭の虱はお湯をかけただけで、ひとつかみも取れ、蛆虫は頭髪の中だけでなく、陰部にまで喰いこんで、引っぱってみたが取れず、夏代は恥ずかしさを忘れておさよに取ってもらった。

フロをすますと、アッパッパを着せられ、やっと食卓に向かえたが、一度に食べると悪いと、飯も汁も二杯までであった。

つぎに広い洋間へと案内されると、中央の大きなテーブルに、中年の女が十人がらみ座っていて、側に長吉、松、ヒゲが並んでいた。

娘たちの手前には、バナナが籠に山盛りにもりつけてあった。食べるだけ食べてよろしいという。バナナをもぎとる仕草、皮をむく仕草、口に運ぶ一切が点数として算盤《そろばん》がはじかれていることを、彼女たちは知らなかった。

娘たちの向こう側では楼主の女たちが、その算盤をガチャつかせながら、ヒゲとの品定めがすすみ、ややするとポンポンという手打ちの音で商談が終わり、娘たちには次の部屋で、コーヒーとケーキが配られた。

そこは彼女たちだけで、気がねなく船のことや里のことなども話ができた。これが二千六百哩《マイル》の浪路を越えてきた娘たちへの、せめてものお別れパーティーだった。

「今から、それぞれの宿へ行くんだ」。数台の馬車に、娘たちは買い取られ先へと出向いた。花街《ステレッツ》でも、マレー街は群をぬいており、娼館数三十数戸、ブギス街の約六倍強であった。二倍はマラバ街、ハイラム街、バンダ街、ごくわずかなスプリング街、サゴ街であった。

夏代は、マレーストリート一六〇番「草野楼」へ引きとられた。草野は島原千々岩村の出身であった。天草志岐のおつねもいた。

楠村のおよねは、少女の時から潟《がた》の埋め立て工事を見て育った。御領の銀主石本勝之丞が、五十町歩の海を埋め立てたが、防波堤がグラグラと海底にのめりこんで、潟はゆるみなく排水工事が続けられていた。

からゆきに堕《お》ちた娘たちは、みんな似たりよったりの貧困をくくりつけていた。志岐のおつねは漁師の娘だった。彼女が幼い頃、はやりの漁網で、海中のイカ、イイダコを取りつくされた海には、金になる桜ダイの魚道が消え、零細漁民は貧苦に喘《あえ》いでいた。

彼女たちはつぎつぎと室に呼ばれ、尻をめくられた。夏代はヒゲに女郎になると約束した覚えがないのに、どうしてなのかと、彼女の心の底に無意識に身を落とすことへの反発があった。出が城下の萩郡であり、足軽だか、中間だとしても、士族という気分があった。

たじろぐ夏代に、二人の男がすかさずベッドへ仰向けに押し倒すなり、両足を肩まで曲げ、太股を開くなり、二本の指を陰部に突っ込んでまさぐり、

「ほんに珍しか。上等タイ」と、夏代の体から手を放した。

こんな辱《はずか》しめをなぜと、彼女は口惜しくて泣けてしようがなかった。

およねも、おつねも、「スッポンタイ」と帰された。そして、紙っきれに拇印を押させられた。何が書いてあるのか、読めないというと、

「あんた方、ここまで来るのに、たいそう金がかかってるんじゃ。読んで聞かそう。まず渡航船賃六百円……」

娘たちは驚いて息をはずませ、草野楼主の側へ詰め寄った。船艙の地獄、上陸後の競売。これらの風景は、からゆき渡海先々の北米、ハワイ、豪州、セラウエシ、スラバヤ、フィリピン、ビルマ、いずれの国々でも見られた風景といえる。

「口ノ津で、こっちへ来る賃は十円と聞きました」

草野はとりあわず、せせら笑いで、

「入国手数料五十円、各地旅館立替え五十円、小遣その他立替え五十円、斡旋《あっせん》手数料三十円、衣装代、調度品その他支度金百二十円、合計九百円じゃ」

夏代は両手をふるわした。紫色の百円札が九枚、頭の中でグルグル駈け回った。

草野楼のマレーストリート一六〇番のその家は、通りから奥へ鉤《かぎ》の手に続いた二階屋で、四十近くの部屋があった。

さて、シンガポールに夏代の頃にいた西山竹四郎「在南三十五年」によると、

――女衒宿に船から連れていかれる。苦しい航海でやせさらばえ、目をおちくぼませた女たちが、仲介者本陣の宿にて湯に入らされ、飯をもらい、寝させてもらう。その間、忘八（買手楼主）との取り引きがなされる。

「それ者あがりの姐御」もいる。けちをつける買い手、箔をつける売り子。どこでも同じで、顔の良いのに価がつく。
①内地業者に払う金、②船賃（密航の口止めや話料など）、他に車代、宿代、当座の着物、大きいのは周旋《しゅうせん》料とある。
草野楼の料金はショートで三ドル。オールナイト十五ドル――だった。にわかに膨大な借金を負わされ、四人の娘たちは打ちのめされた。闇のあの石炭庫《ダンブロ》や、息の詰まりそうな予備タンクで死んだ天草の娘たちが、一瞬幸せにさえ見えたのもこの時だったろう。

やり手のおしまは、ワセリンを交接前につけることを教え、自分も一日で二十六人の客をとったといった。

ショートタイムの客とすましたら、「フィニッシュ」といって押しやらないと、すぐまたのしか

かられる、などの注意をくれた。娘たちは、

「こげん遠いところへ来てしもうたんじゃから、あきらめるより他《ほか》なか。一日も早く稼いで親許に銭ば送らんと」

「何と言われてみても、おどみゃそがんことはせん。おしのさん、どげん汚なか仕事でも、きつか仕事でもするケン、ほかに下働きの仕事なか」

おしのが島原出とあり、夏代は思ったままを言ったのだろう。

夏代は処女だったということで、抵抗を大目に見すごした草野楼も、そのかわり廓の水揚げにならって、高い娼売を思いめぐらしていた。

ちょうど物産スパイの百太郎が、草野楼の目にかなった。その頃、日本は対露作戦のため、ゴム入手に悩み、日本政府は百太郎に買い付けを依頼してあった。なにせアマゾン産の天然ゴムが、米国の急増する車のタイヤ用に買い占められていたのだった。

百太郎は、日をかけて夏代を女にした。花街《ステレッツ》のからゆきは、国内のお女郎よりは、やり手婆なしでの外出も時にはできた。娼売に馴れてきた夏代が、それでも初めて路上に身をさらしたとき、体じゅう泡立つような羞恥に襲われた。

一方、夏代たちを連れ出したヒゲは、松吉だけを誘拐のために帰国させ、ハイラムストリートに一戸を借りた。ここにはその年二十六戸、百五十三人のからゆきがいた。

ヒゲは五、六人のからゆきをおいて、長吉に女郎屋をさせていた。またヒゲは青井の諜報を集める手助けとして、英人の対日感情をさぐるため、タンジョンバガーの波止場や、人盛りのする街区を歩きまわっていた。

夏代の体は、客をとりだして一、二ヶ月は、体を潰されるようなフラフラの状態が続いた。陰部

はシビレ、感覚を失い、紫色に腫れ上がって、ヒリヒリ痛み、ワセリンを塗ったぐらいではおさまらないのだった。

花街《ステレッツ》のからゆきだが、すべて船艙《ダンブロ》組の密行婦とだけは限らなかった。「在南三十五年」を残した西山竹四郎によれば、女衒宿で見た実景はこうである。

——上陸したものの、どこに行けばよいか、さっぱりわからなかった。とにかく、日本人のあとを追えばどうにかなるだろうと肚を決めた。邦人の女が乗るのを見たので、空いた席に割りこんだ。ようやくマラバストリートの松屋旅館の前に止まった。

女客のあとに続いて二階に上ると、若い女の群れが二十人ばかりいて、こっちの顔をジロジロ見る。その女たちのだらしなさ。片袖脱いで乳はまるだし、髪はくし巻きに、口には巻きタバコという姿態。妖艶を通りこして、廃頽の気分が浮かぶ。そばには足の低い食卓、食器が散らかり、お櫃《ひつ》が転がっている。

この荒れた光景に、ど胆をぬかれた。……ここは有名な東洋のアントワープ娘子軍の本場。讃岐丸へいっしょに乗りあわした三等の女客は、船の中ではなに喰わぬ顔をして納まっていたが、この家に来て初めて正体が知れた。

やはり人買いに誘拐され、これから人肉市場に出る連中。なあんだい、密航者にまちがえられ、この室に連れこまれたのか。御器量のよい話ではない。

西山医師のど胆をぬいたこのからゆきたちは、すでに町や田舎の草餅屋などで、娼売をしてきた女性たちに見える。百五十円で娼婦に売られた女たちでも、身請けし船賃を出しても、夏代のように九百円で売りに出せば、周旋人も女衒も高利をあげられた。

一本玉としてうまく殺さず船艙《ダンブロ》で過ごせば、一番の高利を得ることができるのだが、夏代たちの船で起きたような〝惨死からゆき〟を多数生むより、安全な渡航を謀《はか》った女衒もいたといえる。

カミンサの橋

「客なんか取らん。なんぼ言うても取らん」と、つっぱねた夏代だった。見知金《みずがね》の借銭を負わした誘拐者のヒゲも、てんぐ屋の婆さんも、ひとしきり憎んだ。夏代を最初に誘った時の仕事先は長崎、そしてウースン路の博多屋と口まかせで、二十三日という船艙の地獄暮らしの末に、シンガポールの花街《ステレツ》に売られたのだ。しかし、「ヒゲの嘘つき」といい返したぐらいで、自分の立場が変わるわけがなかった。

夏代は競《せり》の前に尻をめくられ、処女と知られてから、それでも草野は手荒なことはせず、最高娼品として水揚げの相手を百太郎にした。ヒゲは密航の女を売って得た利で、五、六人の娘を抱えるカムイン屋を長吉にしきらせていたが、渡世を嫌って逃げた娘をひっとらえるや、踏んだり蹴ったりのすごい折檻《せっかん》を加えたことを、島原出のお梅に夏代は聞かされ、自分を賺《すか》しだしていた。

百太郎はシンガポールには、政府の密命をおびて来ている商人だった。マレーのゴム入手のため、土侯《ラジャ》にも取り入るほどの人物だった。

彼は謀略にたけた密命を、夏代に告げたりはしなかったが、人品といい、人柄といい、夏代は百太郎に心も傾き、自然と身をまかせた。そして彼女は、カミンサとして第一の橋を渡り、カムイン屋の娼売の道を歩み出していた。

二月十一日、ただならぬ気配が花街《ステレッツ》に漲《みなぎ》った。ロシアとの開戦だという。ヒゲは召集者が無銭と知ると、寄付を貰《もら》い歩いて出征をさせたり、三井汽船にただで乗せる手筈をととのえたりした。女を喰い物にしたヒゲに、そんなことを見せられたところで、夏代の腹の虫はおさまるわけはなかった。

四月には、露艦が来るというのだ。

当時の日本のスパイ網は、アフリカにも紅海にも、インド洋上の島々にも、張りめぐらされてあった。

後章で述べることにする赤崎伝三郎は、すでに十二月末日にボンベイ領事の武官に、マダガスカル島に寄港したロシア艦隊を通報している。また東アフリカから、和野清秋なる密偵も、香港領事に露艦の情報を打電していた。

天草の高浜出身の赤崎は、長崎に出てホテルでコックの道を極めた後、進路をインド洋上の島と決するまで、ボンベイ領事館に立ち寄っており、軍偵としての密命、資金などを受けなくては、艦の類別から、モールス信号まで打てるわけがなかろうと考えられる。

とにもかくにも仏領マダガスカル島で、石炭その他の補充もし、乗艦者はノシベ島を休養地に当てられた。

翌年二月十七日まで停泊した戦艦八、巡洋艦九、装甲海防艦三、駆逐艦九、運送船、病院船、特務艦九、計三十八隻。これが四月二十一日、ベトナムのカムラン湾に入った時は、第三艦隊と合流し、四十八隻編成となった。

ヒゲは壮士ぶって野口南海と名を変え、領事から得た情報をもとに号外を出した。

十二月三十一日、ザンジバルから入港した英国船員は、露艦はスエズ運河を通ってやって来ると言ったが、これは第三艦隊の足どりであったのだろうか。赤崎伝三郎の見たのは、第一、第二艦隊であったのかも知れぬ。

ヒゲは、波止場に近いボーデンハウス（海員宿舎）の主人になっていた。

三月十六日、第二艦隊がマダガスカル島を出発した情報を、青井から受け取ったヒゲは、マラッカ海峡を見張る役を命じられていた。

四月七日、ヒゲは躍る胸を押さえて数えた大小四十二隻のことを、青井に連絡した。シンガポールの邦人街は、でんぐり返る騒ぎになった。

このように、楼主たちがスワ国の一大事と、広大な海域で己が身を奮い立たせたのは事実であった。ことにフィリピンの花街《ステレッツ》で顔役におさまっていた村岡伊兵次などは、からゆきたちを煽《あお》りたてて資金を得、アッパリーに加藤、バタンガスに春日、オロンガポに田川と三井などを、見張りとして出したりしていた。

不気味な緊張と不安が、海域の邦人を襲った。五月二十七日、八日、日本海海戦の勝利を聞くまで、月余にわたって続いた緊張だった。明治二十五年から三十五年間を同市で過ごした西山竹四郎の当時の日記は、こうである。

——明治三十八年（一九〇五）午前八時半頃、ミドルロードの西村医院のドアを激しく叩いたのは、小山商会の店員であった（筆者注、その頃の同市では、小山商会は、乙宗や大和などと肩を競っていた）。

「えっ！　来たか」と、弾かれたように表へ飛び出すと、在留邦人たちが、老いも若きも男も女も、血相を変えて海岸へ走っていく。

海岸は黒山の邦人だった。だが、一語を発する者なく、しいんと静まり返り、ただ息をつめ、瞳を見ひらいて海上を見つめている。

この時の有様はというと、朝霧淡く海を包み、陽はどんよりと鈍い光を投げている。見ればバルチック艦隊は、いま粛々としてラッフルズ・ライトハウスの方角から、蘭領プロサンボ近くのバダン島に沿って、東へと連なっていく。

先頭艦は、すでにバダン島の半分を呑んでいた。魔のような黒い艨艟《もうどう》が黒煙で天をくもらせ、白波を蹴って侵攻する姿は、まさに威風堂々としたものであった。

バルチック艦隊は老朽艦が多いと聞き、不安を自ら慰めていたが、いま目《ま》のあたり数マイル隔てて見るそれは、神厳なる威力に満ちあふれている。どれがスワロフか、はたオスラビアか、ニコライ一世か。ともあれ、三十余艦舳艫《じくろ》千里の壮観には、おぞ気を慄《ふる》わざるを得なかった。——大艦隊の勇姿が視界から消えるまで、一時間余も海辺に邦人男女がたたずんだという。

夏代の語りには、露艦を見に言ったことは留めていない。おそらく接客の床にあったのだろう。

「あ、見なければよかった！」だれかが沈黙を破って、悲痛な声をあげた。それは、そこに居合わせたみんなの想いであった。あちこちから嗚咽《おえつ》が聞こえはじめ、声を放って泣き出した女たちがいた。

ふり返ると、前髪を短く切って、焼きゴテをあてて縮れ毛にし、後ろ髪をぐるぐる巻きにして、花かんざしを挿《さ》し、派手な長襦袢に腰紐一本という若いからゆきたちであった（著者注、この髪形は、当時のはやりと見える。日露戦が勝利に終わると、二〇三高地型の髪がはやり出している）。

——余は嘆じたり。あさましき娼売のカミンサたちも、やはり大和撫子なりしかと。出るは、ため息ばかり。胸は千鈞の鉛を呑み、頭は磐石に圧された如く、心は危惧《きぐ》にて充満せり。——と、西山医師は記している。

ヒゲの野口南海も、青野楼の軍偵も、街にひそむ他の密偵も、カミンサたちも、故国を撃ちに行くというロシアの大艦隊を見て、不安と愛国心を湧かせたに違いない。

夏代がこの時、海辺に駈けつけたとは語られていない。

日除窓《ジンデラ》に立つ女

夏代は、政庁の鉱山技師である英人のフォックスに買われ、花街《ステレッ》をあわただしく去るのであった。ケンブリッジ大学を出た彼のような人材が、日本のからゆきを代理妻に迎えるとき、白人の動揺のようなものはなかったのだろうか。

シンガポールでは、華人娼婦も、邦人からゆきも、性病者を治すということで、売春許可税を植民地政庁が徴収した。その額は、夏代の生まれた明治二十年で二万百五十二ドルにのぼったという。また、伝染病条令が廃止を見たときでも、検診制は残されていた。

それというのは、十万もの華人の娼婦たちを抱えた楼主が、幼女をその五分の一も蓄え出したので、華民保護局は、少女保護条令にもとづいて、人別作成を行なった。

からゆきは、白人にも性を提供しているというので、週二度の検診は、夏代たちも受けさせられていた。

夏代の渡航年でも、華人娼婦がぜん多く、その九割余を占めていた。彼女たちは、十五万弱の膨大な華人労務者の引きとめ役であった。政庁からの許可と、からゆきの場合は医師の中野、西山の検診を受け、清潔であるということで、華人ならず英人などにも求められた。

フォックスは、背丈のある顎のとがった縮毛のイギリス紳士であった。その彼に、夏代は五百五十ドルで買われたのだった。

以前、シンガポールには白人娼婦もいたのだが、統治国イギリスの女が、屈従に慣らされた現地人の性要求を満たすことは、英本国の威信を引き下げるとされ、夏代の出向いた年には、すでに強制送還され、英娼婦は同市には見られなかった。

ときに英人フォックスが、夏代を代理妻に迎えることを、彼自身は仲間には公開したのだろうか。彼は、強引なやり方で楼主を通して銭を払うなり、シンガポールの駅に夏代を呼びあげた。

フォックスは、夏代の買価を彼女にもたらし、千ドルもする宝石も指にはめてくれた。指にはめてくれる時、あとは魂だけと、彼は漏らしたという。彼にすれば、からゆきをいかに再生できるかであったのだろう。

彼はハイコミッショナの連邦政庁で、ストレート・セッツルメントを兼務しており、イポウへと彼女を伴って向かった。

イポウはペラ州にある町で、キンタ渓谷の川にのぞんだ避暑地である。マレー土侯《ラジャ》や華僑のお金持ちの別荘地でもあり、静かな町で、付近の錫山の中心の町でもあった。

イポウの旅から帰ると、島原千々岩《ちぢいわ》出の草野を、彼はホテルへと呼びつけると、夏代の一切の持ち物を処分し、代金は彼女の親許へ送金するよう命じた。ホテルには、なおデパートの店員を呼び寄せ、一通りの服も下着も調《しつら》えさせた。

やがて、丘陵の森《ウータン》といわれる、ブキテマ高地から港への斜地に当たる地を指し、次にそこに建つバンガローを指さした。

夏代は、そこで黄金の臼を転がすようにマレーの月が昇ると、椰子《ガラッパ》の葉蔭が黒さを増したと語っている。取材で七度もマレーを訪れた私なども味わった溢れる感動を、夏代もとらまえていたのである。

夏代は、妻として迎えられた気もないではなかったが、政庁に婚姻を届けたとは、一言も帰国後も漏らしてはいない。

夏代をバンガローに迎え入れたフォックスは、確かに白人の顰蹙《ひんしゅく》を買っていた。

森の中のその家の敷地には、チークの大木に寄生した白檀《カニサンタル》や、三十フィートもの枝をしだれさせた大喬木のカヤプテは、香りの高い花を梢の枝いっぱいにつけていた。また、クリーム色の花房をたわわにつける竜脳樹も見られた。

渡航時もいっしょで、草野楼でも共に働いたお梅がたずねて来た。お梅は夏代が草野楼に残した調度品や指輪、衣類の売上金数百円が親類にむしり取られ、夏代の家には畳換えと建具代の少ししか入っていないことを知らせてくれた。

お梅は字が書けず、自分も送金したのが同様の憂き目にあったことから、密航時からなじんだ王の長崎の新地にいた縁者にさぐらせ、解ったのだった。

夏代は以来、フォックスの教える英語にも、日本語にも熱を入れ出した。そのうち彼女は、彼が愛誦したロバート・ブラウニングの一節を覚えるまでになっていった。

フォックスには、弁護士で友人のジョージ・ルイスにも誇る、とっておきの文句があった。

それは、彼の曽祖父に当たるチャールズ・ジェイムス・フォックスを、仕草をつけ、演説調で披露することだった。

つまり、そのフォックスは一七八三年、ノース卿内閣におけるアメリカ合衆国の独立と、インド改革法案を提唱した外務大臣で、英国議会で奴隷廃止を叫び、実現し努力した政治家なのであった。弁護士のジョージは、夏代が送金した草野の不正をただし、ねこばばした二百ドルも取り返してくれた。

夏代が英字新聞を読めるようになったのは、一九〇九年（明治四十二年）十月である。

フォックスは、彼女の読みっぷりをほめてくれたが、夏代も嬉しくなって、森《ウータン》に入り、

「一九〇九年十一月三日

C・L・フォックス

笹田夏代」

と、竜眼の木に刻みつけたという。森続きの庭には、ピーサン、パパイアも実り、アボガドの実がなりだした頃、夏代はつわりで医師にも妊娠と診断された。

しかし、洋妾《ラシア》としての空虚さは消えることはなく、彼女は心から満たされていたわけではなかった。

海峡植民地である英領のシンガポール男子は、アジア系の女に大いに関心があった。海外覇権来の英男性は、性的快楽を一つの慣習化《アダット》させてあったのだ。

それは、英男性だけでなかった。マラッカ海峡を隔てた蘭領スマトラ島などでは、兵役後の二年、植民地のタバコの栽培や、その他の資源獲得の場で奉仕する際に、現地妻として数多くのからゆきがオランダ人に買い取られていた。

白人は英人でも、公然とからゆきを家に迎えるわけではないが、英兵をはじめとして政庁役人も商人も、花街《ステレッ》への出入りは許されていたのだ。

六年の同棲で身ごもった夏代に、混血児《ユーラシアン》への偏見、差別、そしてそれらがやがて国と国との争い

につながると、フォックスは子堕《おろ》しを迫った。

男の子を生みたい夏代に対して、つわりがひどいことを理由に、「お前の苦しむのを見ていられない。いっそ堕したらどうだ」と、彼は言葉を重ねた。夏代は、頭を殴られたような気がした。

「毎月の夜会にも、俺はボイコットされて、白人の屈辱に耐えている」

夏代には、その言葉がとても辛かった。カミンサの自分をバンガローに入れたことで、彼は白人社会から顰蹙《ひんしゅく》を買っていたのだ。

政庁で、かなりの地位を得ているだけに、笑いものにされたくないので、夏代を教育もした。しかし、白人社会の壁が取り払われることはなかった。また彼自身、夏代との婚姻届けを出してはいない。洋妾《ラシャ》として置いておかなければならない、已れの越えがたいものにもいらだっていたこともあり得よう。

夏代の方は、訪れる彼の部下たちに、どんなに鄭重な応対や物言いをしても、その返答すらぞんざいにされ、そんな時の彼の辛い顔を見て、夏代も傷ついていた。

「自分は君が、ブラウニングの詩集を読めるまで導くことに苦心した。自分は青春をすり減らされた気がする」とも言った。

「俺はお前の幸福だけを考えている。それが判ったら、分かってくれ。生まれるのは混血児《ユーラシアン》と呼ばれ、白人の差別視を受けて育つ。いくらロシアに勝ったといったって、長い白人の伝統がある。俺の曽祖父は奴隷解放を叫んで、国王の怒りに触れた……。しかし、白人の優越感をはね返すことは、個人の力では不可能なんだ……。混血児《ユーラシアン》は白人でもアジア人でもない。俺の友にも優秀な混血児《ユーラシアン》はいたが、生涯軽蔑されていた。友は遠洋航海も終わり、士官の時、アジアの血が混じっているといわれて、仕官もこばまれ、高等弁務官を志しても入れられず、今はアメリカで暮らしている。だから、聞き分けて堕してくれ」と迫った。

彼とはかつてない憂鬱で、言葉をかわすことのない日が続いた。彼女が堕す気になったのは、つわりが楽になった日に、彼の書斎の掃除をしていたときだった。半開きの手文庫の中に、彼宛の異母弟の便りを見てしまったのだ。

彼女はその文面から、混血児《ユーラシアン》のアンナという彼の母が、子のフォックスを捜し求め、酒に溺れて命を断ったということを知ったのだった。

貴方の人生最大の恋愛を泥靴で踏みつけたアンナ、とあるからには、古風なイギリス社会が、混血のフォックスと、白人女性の恋を実らせなかったのだと、夏代は思った。混血児《ユーラシアン》の母アンナのせいで、別離となったことを知った夏代は、涙しながらその日、政庁から帰った彼に、子を堕《おろ》すことを伝えた。その日は大正元年（一九一二）九月半ばのことだったという。

その頃、南洋の他の地に在住していたヨーロッパの男性たちは、シンガポールからからゆきを調達し、スマトラの蘭人経営の農園に現地妻として連れ帰った（入江寅次）。

その白人たるや、マレーの場合でも九割がアジア系の妾を囲っているというのが、外人J・G・ブッチャーの二十世紀初頭の洋妾《ラシャ》批判であった。

マレーの洋妾は、その後五年目に二百七十二名で、そのうち九名はシンガポール在住と日本の発表があったから、夏代はその九人の一人といえたのだろう。

なぜ華人や仏人、露人より、からゆきが洋娼として選ばれたのか。それは、白人男性が本国から妻を迎える際、それまで献身的に尽くしてきた代理妻のからゆきは、あっさりと手切れ金で身を引くということが定説となっていたからだ。

やがて、そんな立場に陥ることになるとは、その時の夏代は、思いもしていなかったといえる。あくまでも、日除窓《ジンデラ》に立つ女だけの妻なことを……。

フォックスには、白人の差別感のほかに、日本娼館に圧がかかることも、嬪夫《ピンプ》だけでなく、からゆきまで、追い出しにかかる英政庁の状態を感じ取っていたことも、子堕しを迫る条件に位置づけていたのかも知れない。

落日の海

——大正四年（一九一五）、フォックスは、憂鬱そうに爪を噛んでいたという。海峡植民地政庁の鉱山技師として、イポウの錫山での境界争いのフォックスの苦悩を、夏代も知っていた。

フォックスが、「もうシンガポールにいたくない」ことを、夏代に語れなかった背景とは、いったい何なのだろう。夏代の採録にない部分を補ってみよう。

じつのところ、夏代を迎えた「婦女売買の国際協定」の結ばれた翌年から、花街《ステレツ》の娼戸百九戸、六百人を越すからゆきたちに、英政庁の圧が加わりだしていたのだ。これはヨーロッパ諸国の廃娼の波動といえた。

海峡植民地政庁は、それらの世論をかわすためにも、大正二年（一九一三）、「婦女少女保護法」によって、ヨーロッパ人嬪夫《ピンプ》の投獄、国外追放を行なった。二十戸の白人娼館は大正三年（一九一四）に閉め出されたが、蘭印が一歩先じていた。

明治四十二年（一九〇九）、敬虔なイデンブルグ総督が就任するや、売春一掃に乗り出し、邦人からゆきにも措置の圧力をかけだした。以来、邦人街の花街《ステレツ》に加えられる動揺が、もろに政庁内にいるフォックスへの内部圧力ともなっていったといえる。

刑法で売春業者、女の売り買いには、百～千ギルダーの罰金、懲役刑などを規定した。

マレーのイポウでも、メソジスト監督教会のW・ホーレイが、シンガポールの日本領事に警告文を送った。イポウは、フォックスが政庁の鉱山技師を束ねる錫鉱区でもあった。

「海峡植民地とマレー連邦州に存在する、恐るべき不道徳な行為に目を向けていただいたうえで、女性、少女売春がなされていることに、日本政府の注意を促すよう……イギリス政府が、ホテル奴隷売買を禁止する新しい法を通過させていますが、日本政府も措置をとることを要望します。人買業者を刑に処し、未婚者を乗船させる船舶のすべてを、日本から出港させないように」ということだった。

フォックスにすれば、それらの要望書は、政府宿舎に夏代を迎え入れている自分が、告発されている気にさえなったのかも知れぬ。

それに、シンガポールの花街《ステレツ》を、救世軍の梅森豪勇牧師夫妻が、カミンサに説いてまわったことも、フォックスは知っていたに違いない。花街《ステレツ》では、ボスの嬪夫《ピンプ》の渋谷銀治、二木多賀治郎も死亡した後の大正三年（一九一四）、植民地政庁は、日本人嬪夫《ピンプ》の国外追放に乗り出した。これらのことは夏代の語りには、一言も出てはいない。

大正三年、右政庁のR・S・ウィルキンソンは、日本領事に三十七名の嬪夫《ピンプ》の国外追放を通告した。ただし、五名は他の事業を経営しているので、四ヶ月の猶予がつけられた。

藤井領事は同年五月三十日、ウィルキンソンを訪ね、十二名の嬪夫《ピンプ》の直接経営者以外は、妻や内縁者の経営を説明したうえ、自主的な国外退去を願った。

シンガポール政庁は、みせしめに三名の嬪夫《ピンプ》を逮捕し、拘禁の挙に出た。政庁内にいるフォックスは、花街《ステレッ》のからゆきを洋妾《ラシャ》にしている手前、これらの発令、そして拘禁などなど、首を締められるような想いにとらえられ、落ち込まされていたであろう。

藤井領事は、華民保護局と交渉し、五月二十一日、拘禁者の釈放に成功し、日本郵船「北の丸」で自主的に帰国をさせ、残り三十二名も五月末に出国させている。前述の五名は四ヶ月の滞在を認められ、他の九名も六月十五日、出国をうながされた。

政庁は、日本のからゆきに、許可証を与えないことになった。花街《ステレッ》や日本人嬪夫《ピンプ》への圧迫は、同政庁の中で、フォックス自身、からゆきを請けだしており、たとえ課の違った鉱山部とはいえ、庁内エリートの白眼視にさらされつつある状況にあったといえる。

一つの救いは、A・ヤング総督が、植民地の経済発展や労働政策上、性病対策も含めて、もとから存在したマレー街とスミス街の必要を力説してくれ、植民省がその意見を迎えつつあることぐらいだった。だが、キリスト教信者の廃娼が盛んとなりつつあった。

フォックスのこれら懊悩の背景は、夏代の収録には記されてはいない。

大正三年、第一次欧州大戦が勃発した。シンガポールでの白人減少という急激な流れが起こり、急に彼が帰国するのは、シンガポールでの夏代との暮らしの清算も考えてのことかも知れなかった。

しかし、シンガポールでの貿易商が急増したことと、マレーではジョホールその他のゴム景気で邦人就労者も増え、花街《ステレッ》は、白人の帰国によって減った収入を埋めてはくれた。

フォックスの帰国は、自分を嫌いになったからとしか考えられないと、夏代は彼に言い立てたりもした。

かつて曽祖父の奴隷廃止をまねて語られたその口から、「故国が戦争に巻き込まれ、シンガポールの太陽は、もはやロンドンの霧より深い」との感情が語られた。

やがて身辺の整理をした彼は、戦場の志願兵として去るという。

「俺は生きて帰れん。お前は日本に帰ることだ」と、フォックスはかさねた。

社会活動家J・カワンが、ヨーロッパに知らせたシンガポール花街《ステレッツ》の実状は、楼主の嬪夫《ピンプ》も、従事者のからゆきも含め、いずれ帰国懲罰のくることを、彼は予測してはいまいか。

「五年でも十年でも、お帰りを待っています」という夏代に、「そんなことは不可能だ」と、彼は言いきったという。

彼に志願許可証がおりた日、彼女には手切金の八万ドルが渡された。政庁の動きから推して、彼は少尉として、志願兵として、夏代との別離を、こうした形でまとめたとはいえないだろうか。

明日にでも出港したいフォックスに、五月十二日にペナンを出港する静岡丸があることが知らされた。彼はペナンでの別れを望み、夏代は哀しい惜別に旅が加えられたことを、それでも感謝した。

列車が想い出のイポウを過ぎ、終点のバターワスのプライ駅から、連絡バスで波止場に向かい、二、三十分を連絡船で過ごすと、ジョージタウンの桟橋に着いた。

ペナンの白人港湾長が、島原娘を妻女にし、グランド・ホテル住まいで二人の子育てもしていたが、フォックスは知っていたところで、夏代には伝えにくかったに違いない。

街や郊外の見物にも、からゆきの多い地区ははじかれ、ペナンヒルに登った。頂上近くの広場に、立木に囲まれた釈迦像があった。その釈迦像にぬかづき、夏代はひたすらフォックスの無事を祈った。

数千マイルの波濤を、地獄の旅で渡った十年前の貧しい娘を、教育もし、代理妻に仕上げてくれたものの、いま別離を迎えようとしている。

夏代は、子堕ししなければならぬ洋妾《ラシャ》なのだった。混血児《ユーラシアン》には見えないケンブリッジ出身のフォックスにとって、夏代の老い先に、不幸だったハーフの母アンナを重ねはしただろうが……。

翌日の別れは、茜《あかね》一色の落日の港でなされたのだった。

第二章——上海阿媽《あま》の人生詩

上海阿媽として、多彩なドラマを秘めて死んだ鹿児島種子島出の長野とめ子を、シンガポールの邦人墓地に見出して驚いた。

島原の小浜に温泉ホテルを建てたお君も、上海阿媽あがりであった。

彼女に行き着く前に、前章の夏代の一年後に、上海に出向いたコタン・ソメ、マキュン・キミなど、帰国して戦後も久しく故郷で生きたからゆきたちに、まず登場してもらうことにする。

コタン・ソメ

島原大師堂のからゆきの玉垣や、天如塔（からゆき塔）の遺跡に、痛魂碑を乞われ、
ああ、紅怨の娘子軍
海を渡ったからゆきたちよ

アジアに果てた慰安婦たちよ
塔のある聖地に来りて安らえ

の碑文を、私は碑の下に刻んだ。開眼式には市長を始め、学校、婦人会も参列し、関係者による島原の子守唄での踊りや唄で式典が進められた。

からゆき夏代を始めとして、お春その他数多《あまた》の密行婦をいざなった風呂屋のてんぐ屋は、大師堂の近くだった。

また、三井炭を積み出す口ノ津港には、表向きは石炭人夫の斡旋をしていた鬼池村の久助どんがいたと聞き、私はフェリーで口ノ津の対岸、天草の鬼池を指した。そこはおそろし気な村名と違い、港町なぞ小振りとはいえ明るい町であった。

私は駅前からバスに乗り、高浜まで足をのばした。役場で熊本新報の記者にお目にかかったおり、ちょうどアセアンの取材のあとであり、シンガポール、クアラルンプール、イポウ、ペナン墓域のからゆきの出自村や亡年の名簿をお見せしたら、それらを紙面にしたいので貸して欲しいという。そのとき、記者は天草の上海阿媽の二、三人の話を載せた「新天草学」の本を贈呈して頂き、その翌日、私を天草灘から宮地岳の裾を経て、本渡市から鬼池まで送ってくださった。

本の中には、牛深のコタン・ソメが十六行に、富岡の小山キミは二十八行にまとめてあった。二人については、後日また天草へと足をのばし、私の採録も足してみた。

——富岡町（苓北町）の小山キミは、数え二十一歳の時、沖を通る汽船に小舟で乗りつけると、船員に頼んで上海へ密航し、外国人家庭の阿媽（女中）となったという。

キミは租界地の働き先で、フランス人と一緒になったのではなく、騙《だま》しの手に乗り、上海から香港へ、そして仏領インドシナに渡ったという。

明治末、渡世中に請けだされ、そのうちに夫である警官コタン・アルフォンス・ルイを風邪で亡くし、仏国籍のコタン・ソメという名で、三人の子連れとなって天草へ戻った。渡航期の年からして、夏代と変わらぬ明治二十年頃の生まれに違いない。

富岡は、江戸期から陣屋もあり、近畿辺りの受刑者や流人の受け入れ地でもあった。彼らはここから島の各庄屋に、振り分けがなされたといい、支配村では流人の酒癖の悪い者を、海へ投棄して殺した例などもあった。

富岡には、銀主として名のとどろいた「大阪屋」という桜井家がある。どうして小山キミは、単身で沖を通る船に、小舟で乗りつけたのだろうか。彼女をそのように向けたのは、何であったのだろう。

富岡では大阪屋が、江戸の中期から財をなし、天草でも指折りの金持ちであった。その頃、二百数十軒あったそれら銀主が、天草の田畑の六割を所有していた。そのようなことは、筆者の生まれた東北でも見られたことである。そんな中で、底辺の零細百姓は太れなかった。

大阪屋は轟海面の潟《がた》も埋め立てた。高浜大江には、潟切りの唄が残っている。

しゃち土手から　おだ山見れば
アラヨ
なぐれお春が　潟いなう
潟をいなおよりや　我が身を飾れ
我が身飾れば　銭もらう
アーチョイサッサー
んどんが家《え》来てみろ

猫までへこ（ふんどし）きゃて
茶湧きゃて　待っとる
茶おけにゃ　なんかい
梅干しだっきゅう（らっきょう）
それでも足らんば　こっぱだこ（さつまだんご）

キミなども、この唄を聞きもし、唄いもしただろう。我が身を飾り、銭をもらうとなれば、からゆきしかとる道がなかったのだろうか。

富岡からは、村岡伊兵次の妻イトが、すでにキミの生まれる前にシンガポールにいた。つられたように、沢山の娘が後追いしていたのだ。

天草灘に面した富岡は、幕末からことに繁く黒船を見ている。その頃の軍艦は、帆船のかたわらに外輪をつけ、石炭を焚く蒸汽機関での航行だった。

はじめは恐怖の黒船も、怖くなっていったのは、すでにキミの耳などに、異国で稼ぐからゆきたちの話も伝わっていたからだといえる。

それに潟おこしも、志岐村での石炭掘りにしても、重労働で体が続くものではなかった。かつては村に疱瘡《ほうそう》でもはやれば、死者が多く出た。したがって、出稼ぎ地で疱瘡と聞けば、村へ逃げ帰ったりもした。

それがいまは村の「藪さサマ」の天然痘除けの祠《ほこら》も忘れられているほど、明治からこのかた牛痘の接種もできたので、接種を受けたキミは、海外へ出たところで天然痘に脅えることはなかった。

それに富岡には、貧乏人が勘繰られる問題が残っていた。維新前に異国船打ち払いのために砲台築造を行なおうとして、陣屋に集められた一万両が、夜襲の船で持ち去られていたのだ。

それは、天草全島から集められた資金であった。当時から痛くもない腹を探られ続けたのは貧者層であった。恋をしたところで、暮らしの階級差のために実らぬことも、村の幾多の娘にはあったのである。

それにしても、独りで小舟を漕いで本船に近づくなど、彼女にすれば故郷を捨てにかかったことについては、誰も語ってはくれていない。

その頃、小さな採藻の舟を除いて、四千隻をこえる天草の浜船の中には、朝鮮海峡、支那の沿岸筋にまで船が出ていた。

行きにからゆきを運び、帰り船には捕れた魚を乗せる船が、人売ネットワークに組み込まれてあった。

ソメは口入れ屋に銭をとられるよりも、自らの身を自らで決めようとの決行だったのだろうか。

「新天草学」に、ソメはこう書かれている。

——富岡にはまた、三人の混血児を抱えた外国帰りの婦人が、生活苦の中に住んでいた。明治末、仏領インドシナで警察官をしていた夫コタン・アルフォンス・ルイを、ふとした風邪で失い、生まれ故郷へ引き揚げてきたフランス国籍のコタン・ソメである。昭和の聖代に入って、天皇即位の御大典奉祝にあやかりたいと、母と子ともども日本国籍に移った。

「帰化したフランス人……みんな日本名に改めて……夫亡き後の哀れな母子四人」こんな見出しで、当時の新聞は報じている。

国際結婚の夢破れた傷心のからゆきさんが帰るところは、やはり、懐かしの日本であり、天草であったのだ。

地主になったマキュン・キミ

久玉村（牛深市内の原）には、上海公文局の警視総監をしていた英国人ケネス・ジョン・マキュンが、大正末期に現地で結婚した小山キミと、昭和二年（一九二七）以来、六十三歳で亡くなる昭和十九年（一九四四）までを、牛深の地で過ごした。

警視総監勇退後、キミ夫人の故郷で余生を送ったその英人と、生涯を共にしたキミは、夏代などが味わった屈折を体験しなかった幸せな女性といえる。

内の原の娘たちの中には、明治末から大正・昭和の初めにかけて、上海阿媽として住込み奉公をする者が多かった。素直で働き者の天草娘は、外国人の間で評判が良かった。キミ夫人も、からゆき阿媽であるが、渡航のイキサツは一切もらされていない。

イギリスは明治八年（一八七五）より、租界の歴史を持っていた。マキュンは二千人がらみの欧米人の中で、職を登りつめた側《がわ》にいる人物である。彼らが拠点とする外灘《バンド》のビルは、とうてい日本人族の及ばぬ権勢が見られた。

彼が三十三歳の頃の大正三年、その当時の日本企業は十五も上海に見られた。しかも紡績工場だけで、四十八もの進出である。アメリカの対支資本は、輸出入や金融公益であったが、日本は第一次大戦中に中国に二十一ヶ条の要求を出し、政治、経済の対華特権を持ち出している。

マキュンが天草の牛深に引っこんだ昭和二年後、日本が満鉄を動脈とする満州の地に十一億、上海に四億もの投資をするなどの状況を、当時警視総監の彼は、どう考え、どう見ていたのだろう。

キミ夫人と結婚した大正末、上海への日本紡績の大進出は、あきらかに中国人紡績の敵になっていた。しかも一日に十二、三時間も働かされても、日給は二十セント、童工と呼ばれる少年少女はさらに安かった。

巷には、そのような働きからも除外された難民、流民が何十万となく満ち溢れていた。アヘン窟が増え続け、支那人娘は妓女か私娼に身を堕《おと》した。

多国船が出入りをする黄浦江上には、貧しい水上生活者のジャンクや小舟が波に揺れ、外国人への物乞いも多く見られた。

マキュンとキミ夫人にとって、ジェスフィルド公園も散歩区域だったが、そこのメリーゴーランドで遊ぶ楽しげな欧米の子たちと、四園に屯《たむろ》する飢民をどう見ていたであろう。

日本人なら好んで足を向けたがる永安電影院から、北四川路を南へ入った横浜橋、小さな橋から見える櫺《れん》子《じ》格子の日本家屋を、マキュンの側で懐かしむキミ夫人だったろうか。

彼女の出向いた上海には、夫の務める公安局に、からゆき数七百八十人、結婚時には二百三十二人の登録が見られた。邦人阿媽の数は相当数いたのに、キミは人柄も美貌も愛され、妻の座を得たのだった。

二人が帰国した後、四川路の近くにある料亭六三花園のまわし塀に、

支那から手を引け!

侵略戦反対!

日本軍撤退せよ!

日本帝国主義打倒

日支闘争同盟

のビラが貼られたことを知ったら、どう感じたであろうか。

キミは、英人フォックスに子堕しを迫られた夏代と違い、男児二人、女児三人を産んだ子福者であった。

二人は天草に帰国後、広い田畑を買い求めて地主となった。

その頃、牛深には遠く本渡の新田まで買いとる銀主の万屋や、水夫《かこ》数百人を抱える網元川端屋――口ノ津対岸の久留新田六十四町歩をも持つ地主――などがあった。

その牛深で、夫妻は田畑を求め、地主となったのだ。二人はよく散歩をし、遭難者の「流れ船」の碑を見たり、海辺のカツオ作りの納屋や、入江に浮かぶ泣き鰯の餌籠ものぞいたりしたであろう。海辺から見える沖の桑島や馬刀島は、疱瘡の時に流される島であった。かつて十九世紀の河浦町で、五百人のうち七分がたが死亡し、天保五年（一八三四）には五百七人発症、死没三百三十八人の記録を残していた。

牛深では、天然痘くずれを、〝与吉くずれ〟という。沖の馬刀島で死んだ与吉のために、〝死知らせの灯〟が焚《た》かれると、火の玉となった彼の魂が桃江の前面で消えたという。

桃江はそれから五日目に、下平海岸から身を投げて果てた。こんな牛深の話を、マキュンはどう聞いたろう。

牛痘の接種法は、エドワード・ジェンナーが開発したもので、欧米では与吉の死より半世紀も前に普及されていただけに、キミのこんな話にはさぞ驚いただろうといえる。

英人マキュンは、内ノ原川にコンクリートの永代橋を架けてくれた。土地の人は、マキュン橋と呼んでいる。第二次大戦中にこの橋の一部が、血気盛んな青年に壊されたが、マキュンの混血の五人の子も、さぞ難儀だったに違いない。

戦争というこの受難期を倦《う》むように、マキュン氏は死没した。長女エイ子と二女ケイ子は、戦後に国際結婚をして渡米した。

フーレツメンガに売られた阿媽

もと上海阿媽出のからゆきであるとめ子は、シンガポールでオーストラリアの砂金話を聞き、リオンという犬を一匹連れて出かけた。

砂金を一つも拾えないうちに、砂漠でぶっ倒れたとめ子は、シドニー病院に厄介となり、シンガポールへ戻ったのが明治三十五年（一九〇二）年だという。在南三十五年の西山竹四郎がとどめた記事にある。

その彼女の墓と、シンガポールの邦人墓で対面して驚いた。彼女は、夫の死後一年目に四十三歳の若さで没しており、生まれは鹿児島県熊毛郡北種子村西之表一〇二〇二であった。

とめ子の夫である実義の業跡碑の発起人は、医師西山竹四郎である。

「君ハ慶応元年八月十五日、鹿児島種子島ニ生ル　弱冠東部ニ学ヒ同文書院生トナリ研鑚スル所多シ　日清ノ後通訳官トシテ従軍ニ頗《すこぶ》ル功アリ　爾後南方ニ志シ台湾ニ入リ　明治三十一年　シンガポールニ渡リ　然ルニ大正四年八月二日　病ヲ得テ終ニ逝ク　行年五十一
君平素老而郷ノ詩

才子元来多誤事　議論必竟世無功
誰知黙々不言理　山是青々花是紅
ヲ愛セリ　以テ君ノ性行ヲ知ルニ足ラン
大正五年十二月
海軍中将　野間口兼雄　撰文
西山書」

なぜ、後の横須賀鎮守府長官野間口の讃えがあるのだろう。なぜ、元阿媽出からゆきのとめ子と彼は結ばれたのだろう。

とめ子に筆を戻すと、彼女は明治六年（一八七三）十一月七日生まれとなっている。十七歳で姉を頼って上海に出た。上海で英人に抱えられ、この場合の阿媽は洋妾《ラシャ》であった。

カイロに転勤する彼に連れ出されたはいいが、競馬の負けでできた借金のカタに、フーレツメンガに質入れされたのである。

フォックスの収録では、十九世紀のイギリスで、勾引や廃娼もすべて消えたわけではなく、女房を売りたてる男などざらにいた。だからこそ、後年の明治三十二年（一八九九）、ロンドンに「人売禁止」の事務局ができたとされている。

とめ子がフーレツメンガに渡され、自前の金で支払いをつけ、英人の彼にも見切りをつけてシンガポールに来たのは、明治二十九年（一八九六）、二十三歳のときであった。

同市では、花街《ステレッツ》に身を売った様子でもなく、梅屋庄吉という草分け邦人の写真師と結ばれた。ところが、彼は孫文に心を熱くしていた。しかも同市には、孫文の革命党の志士を助けて奔走した宮崎滔天が、明治二十五年（一八九二）から出入りをしていた。シャム移民をはかってのことである。日本は明治十七年（一八八四）以来、南進を唱え出していた。

——板垣退助は、アジア貿易商会を設立し、明治二十二年には自ら南方視察も行なった。その意は年四、五十万の人口増加からすると、七十年もすれば二倍の八千万になるだろうとし、人口、輸入超過、攻略上からも東南アジアへの移民の必要性を論じた。（「板垣退助全集」上）

からゆきたちの天草でも、明治十八年（一八八五）、第二回官約移民で、ハワイには熊本県人二百七十人、天草人二十三人、翌年には全国で二万八千人に及んだハワイ移民者の中には、熊本六千十六、天草四百六十人が応募していた。

明治二十五年、ニューカレドニアへの鉱山移民なども、南進論に支えられたといえる。

宮崎滔天らのシャム移民も、板垣の南進植民に対応した形で、明治二十八年、二度にわたって三十八人、二十人とシャムに送ったが、失敗に終わった。（「日本の南洋史観」矢野暢）

とめ子の夫梅屋庄吉は、シャムを指す滔天をみつめていた一人である。滔天こと寅蔵は、とめ子より三つ年かさの明治三年、熊本県荒尾村の郷士の家に生まれている。彼は中国の近代革命のために、数度、大陸へと渡り、孫文のために奔走してきた。

孫文は、広州湾の南端に近い香山県の貧農の出であった。彼の意見は、人民自ら国を治むるのが政治の原則と確信するという共和主義者だった。

——清朝が政権をとって三百年、この間、人民を愚かにすることをもって政治の第一とし、その膏血《こうけつ》をしぼることをもって、能吏の本分としてきたこと。支那四十余州の四億の民は、その搾取に疲れ、色なき今日、今にして祖国が救われずば、支那の蒼生は餓狼の肉となるのみ。どうか吾党の信念を貫くようお助け下さい。この草分けこそ四億の民を救い、亜東黄種の屈辱を除く道なのである。

シンガポールの膨大な華人たちにも、孫文は敬《うやま》われており、とめ子の夫も惚れぬいていた。

滔天のシャム移民は、農商務大臣プラヤースラサの知遇を得て、千六百ライが日本植民試作地にできたが、資金不足もあって、移民は東北タイの鉱山労務者として散った。それらの労務者もほとんどは病死で、二回目の移民も病害を受けた。滔天自身もコレラにかかり、からゆきの看護で九死に一生を得ている。

志士気どりの夫の妻として、とめ子は自分でひと儲けをと考え、シャム街の北角に店を出し、あとはオーストラリアへと向かった。

しかし、運命は微笑《ほほえ》んではくれず、夫の写真業もうまくいかずで、二人は孫文の生まれた広東を皮切りに、軍偵まがいの仕事での渡世中に、長野実義と出会い、とめ子は恋におち、写真家の夫と別れ、二人は手を取りあってシンガポールを指した。

とめ子が、阿媽として英人の洋妾だったおりに身につけた英語を、中国語のできる長野と合わせれば、海軍の要望に応えることも可能だった。二人のシンガポール移住は、夏代の上陸の少し前だった。密航女を競《せ》り合った青野楼主は、陸軍部さしまわしの大尉がその素顔であった。

シンガポールは、欧米と結ばれたアジア最大の交易と情報の中心地であり、それらを長野が荷《にな》っていたからこそ、野間口海軍中将と昵懇《じっこん》でもあったのだ。

長野夫妻が上陸したのは、夏代より四年も早い明治三十二年（一八九九）のことである。長野の得意な中国語の通ずる華人が、同市には十五万人も溢れていた。同市の華商との取引先は、神戸華商が多かった。神戸港海ぎわの栄町、裏通りなどの南京街は、神戸開港の維新前より長崎から定住してきて、アジア交易を広げていた。

在日華商から受け手のシンガポールの華商は、ノースブリッジ路の同裕興を含め、ハイ街に多いことから、ハイ街商人と邦人は呼んでいた。

最盛期に向かいつつあった花街《ステレッ》の嬪夫《ピンプ》たちは、九州出が四分の三であったとし、花街の顔役である長崎出の中野光三医師もいた。もっとも日本が望む南進貿易は、ヨーロッパを意識してのことといえた。

二人が出向いたシンガポールでは、その三年前からブラス・バサ・ロードのオリエンタル・ホテルを日本が買い取り、日本商品陳列館になっていた。そこはラッフルズ・ホテルから日本人街へ向け、二つめの路にあった。

陳列館は、農務省により、「本邦生産品の標本を、海外市場に送って、広く一般の閲覧に供し、もって販路の拡張をはかり、直接取り引きを発達させる」目的で設立された。

そのため館には、日本の輸出品、外国市場での競争品などが陳列され、かつ貿易事項の調査をし、内外の問い合わせに応じたり、貿易にかかわる雑誌、新聞などの閲覧に供するという。

百万の商品が、シンガポールの陳列館に並べられた。陳列館は、モスクワ、オデッサ、ウラジオストック、ボンベイ、沙市、翌年から厦門《アモイ》、バンコク、上海、午荘、宜昌と、アジア各地に開設をみた。

その館が、諸般の事情として説明はないのだが、経営困難ということで、長野実義が「大和商会」として事業を継承し、商品陳列館は消滅とある。

当時、マレーへの綿はイギリスからで、受け手の英人商会各社に対応して、サーキュラ路に華僑の卸商が軒を並べていた。

日本は上海ならず、国内での綿生産も伸びていた。だが、陳列館のできた年の邦人商業は、「商店を開き、人々を見るに、多くは水夫、採貝者、或は醜業者、博徒にして、不意に金銭を得たもの、若《も》くは本邦より無軽輩の風説を聞きて、些少の物品を携来しものにして、最初より商業を営々と志し、渡航せしものは甚だ稀有に属す……。彼ら仕入れ方を見るに、数百円より多くて二、三千円を懐にし、本邦に帰り、一種毎に数十円、もしくは一、二百円というが如き仕入れをなす」(「通商彙纂」三三一号。明治二十九年〈一八九六〉)

という見解あたりが、諸般の事情であったろう。

とにもかくにも、第一次大戦前のシンガポール貿易では、三井物産は明治二十四年(一八九一)より支店を持ち、石炭、銅塊、ビール、マッチに続き、大和は中川商店と並び、綿布、陶磁器、花むしろなどの卸し、小売りも扱っていた。(「南洋及日本人社」)

シンガポール墓地B地区の二と三に並んでいる長野夫妻は、夫五十一歳が大正四年(一九一五)八月十五日、とめ子四十三歳で翌五年十月十五日の没年となっている。私はこの夫婦の死に、いったい何が背後にあったのか不思議だった。

私なりに捜しえたことは——。大正四年一月三十一日、外務省、農商務省、台湾総督府の援助により、商工省より十一万五千円の補助で、英領マレーの市場調査と日本品の陳列見本販売の促進を行ない、そのうえ月刊で「南洋経済時報」を発行し、南洋市場の最新情報を、日本国内製造輸出商へ提供するという発表があったのである。

かつての陳列館が経営ならずとして「大和」に引き継がれたが、今回の南洋協会と銘打った東京での創立総会に、大和の長野は呼ばれたのだろうか。大和の意義が帳消しにされ、元の陳列館に戻されてしまう失意感が、病を呼んだとしか思えないのである。

それに、前年に勃発した世界第一次大戦では、ドイツに宣戦して日本も参加した。かつて二足のワラジをはいたカムイン屋の青野大尉も、日露戦の露艦通報に一役買ったが、そのとき長野にも役割があったはずである。

ドイツへの宣戦については、シンガポール貿易商のベン・メイヤ・カッツ兄弟、ブリックマンなどの動向を、長野が逐一にぎっていたと考えられる。

からゆき阿媽だったとめ子。阿媽洋妾《ラシャ》としてカイロで競馬の負け分で売られもしたとめ子。梅屋庄吉、長野実義と三人の夫を持った彼女には、計り知れない人生詩があったに違いない。

フーレツメンガに売りたてた男は、捨てたとめ子だが、その後、長野と忠誠をつくした日本は、時代変わりとなれば容赦なく斬り捨てる故国と知り、病んで招《よ》ばれた死ともとれた。

かんじん坂のからゆき

ゾッとするような老からゆきの述懐を聞いたのは、若くして故人となられた池田強さんからだった。夏代たち明治二十年代出生のからゆきは、二十世紀中期まで、島原、天草にも生きていたことは前述した。

池田氏は年少の頃から、かんじん坂の大師堂を遊び場にしていたという。そこには夏代が八歳の頃、言証《ごんしょう》さんという坊さんが住んでいた。十善講でひらいた十善の教えを広め、島原半島やマタロス休息所のあった稲佐辺りまで、札所を建立したり、布教したり、いつも底辺の人々の暮らしに気を入れていた。

大師堂内の八体仏は、明治三十一年の建立だが、日露戦前に北辺からゆきを訪《おと》ない、夏代たちの南進からゆきについては、明治三十九年十二月から二年も裸足《はだし》で、アジアはインドまで供養の旅をした後に、からゆき塔（天如塔）と各国からゆきの寄進名入りの玉垣を遺《のこ》していた。その後、からゆき塔は天如塔の名で通っているが、当時のからゆき渡世は、天も恕《ゆる》してくれるという言証さんの想いもこめてあった。

大師堂は辨天島大師堂というくらいで、眉山爆発前は島だったという。玉垣には、ラングーン金三十円、小田ユキ、ピナン金三十円、岡庭喜三郎などなど百九十基の玉垣が、八体仏のまわりをとり巻いている。

御堂と石仏や玉垣の間に、赤煉瓦の極楽橋が架けられ、御堂の中からはポクポク木魚の音が聞こえていたが、尼さんに見えたのは二代目の老妻であった。子供の時の池田氏には、頭に毛がないので、尼さんと思ったらしい。彼女は大学生の池田さんが訪ねた時も、木魚を叩いていた。しかし、体の自由を失《な》くし、手押し車に乗せられた姿も、池田氏は見ておられた。

「ここでたくさんのからゆきさんと、つき合ってきました」と、池田氏に語ったという。

「そんなからゆきさんの中に、めためたの女がおってな」

このあたりでのめためたとは、眼病、癩者《らいしゃ》、テンカン、梅毒、十八ガサ（瘡）、ガリガサ、肺病、身体傷害者などの総称であった。

「身体がまともに育たなかった、そのからゆきさんをな、親方が犬とかけ合わせ、サーカスに売る珍獣を作ろうとしたばい」

忘八はやはり人でなしとばかりに、厳しい顔で聞かせたという。

半島では、山中でひっそりと血族結婚でやり過ごしている山人も、かつてはいたという。高い貢納を逃れた人々には、近親結婚をした者もいたと言える。

「○○めためた　○○こうじき（乞食）　○○　○○のうまぬしと　○○　○○のいかりきり（船のいかりを盗む）」

貧苦の細民層は、黒い一口のたとえ話でくくられていた。

はたして「村岡伊兵次自叙伝稿本第二編」に見られるように、「スマトラのメーザン村のおかよ婆さんの十人の女は、片目、せむし、ちんば、一寸法師、皺くちゃの老からゆき」などとある。

メーザンは、オランダのゴム、タバコの植培地で、オランダ人は兵役後二年を、これらプランテーションで働かなければいけなかった。だから、おかよ婆さんのカムイン屋に来る層は、金のない兵卒の出であった。

メダンでは、多い年で五百人から六百人のからゆきと、洋妾《ラシャ》も五十組を越えたと、旅行者の眼にもとらまえられてあった。

大正天皇の即位に際して、嬪夫《ピンプ》の決議は、からゆきに紋付を新調することにし、一着二十円を借金に加えることで、嬪夫と呉服屋が利をあげた。すでにそうした例はフィリピンで日露戦後に、村岡伊兵次と天草出の呉服屋が組んで、利をあげたようなことが、祖国のためを建前に、なされてきたのだった。

からゆきは誘拐者が石炭庫《コール》の真っ暗な船艙にしのばせての密行であり、果たして人売ネットワークは、船中耐えられそうにない身体障害者を乗せたかは疑問である。

手品師やサーカス一座は、夏代たちより十年余も早い明治中期には、シャム、南洋一円にかけて興行師が乗り出していた。

興行師が死んだり、解散でもすれば、一座の女たちは、おかよ婆さんのような許に寄せられることもあったろう。

もっとも徳川時代の人売で、高価のついたのは、インドなどに連れ去られる越後獅子の芸のできる子らであったという。

メーザン村は、からゆき女の捨て場とされていたというが、大師堂二代目の老妻が語った——珍獣作りのかけあわせを欲したということは、人売ネットワークに対し、興行師が見せ物に出す取り引きもあったと考えられる。

大牟田のからゆき女衒《ぜげん》で、表の顔は島原と諫早《いさはや》に劇場を持つ興行師が、昭和の初めまで勢威を張っていた。

戦中パラオでは、サーカスの興行師内田が、一座のムスメたちをそっくり、カラスモウの慰安婦にして、楼主におさまり、深川出のすず子を妾にしてやりて婆をやらせた。筆者も、彼女をサイパン、トラック、パラオへと、追跡したことがあった。

二十世紀は女にとって、なんと酷い世紀であったことか。この世紀に生まれ、青春を戦域で過ごした私は、からゆきに続く慰安婦という、圧された性と人権との二重がさねの中で、女たちの呻《うめ》きを聞いたことになる。

お春に哭《な》くジャガタラおけい

高浜で、ジャガタラお春をうたって泣いたからゆきがいたと聞いた。ちょうどジャワのお春の地を回ってきた直後でもあり、島の言葉でいうまつぽ（まっしぐら）に訪ねてみた。

この話を伝えてくれたH氏は、本州に出かけていないという孫さんの口添えで、近くの宿の主人からこのことを確かめさせていただいた。

小松ケイは、明治二十二年（一八八九）、下島の小さな村に生まれた。高浜下島は、現在の天草大江である。

高浜の河浦街富津には、五千人あまりのかくれキリシタン信者がいることが発覚し、長崎奉行を驚かせた。キリシタン禁制の高札は、明治六年まで立ててあったという。

ケイが生まれてまもなく、大江教会堂の主任司祭として、フランス人牧師ハニエ神父が来任した。

ケイはその頃、父母を失い、兄と二人、鹿児島の米の津で叔父に預けられた。みぞげな二人として、優しくしてもらったが、貧家の叔父夫婦は、学校まで行かせてはくれなかった。

日暮れには、高浜の子守唄も口をつく。でもそれは、飯を食べさせてくれている叔父夫婦の前では、あてつけにとられると、子供心にもはばかられた。

　わしが居ると　気にいらんじゃろば
　よかと頼めや　わしゃもどる
　親の無い子は　いそべの千鳥
　日ぐれまぐれにゃ　袖しぼる

高浜は大昔から、長崎への出稼ぎも多い。娘や若後家の長崎行きは、庄屋から駒形の杉の往来手形を貰《もら》ってのことだった。

みんな丸山より下とされる寄合町の街や、椛町の貿易街へと出払った。その後年には、からゆき密航へと続いたのである。

彼女は、叔父のところで帰国からゆきの話を聞いてしまった。その里から、長崎や熊本などに、そして異国へと、周旋屋に運ばれた密航婦はいたのだった。

「叔父の家も貧乏しとって、どもこも暮らしの仕様なかごたるふうじゃたとん」

ケイは、当時を述懐して村人に語ったという。まだ十二歳とあって、彼女は長崎の遊廓で、小間使いに出、機会を待っていた。ある客に、「そりゃ南へ行けば、金が儲かるさ」と聞き、その男の口ききでジャワに渡ったという。

なんとしても長崎からすると、東京よりも上海、シンガポールを近く感じるのはケイひとりでなく、数多《あまた》の女たちがそう思っていた。男衆もまた、上海の鶏の鳴き声で目が覚めるなどと言ったものだった。だからこそ、おじけず怒濤の海を渡ったといえる。

ケイが、人々に明かさなかった十七歳の密航ぶりは、恥辱と飢餓に満ちた石炭庫《コール》の闇での暮らしに違いなかった。彼女が封じ込めたこのくだりは、だれにも伝えられていない。

明治三十九年（一九〇六）、ケイはジャワの日本人店の店員で働き出した。ところが、支店もつぶれ、これを機にからゆきへと転落した。

南での早い廃娼は、蘭領のジャワからであったが、ケイはその四、五年前に渡世についたのだった。彼女の働き場所は、バタビアともいうが、そのうちオランダ人の目にかない、正妻になったというからには、スマトラのメダン地方の可能性も高い。

明治十七年（一八八四）、この地方には約五百人余の女がおり、買われた洋妾もタバコや鉱山の植民者に多くいた。

蘭印では大正二年（一九一三）、オランダはイギリスその他の国とともに、廃娼協定に調印していた。すでにその前年に、蘭印各地の牧師にその動きがあった。バタビアオランダ政庁は、女衒とからゆき娼婦に圧迫を加え出していた。

ケイは幼女期からの苦労の末に、オランダ人の正妻となった。大きな邸宅、女中、コック、ボーイ、皿洗いの現地人に囲まれた暮らし……、夢のような生活を、彼女は手にしたのだった。

ケイは、こうして南進からゆきの成功者におさまったわけだが、まわりには現地妻の洋妾《ラシャ》もいれば、からゆきたちもいた。

昭和五年までケイは、ジャワで豪華な生活をしていたが、重大な岐路に立たされることになった。それは、夫が定年で祖国に引き揚げることになったのだ。ケイに、オランダに行ってくれという夫がいた。だが四十一歳のケイは、故郷に戻り、家を建て、父母の墓を建てたいと泣いて夫と別れた。その年、独りで天草へ帰ったケイは、二戸の家を建てて、一つは兄におくった。当時、評判になるほどの大きな家だった。

だが、帰国したはずの夫が、まもなく「天草で暮らしたい」と来日した。そこで二人で、日本のあちらこちらを旅した。

余生を天草で送るはずの夫だった。ところが、戦争が近づくにつれ、警察の目も光り、「スパイではないのか」と、たえず刑事がついてまわった。ケイの夫もいたたまれなくなって、とうとうオランダへ帰っている。

宿の話によると、校長をやった浜名志松氏なども、ケイの酒につきあわされ、食事の世話を受けた人たちがほかにもあったという。

ケイは焼酎《しょうちゅう》が好きで、酔っぱらって「ジャガタラお春」を歌っては哭いたという。貧苦からハミ出そうと、からゆき渡世もしたが、オランダ人の正妻の座も得たのに、またその夫が高浜を死場所にと来日したのに、日本はその夫を追い返していたのだ。

「みんな私が、唐《から》でお金をつかみどりしてきて、のんきに暮らしていると思っとる。早う親に死なれ、南洋でどれほど苦労したか、地獄も見たか、だれも分かってくれん」と、肩を落として語ったケイがいた。

そのケイも、昭和五十三年（一九七八）、八十九歳で病没した。

育った幼少期の不幸や、そのうえ死ぬまで語れぬ、剝がれぬ時代の酷印を押された身でもあった。老いて墓にいるまでと夫が来日もしたのに、戦争がその夫を追い返してしまった。彼女は我が身ならず夫にまで、かつて追放されたとジャガタラお春をかさね、しのぶ女《ひと》になっていた。

ジャガタラお春の歌に哭《な》いたケイを訪ねる前に、私はジャワのスンダ・クラバ旧港のお春の跡を歩いてきた。十五世紀、ポルトガルや日本との貿易基地だったこの港は、ビニンと呼ばれていた。

魚市場の辺りに、お春が住んでいた。このお春のことでは、バンドンに住む大下三郎氏から、一夜食事のもてなしを受け、聞かされたものである。彼は織機の販売で近海の島々まで歩き、渡海邦人の年表を作られていた。

——お春は、長崎の小柳理左衛門の娘とオランダ人センテイの間に生まれたハーフだった。慶長十八年（一六一三）十二月、バテレン追放令後の寛永十六年（一六三九）二月、幕府の鎖国政策により、その翌年には蘭船グレタ号で、三十一名が平戸から、ジャガタラにと追放された。

そこには彼女より二十七年も前に、関ヶ原や大阪夏の陣の落人、浪人など、オランダ人傭兵とされた六十八名もの契約移民、ほかに大工九名、鍛冶職三、左官二、三名、水夫などがおり、西方のバンテン港にも傭兵八十名が来ていた。

大下氏は巨体をゆすりながら、滔々と語り続け、合間に資料をひろげてくれた。

——総督以下八百名中、日本兵八十一、男子、女子二十四名、契約移民二十五名、子供十一人、

そのほかに商業移民もあった。ほか地方に散財した当時の邦人はこうである。

マキアン島	一四名	一六二一年
マカッサル	一〇名	一六三七年
カリマンタン	二〇名	一六三七年
スマトラ（小スンダ島）	一〇名	一六三七年
ソロール	五名	一六一四年
バタビア	三〇〇名	一六二四年
マキアン	九名	一六二三年
モルッカ諸島（パンガン）	八四名	不明
チドール	四〇名	一六一三年
モナルテ	一〇名	一六二一年
アンボイア	六三名	一六二三年

アンボイアでは、蘭、英の争いで、英人十名、日本人九名が処刑され、イギリスはこれよりインドへと進出した。

京都の糸選《よ》り機械を卸《おろ》しに来ている支店長が、歩いた先々によくも拾いだしたものだと、私は感心して聞いた。ことに戦中、私のいたセラウエシ島のホートローテルダム域に、日本の傭兵が十人もいたことは驚きでもあった。

和寇《わこう》の母船にいたのがオランダ人だったという学者もいるが、鎖国まではジャワ島近海に、かくもの邦人がいたことについては、カジャン・マダ通りのジャカルタ「古文書館」に残されているという。

ここにはお春が日本を追われた後、平戸生まれのシモン・センセとの結婚が記されているという。

「西暦一六四五年十一月二十九日、婚式はバタビア教会にてなさる。夫は東印度会社事務員補シモン・センセ、若き娘ヒエロニマ・マリタヌと結婚」

これがお春のことだという。このお春追放の年に、私の故郷に近い北上山地の大籠《おおごめ》では、日に千貫もの製鉄が伊達家の命で採掘されており、鉄人足が多いキリシタン徒はその年、七百七十八名が処刑され、その後二百名の打ち首、磔《はりつけ》の殺害があり、翌年も九十四名が殺された。夜ともなれば、まるで潮騒のように、人々の泣き叫ぶ声が近在に響いたという話を聞いて私は育った。

「お春夫婦は、多数の男女を召し使い、裕福な暮らしの中で、四男三女を生んだが、三児ははやり病で早死。それに夫は寛文十二年（一六七二）に死亡、亡夫の遺《のこ》した貿易船などを売り、子の養育に専念した。古文書館のお春の遺言状は、『ぜらにま、しるす』と、お春の名が出てくるという。彼女の死は七十六歳、一六九〇年のことで、七人の子のうち遺《のこ》った娘マリアと三人の孫に囲まれ、晩年はさびしい境遇のようだった」

彼女の住んだヨンケル通りは、現在のロマ・マラカ通りで、右側は倉庫、左は華人などの古い家が並んでいて、お春の豪邸をしのぶことはできなかった。

お春が故郷、筑後町の友や、姥《うば》に望郷の手紙を書き送った。

故郷恋しや　恋いしや
　かりそめにも　立ちいでて
またとかえらぬ　ふるさと思えば
　心こころならず　涙にむせび
めもくれ……

この思いは、その後からゆきに、そして戦場の軍用婦が感じたものと同じものであり、私に涙をくれてあった。高浜に来て、かつてジャワのケイにも、この心は在ったのだろうと私は思った。それにもまして、貧家の娘の、からゆきとしての流浪にも、来日中の夫であるオランダ人の追放にも、ケイにとってはお春の棄民《きみん》を、強く感じての涙であったのだろう。

高浜お咲の心映《ば》え

以下の文は、「長崎新聞」（二〇〇二年五月二十七日）を通じて、筆者に届けられたものである。執筆者は長崎市在住の天館三和子（仮名）氏――。

――からゆき伯母のお咲は、明治二十二年に高浜に生まれました。伯母の弟が私の父で、明治二十七年の生まれです。

祖父は村のもめ事の責任から、山深く隠退し、そこで四人の子を育てました。父には兄と妹もおり、伯母と伯父の母が死んで、次の母に父と妹が生まれたのです。

伯父が世帯を持ち、子ももうけてから、移民として米国に渡り、不運にも亡くなりました。伯母は多くの娘たちが「からゆきさんとして海を渡ればいいことがある」と信じたように、誘いあい、両親の眼を盗んで密航しました。行った先がブルネイのサンダカンです。

昨年、サンダカンへの旅行に加わりましたところ、町にはまだ十八戸の元楼主の建物が残っていて、マレー人や華人が住んでいました。

伯母は英人のミスター・Ｐに請け出され、奥地で夫のゴム園経営地で過ごしました。島原生まれの村岡伊兵次が、日清事変前後にボルネオの開墾をして失敗した頃、伯母はサンダカンの娼館におったのです。天草からは伯母の知っている女たちを、たくさん売ったり抱えたりした伊兵次の女房さんも、高浜の出でした。伯母は夫と同居も長いのに子が産まれなかったのは、からゆき渡世の頃に、子が産めない体にされていたからだと思っています。

伯母は大層の美人でありませんが、心働きの豊かな気の優しい人でした。伯母の仕送りで、私の父は旧制中学の卒業もでき、その後ゴム園に呼び寄せて、夫を通し英語も磨いてくれました。父は大浦から母を貰《もら》うと、サンダカンの奥地にある伯母のゴム園で働きました。

大正八年（一九一九）、伯母は英人のミスター・Ｐを失いました。伯母の気質を愛してくれていた夫は、いっさいの遺産を伯母に託し、亡き後は私の父母共々、日本へと引き揚げたのです。父はまもなく宮崎の英語教師に呼ばれ、そこで兄や私が生まれましたけれど、弱い体の母のため、伯母は私の守に長崎から駈けつけてくれました。私は伯母に抱かれて、数年を過ごしているのです。

父母は昭和二年（一九二七）に、またボルネオを指した折、兄と私もいっしょでしたが、伯母は長崎に残り、アメリカ移民で死んだ次弟の息子の就学、妹には職業教育として助産婦学校に通わせ、また養女ロージを、香港の学校に入学させたりで、日々大忙しの暮らしでした。

ロージは、からゆきの産んだ華人との混血児でした。夫と伯母の会話はマレー語でしたので、ロージの英学校への入学は、生前の英人である夫の希望であったと思われます。

再渡航した父の仕事は英語、マレー語の言葉ができることから、ゴム園管理を企業から頼まれたふうでした。サンダカンの奥での電気も水道もない一軒屋で、父は大勢のゴム採取の苦力《クリー》を使いました。トイレの隅にコブラがとぐろを巻いていたり、風呂場に大さそりがいたりしました。伯母たちも、かつてこのような密林で暮らしたのかと思いました。

大鰐の甲羅干しや、薬罐大の錦蛇が子牛を呑んだかして腹をふくらませているのを、ゴム採取の苦力《クリー》たちがかつぎ出して、調理場へ行くのを見ました。大物を蛇が呑むとおとなしいと、言い合っていました。オランウータンの多い地で、子のない伯母は、きっとそんな動物の子を可愛がったはずです。

私と兄の就学で、伯母の家に一時帰りをした父は、またすぐにボルネオを指しましたが、母は時勢柄ビザがとれずに戦後まで、伯母といっしょに私と兄の就学を見守りました。

弟の遺児を大学まで終えさせた伯母、妹を立派に助産婦に育てあげたのでしたが、戦前のロージの帰国には、英語と日本語がかみ合わずに、港での二人は新聞に載ったほどでした。

やがて戦争となり、華人の貿易商とロージは結婚しましたが、夫を結核で失い、戦後には神戸へ速記を習いにと家を出たまま、アメリカのカリフォルニアに向かいました。

伯母に話を戻しますと、敗戦直前に高浜の亡き弟の家に戻りました。お金はボルネオ時代から送金して、かつ遺子を大学まで卒業させるなど、現代の家族関係では失せた優しい心映えで、精一ぱい生きた方でした。

伯母はロージのためにも、兄弟たちのためにも、家を建ててやりもしました。伯母の死は戦後でした。長崎に存命の頃、からゆき帰りのおちもさん、コーランポやベトナム帰りの帰国からゆきたちが、立ち寄っていかれました。疎開後の高浜では、もっと沢山のからゆきさんたちと、会えた話は聞いていました。

身は汚しても、心美《うる》わしかったからゆき伯母のお咲を、私たちの生き残り一族は、いつも感謝の心で噂をいたします。

二十世紀の受難者からゆきは、お国や、制度が女の人権をはじいてあったから生まれたものと、新聞に先生が発表なされたのを見て、私もお咲伯母さんを語るのが恥ではないと思い、この便りになりました。

第三章——女衒《ぜげん》王伊兵次を追う

明日を駈けた女

天草で、からゆきともっとも無縁ですぐれた女性として、赤崎出身の園田シメも、その一人と語られている。

——明治三十五年（一九〇二）十二月、長崎湾を出帆するアメリカ船に乗って、園田シメはフィリピンに渡った。旅行鞄には、在香港領事書記生桐野弘発行のパスポートがしまわれていた。

「右ハ家事手伝ノ為、且必要ノ保護扶助ヲ、与ヘラレン事ヲ、諸官ニ希望ス」

密航婦でなかった二十歳のシメに対しては、このような配慮がなされた。

マニラ市のガスゴンベリア街で、兄の岩吉が呉服、雑貨を扱う園田商会を経営していた。岩吉は日露開戦時百ドルを献納し、彼の地で南天寺建立の発起人となった人だった。

同商会には、同郷の赤崎村出身の宮本時太郎が番頭をつとめていた。彼女はここの兄の店で、家事の手伝いや、商会のユカタ縫いなどをしていた。

故郷の赤崎には小学校もあったのに、しかし「女に学問は不要」と親に言われ、遠い異国のマニラに行って、はじめて彼女は僧侶の経営する日本人小学校に通い、遙かな母国の文学を学んだのであった。

そうこうしているうちに、縁談が降って湧いた。

それは「日本人の女性が好き……」というアメリカ政府の御用商人ハーリー・フロストと、横浜出身者の仲介で見合い、大正二年（一九一三）四月十二日、国際結婚を危ぶむ兄の反対を押し切り、現地教会堂で結婚式を挙げた。

ハーリーの人柄が善良そうだったからである。帰米した夫を追って、大正六年（一九一七）、太平洋を渡り、サンフランシスコへ、そしてシカゴへ大陸横断鉄道三日三晩、おんなひとり旅。シカゴから人口二十二万のデンバーへ移転し、大正十年（一九二一）、プラスピテリアン派の洗礼を受ける。

その宗派は、男性でも酒、タバコを禁ずる清潔さ。なかでも「神を偽ることは罪悪である」という言葉が、シメの心をひきつけた。

それはそれとして、楽しい蜜月であった。デンバー市のオッテニュー・スクールで英語を学び、婦人帽の作り方を身につけた。ピアノも五年間、練習をした。美容学校や自動車学校にも通った。

当時、アメリカではバスやタクシーなどの営業車以外は、免許証なしで運転が認められていたという。

しかし、幸せは長く続かなかった。

大正十四年（一九二五）五月十二日、心臓マヒで夫が急死したのだ。同年十二月、日本郵船で寂しく帰国。長崎でダイヤの指輪やピアノを売り喰いしながら、長崎高商や女学校、産婆学校に通う甥、姪の世話をし、昭和十年（一九三五）、故郷赤崎に引き揚げて、キリスト教の日曜学校をひらいた。

「人は生くるにパンのみによるにあらず。神の口より出ずる諸々《もろもろ》の言葉による」――これは、床の間にかけた掛軸である。

彼女はアメリカからの年金で、老後を暮らし、日曜ごとに集まる子たちに教えを説《と》いた。

「天草の郷愁」に、この一文を載せた方は、赤崎村の北野典夫氏である。

慶応時代に開港場となった長崎に、赤崎村の出稼ぎ奉公にはじまり、明治二十年頃から大正にかけ、爆発的にからゆき渡航者を生んだと分析している彼である。

赤崎村は天草きっての開明家である庄屋の北野儀部や弟の秀が、開港時の居留地用の埋め立て、大浦天主堂、トーマス・グラバー邸、高島炭鉱の採掘などをやり遂げている。

埋め立てや天主堂の坂道にも、本渡下浦の石が用いられた。天草には酒造家、庄屋など大地主層が田畑の三分の二を、すでに江戸期から掌握しているのだから、増え続ける細民層は、長崎居留地の潟切りにもからゆきにも、男女ともハミ出さざるを得なかった。

赤崎村には東迫《さこ》川が、老岳から流れ出している。開拓の村で、園田シメは小学校にも行けなかったというからには、少女期には迫川につづく清川の蜆《しじみ》取りも、菜取りの遊びもしたのだろうか。

もっとも彼女が勉強に通えなかった少女期には、山形の最上あたりの子もそうであった。否、日本中の他の子にもあり得たのだった。

山形あたりでは、子買いの婆さんが、口減らしを望む家々をまわり、馬喰《ばくろう》が馬を引いて歩くように、幼女から少女までを麻縄で数珠つなぎにし、福島の、主に磐城郡の方へと向かった。小さな子は子守、大きく育って農事にと、一口に「モガミ」といやしまれて生きた。越後からの人売も、郡山付近にやって来て、この辺りでは「買い子」と呼ばれ、それら売られた者は、婚期には恋も実らずの人生が待っていた。

兄園田商会の手伝いと聞けば、だれもシメのことをうさん臭いと感じはしない。

シメは兄が楼主の嬪夫渡世で利をあげ、ガスゴンベリアにその後、表の顔としての商会を開いた男と知ったのは、村岡伊兵次の自叙伝稿本を抱き、セレベスのタカテドンのラエンを追って、山地族トラジアの山里で暮らした折だった。

そのことは後述するとして、伊兵次はセレベスの土侯《ラジア》たちから、ラエンを添わせられた。彼は領海の資源探検に夢を持っていただけに、渡りに舟とラエンを貰《もら》ったものの、本妻に男子が生まれたという通報を受けとるや、スペインからアメリカが奪ったばかりのフィリピンに渡航する気になった。

かつて彼がシンガポールで、四、五年、女衒《ぜげん》王として君臨したおり、フィリピンに向けた手下からの通報も得ての決行だった。

明治三十三年（一九〇〇）十月十日、マニラ上陸で彼が見た雇主名簿に、「天草の園田岩吉、八人のからゆきを抱える」と記されている。しかもシメが渡航したのが十二月だが、園田商会は、マニラの日本人商店にその後、仲間入りをした。

商店は明治三十四年（一九〇一）から増えだし、三井、田川、木村、谷村、福田、翌年に奥野、田島、平本、和田、大津、三坂銀行、東郷活版、三十六年には松井、下国、丸井商店、園田商会であった。

シメの仲人は、横浜の人とだけ記されているが、女部屋は月四千円以上も収益があるからと、伊兵次をフィリピンに誘った早川鉄次郎のようである。

シンガポールでは、伊兵次の開いた「国際誘拐学校」の手下であり、コーランポ（クアラルンプール）から、マニラの営業に切りかえた人物である。

伊兵次は、持ち前の気性で、マニラの花街《ステレッ》に日本人会を作り、シメの渡航年には、からゆきたちを全員、愛国婦人会に入会させた。

明治三十六年（一九〇三）六月、松島、橋立、厳島の南洋艦隊がマニラに入港した。

三百名からのからゆきは、揃いの紋服を着て出迎えた。艦隊の兵たちに、女たちのその衣服が、彼女たちの借銭を増やしていることなど見えはしなかったに違いない。

シメが兄の許でたくさんのきものを縫ったというのは、以上も含め、からゆきたちの着物を指した。

その兄のからゆき楼には、赤崎村の今福とし、宮崎キチをはじめ、たくさんの天草娘もおり、対岸の島原娘もいた。

明治三十七年（一九〇四）、伊兵次の活動で集計された五千四十六ドルが国に献金され、このとき東京府知事である男爵千家尊から、フィリピン日本人会に感謝状と盃が届けられている。

トップ・レディ中のトップレディと讃《たた》えられたシメも、からゆきたちの汚濁を根に、淑女となり、幸福な伴侶も得た。

神の心を心とするにいたったのも、泥の中を這いずる遊窟のからゆきたちを見たためだったとも考えられる。

北野氏は、シメのことで、伊兵次や兄の渡世には踏み入りはしない。ただ少しは感じているかして、「ひとりの女性の人生航路は、遠くひろく、心の遍歴もそれ以上はるばるしている」と、良い言葉でくくっていた。

人売網は地球規模

シメの話のように、「伊兵次自叙伝」には、事実と合致点も多い。

彼の道のりで人々に一番危ぶまれた部分は、アモイにプールされ、幽閉されたからゆきのお救けマンであったことだろう。そのことに触れる前に、彼を手短に紹介しておきたい。

私は彼の生家跡を、半島の南串山に訪ねたことがある。そこは、屋形の失われた道伝いの小さな空地だった。

彼の生まれは慶応三年（一八六七）であり、彼が四歳の頃は長崎や島原から、同い年ぐらいのハーフが、東で清国へ売られた。この地では間引きより、生んで捨てるという棄児の風聞の方が聞かれた。

子売りが太政官たちで禁止をみたのは、明治四年（一八七一）であり、それまでは横浜でもボテフリ籠に入れた幼児売りが見られた。

その頃、江戸からハワイへの移民なども、手添えの外国人ヴァン・リードでさえ、からゆき女衒なみのことをしでかす時代だった。

日本では第一次の産業革命は日清事変後のことであり、その前の輸出品はからゆきかと、白人になじられるほど、アジアではまだ資本進出の瀬踏み役がからゆきであった。

ゴロツキや博徒、女衒、嬪夫《ピンプ》、続く床屋、小間物屋、雑貨屋などで、南進、北進、ハワイを含む北米、また移民史をからみ合わせの落ちこぼれた南米からゆきなどで、ヨーロッパ、南アフリカ地域まで、からゆきでうずめられていくのだった。

伊兵次自身が男からゆきとして、明治十八年（一八八五）十二月に、まず香港へと渡るのだが、小資本でやれる商いなどあろうはずがなかった。

彼が思案の二ヶ月で湾仔《ワンチャイ》で見たのは、からゆき娼売であり、そこで二百名のからゆきを見た。長崎を出るに当たって、借りた七十五円も宿代で消え、泣きこんだ先の日本領事のとりなしで、海員宿泊所に泊めてもらった。

水夫になったものの、百五十トンのワイケバキ号帆船でこきつかわれ、天津で脱走すると、島田理髪店で理容を五ヶ月学んだ。

上海に出たのは明治二十年（一八八七）九月である。香港、上海と領事同士のつながりもあってか、陸軍中尉上原勇之助の従者として、行商人へと化け、アジア北辺への軍事探偵の手伝いをした。日本軍閥はすでに北辺にも南進にも、さかんに密偵を繰り出していた。ことに上海では、岸田吟香の経営する楽善堂を根城に、セイキ水なる眼薬売りの密偵を繰り出していた。

彼が密偵中に書き記したのは、各土地のからゆきの動向と数であり、彼の意図した道が見えそうである。

上海はその時より五年前には、七、八百人のからゆきが、長崎の博徒親分の青木に束ねられ、盛んに営業していたが、在上海領事は、楼主やからゆきの追放に出、かつ内地から呼び寄せた警官たちをして、親分の青木の追い出しに出た。

そのとき領事は、女も五、六百人を本国に送り返したというが、ふたたび港で待ちかまえる人売網に捕まり、北進、南進、そして大がかりな北米用として、各基地に送りこまれる網の小魚であった。

安藤領事の処置は、イギリスのバトラー夫人の廃娼の風潮を学んでいたが、正義タイプか、娼品輸出を皇威に恥じるなどの理由からであったろう。

アモイには五百人のからゆきが監禁されていると聞いた伊兵次は、なぜかイギリス領事を訪ね、書記や華人警官の助力を得るや、三十人をまず取り返してきた。

この時のからゆきは、上海から追い出されたからゆきではなく、十四、五歳から二十歳どまりの、身許が豪農や商家、官吏家庭の娘たちであり、これには伊兵次もびっくりした。しかも美人ぞろい。海外にあこがれて騙《だま》され、華人によってアモイにプールされていたのだ。

その後、二回の救出で二十五人、計五十五人を一応は救えたかに見えた。

華人のプールは、どのような手を得たのだろうか。

その問題を解く鍵を、私は北米からゆきの「波よ語っておくれ」の取材で解き得たと思っているが、国内では地方の悪漢と通じる女衒が、廓筋でも、吉原、州崎を請け持つ親分女衒二人とか、府下の関東、東北をつかさどる五人の親分女衒、名古屋、大阪、岡山、広島、長崎のそれぞれの親分女衒の小さな旧口入れ屋までふくめての下部組織を入れると、膨大な人員が存在した。

そこに、からゆきを扱う港湾の新興やくざ親分も、国内組織の悪漢とも繋がったり、海員たちも加わったりする。

清国にはもともと「帮《パン》」や「堂」の組織を、悪で利用する国際人売網もあった。

嘉永五年（一八五二）、アメリカ商船ロバート・バウン号は、福建省から四百名の苦力《クリー》を乗せ、カリフォルニアに向け航行中、あまりの待遇の悪さに苦力たちは船長を殺し帰ろうとしたが、石垣島の近くで座礁し、八重山の役人に保護された。

そこに英艦二、米艦一が来航して発砲を加え、生き残りを奴隷として売りとばした。その時の犠牲者百十二人が、同島の墓地に眠っている。（一九五五年七月十四日、熊本日日新聞）

文久三年（一八六三）、奴隷解放宣言がなされ、かわりに安い労働力として、華人が鉄道、製材、鉱山にアメリカで迎えられたが、中部ワイオミング州ロック・スプリングスでは、その後の明治十八年（一八八五）、華人虐殺まで起きている。

日本人もサンフランシスコ博覧会に、明治二十五年（一八九二）、三百人のからゆきがお目みえした。その前後から、労働移民者まで排斥されていた。

――明治五年（一八七二）、日本は清国奴隷裁判にかかり、行きがかり上、娼妓解放令をいっとき打ち出した。そのマリア・ルーズ号というペルー船から、清国水夫が港で海に飛び込み、英艦に助けを求めた。二百三十一人の清国苦力《クリー》が、だまされて船底にいるから助けてくれという。英側のとり持ちに米側も同調し、ペルーの清国虐待は日本領海で起きたことだから、日本の裁判で明らかにという意見が出た。

清国は、ペルーにさえ人売の組織をつなげてあった。ペルー側弁護士F・V・ディッキンズは、ペルーと清国との契約は人道にそむくとする大江卓に、巧みな日本語で、「日本娼妓はどうなりや」とまくし立てた。

公娼制の中の人売は永年期にわたり、明治元年（一八六八）に設置されたハマの駆黴《くばい》病院における三ヶ月の娼妓数一万四千三百七人、病毒者四百五十二人も持ち出された。（「近世日本の人身売買の系譜」牧英正）

おしまくられた大江卓は、「政府は目下、娼妓解放を検討中」と述べ、裁判を勝ち取った。しかし、アジア覇権を夢見る日本が、本腰を入れて公娼廃止に踏み切ることは、この後もなかったのだ。

静岡県と北米からゆき

北米取材で知ったことは、北米各所の製材業者《ソーミル》の持つ大型帆船の、各国に対する木材輸出と、国際的な人売網のかかわりであった。

伊兵次の稿本に戻ると、シンガポール、香港、上海などへ行く石炭積出港としての長崎、口ノ津が、からゆき送出のトップであることは、夏代の章で高島三菱石炭と長崎、大牟田三井石炭と口ノ津などを明かしたが、伊兵次のからゆき積出も長崎、口ノ津は同じでも、大阪、神戸、門司、横浜、清水港なども入る。開港都市に供給された北米木材の大帆船などは、伊兵次の稿本には出てはこない。

しかし、アモイの何百人というからゆきの幽閉を解くには、北米製材業《ソーミル》が、少なくて一企業で十隻、大手で五十隻がらみの多くは、日本人コックを用いたのが多く、香港、アモイ、シンガポール、マカッサルなどから、帰路に北米へからゆき送出をなしている船が多かった。

海外花街《ステレツ》のからゆき嬪夫に、海員ががぜん多かったのも、水脈が通じていたのだろう。

南進からゆきの取材を通じて、不思議さを覚えたのは、伊兵次が誘拐した女三千二百人の出港明示にある九位の大阪出は、墓域にからゆき名を見出すことは難しいことだった。それに大都市大阪から南進が少なく、その多くは北進流出の組織があったためだろうか。

「長崎七百八十五、神戸五百三、門司四百七十六、口ノ津三百七、横浜三百一、清水港二百七、唐

津七十、三池三十、大阪十二」で、静岡清水港は、大阪をはるかにしのぐ数字である。

南進に見受けられない静岡女性からゆきが北米に多いのは、移民者の多い同県から写真婚で渡米し、零落もあったにせよ、北米と現地静岡の女衒網によったと思える。はたして米材は、からゆき輸出六位の清水港に来船したのだろうか。

戸田《へた》では嘉永七年（一八五四）、ロシア艦船ディアナ号の沈没のおり、洋式帆船の建造を行なった。だが、そのおり洋材の入手はしていなかった。

ただし、七人の造船世話係の一人である緒明嘉吉は、その後、品川に出て造船業を営み、二代目菊三郎は日露戦役に軍への貸与船で、一ヶ月十万の水揚げをなし、海運業を築いたという。

三代目の圭造は、湯ヶ島の別邸へ、伯爵清浦奎吾を招いたおり、近くの学校建築のことで、「わざわざアメリカの木材を運ぶより、天城の材木をなぜ使わぬ」と、伯爵にいわれると、「林道のない天城で、二、三丈の長尺物の搬出は難しい。宮内省が小道を作ってくれでもしない限り、米材の方が安い」と、述べている。

日本での鉛筆用のインロン材は、やわらかい米材でなされたようだが、へんぴな伊豆の湯ヶ島には、学校用材がどの陸路から届いたのだろう。また、帆船の着岸はどこなのだろう。

戸田は軍港案が消えるほど、湾は火山噴火口で深く、清水港の方が「開港貿易港」として、明治二十九年よりも早かった。

ましてや次郎長でさえ、それより十六年も早く、沼津の茶の輸出業者や横浜の業者から八万の金を寄せ、静隆社を起こし、汽船三隻の回漕会社やら、船宿、英語塾まで開いていた。

この米材について、清水市社会教育課の渡辺氏に伺った。

「明治末期、茶箱の加工業に用いるとか、ことに大正十三年の震災復興材として、外洋材の輸入については、わずかしか記録が見つかっていない」という。

ただし清水港と西伊豆、東伊豆には、客船の就航もあり、巡航船としては西伊豆の松崎に、清水から巴川の粘土で作った瓦を運び、岩科小学校の屋根瓦も葺《ふ》いたし、帰り船には伊豆の炭を清水に運んだ歴史が、昭和の大戦後まで続いたという。

シンガポールのからゆきは、同市における日本からの石炭輸入一位とあいまっている。清水港の港湾史を見ても、石炭が夕張、幌内など、ほかに三種もの石炭が扱われていて、外国船も補炭に寄港したことがわかる。

密行からゆきの送出には、決まってヤクザの元締めが各港に見られた。これは、受け手の異域のどこも同じ構図で、忘八の楼主からしてヤクザ出だったり、博打《ばくち》打ちの親分は北米各都市にも、アセアン各都市にも、からゆきの出張っているところなら、どこにでも見られた。

伊兵次の年に近い次郎長のいる清水では、七百戸がらみの商店の並ぶ江尻宿など、娼妓も多かった。港の問屋仲間だけで、七十八戸もあった。

その頃、神戸の女衒王は山田松太郎で、アモイ、上海の華人にからゆきを売りつけた。伊兵次は正義ぶって五十五人の幽閉からゆきを救出したものの、今度は自分でそのからゆきを、カルカッタ、シンガポールにと売り払って資本を作り、本拠地をシンガポールに決め、「国際誘拐学校」を組織した。

からゆき売買は儲かるものと、元手を融資する華僑資本家もいた。富士の麓には、中世に人売の市が立ったという。通称「富士市」だった。

ついでにいえば、無宿者の上に二十七年も君臨した次郎長も、頭の回転では時には伊兵次を越えた。彼は養子先の伯父の米屋から四百五十両の金を盗んだおり、百五十両は木の根方へ埋めて出奔し、露見して勘当されても、後に天候と作柄を読んで、天保六年（一八三五）、百五十両を持って浜松に向かい、大船で百五十石（俵で四百五十俵）の米を清水に持ち込み、天保の大飢饉《ききん》で大儲けをし、養父の勘気を解いた。

しかし、米暴落の頃から博打をはじめ、ヤクザ道を疾《はし》り出して人を殺《あや》め、インチキ博打もやった。彼の子分の森の石松など、街道宿の飯盛り女の見張り役をこなしていたという伝えがある。相撲とりの大政、魚屋の伜小政、群馬と埼玉出の常吉と網五郎など、子分博徒四百八十人を動員し、伊勢の伝兵衛まで配下にしていた。

新政府は、この次郎長の旧悪を免じ、警察権を与え、かつ県令の助成金で、富士の麓の開墾を行なわせたが、監獄者を利用させた。七十町歩（二十二万一千坪）の開拓がすむ頃、銃刀、博打用具の狩り込みをかけ、彼を監獄に入れた。

次郎長のことのほかの無念さは、明治十八年（一八八五）からで、以後の裏渡世はどうだったのだろう。

伊兵次の表《ひょう》に出てくる清水港からゆき輸出と、関わりなしとは言いきれまいと思う。ましてや五百人の手下が動くのだ。

次郎長の死没年と、伊兵次のいっときの衰落は同時期に起こった。

伊兵次は日清戦役後は、資本を華僑に断たれ、セラウエシへと都落ちをする。その前年が次郎長の死であった。

海外はハワイも北米もカナダも、バンコクもトンキンもシンガポールもカルカッタでも、どこの娼区も、博打場と親分と、嬪夫、ゴロツキがセットにされていた。

盗みは罪人でも、娼売は国法で許された風土であったから、貧家の娘の誘拐も、地獄女に堕《おと》すことも、まわりも罪状とは思わなかったし、人権意識の薄い女の中には、あたり前と思うような者もいた。

カナダ、アメリカには、静岡出身の嬪夫《ピンプ》、女衒、からゆきが多くいた。大正六年、北米のからゆき数六万余は、出稼ぎ移民の約三分の一を占める人数だが、若くして悪病で惨野の露となった者が多い。

ロスアンゼルスの羅府《らふ》新報の編集長は、取材の折に三度会ったが、三度目に立ち寄ったら、「最初にお寄りいただいてから、さっそく市内のお葬式屋とお寺で、からゆきさんの花骨が三百五十余箱も見つかり、〝寂光碑〟を建てました」と、私の写真と記事を載せてくれた。一市でこれだけの無縁からゆきには驚きながら、邦人墓地の碑に手を合わせた。

もはや二十世紀のからゆきたちは、「見えない森」の人とされている。体制の法と風土が生んだものなら、せめて社会が悼《いた》みを与えなくてはいけないのではなかろうか。ましてや日露戦役では、すでに彼女たちは「軍政慰安所」の慰安婦でもあったのだ。

人々は針、筆にまで供養の優しみをくれるが、異域に息絶えた二十世紀の女たちを、振り返ってはくれない。

日本は列強の植民地所有を後追いをし、アジアに覇権戦争を起こした。女の性にはさらに権圧がのしかかり、軍用婦としての死没者も多い。からゆきと合わせて四十万余の死に、社会は詣《まい》り墓一つ建立してくれるわけではなかった。

人心に人権と愛、優しみが根付かないのも、そんなところにあるのではなかろうか。

このような記事を某新聞がとりあげてくれた三日後に、島原市教育委員会が島原大師堂のからゆき名を記した玉垣、内陣の八体仏、からゆき塔を、文化財に認定してくれた。

ことに六月末、島原新聞には、もうひと追いを乞われ、「北米と九州からゆき」を連載した。その直後の許可だけに、私は嬉しかった。

女性の〝負の遺産〟を、女のドームにと手弁当で九州で訴え続けて約十年になる。中国烏雲《うゆん》を見える森にという富士宮、富士のインストラクター石川栄男氏、日原瑞夫氏が、見えない森の仕事をする私に、駈けつけて応援をしてくれていた。島原市の愛と勇気の決断に感謝したい。

また両氏は、二十世紀海外受難死没のからゆき、軍用慰安婦に、「女郎花は詩えたか」「波よ語っておくれ」を表題にした六尺大の献碑を、西伊豆土肥の海の見える栄源寺の門前になされた。刻文には彫刻家の名越仁氏が参加をされた。また、関東の東松山岡に在る妙安寺には、雲母《キララ》での女人痛魂の像（女郎塚）の献碑が行なわれ、歴史の見返り場を遺していただいた。

伊兵次をトラジアに追う

伊兵次の、シンガポールからの都落ちを追ったことがある。

ジャワなど廃娼の踏みきりは、マレーより一足早かったとはいえ、彼が立ち寄った明治二十七年（一八九四）十一月頃は、施行の十年も前にあたっていた。

彼が明治二十二年より張った人売網には、スマトラのメダンや、パレンバンが入っているが、その地には踏み込まず、ボルネオのパンジェルマシンで、五ヶ月間、床屋と女郎屋を営み、スラバヤではコーヒー店にからゆきたちを並べたりの渡世をなし、セレベス島マカッサル市を指している。

マカッサル海をへて豪州のクイーンズランドには、彼が上海に脱出した明治二十一年（一八八八）、熊本から移民が三回も繰り出された。また、セレベスと豪州の近くにあるブートン島には、すでにその十年も前に天草宮浦町から、採貝の潜水漁夫が往来していた。

なお彼の稿本には、よりつきのマカッサルに、内田、土井、荒木、福本それぞれに、からゆき四、五名ずつをつけ、カムイン屋をやらせてあったとある。

娘の実話ということで、農商務省実習生の佐野実が、マカッサルに向かう時を、こう記している。

——肥後隈府の者で、久留米紡績で女工として働くうちに、同郷の紡績で働いていた好い男に、「シンガポールの織物会社で、男一人、女五人を雇いたがっている。手当は一日三ドル、女は二ドルだが行くかい」と誘われ、門司から密行した。

すると、香港で募集人は上陸してしまい、「この手紙を持っていけ。会社から迎えがくる」という。シンガポール上陸と同時に、四、五人のゴロツキに女郎へと売られ、マカッサルに向かう途中だった。

手紙の文面だが、「男はいらん。女はオーストラリアの金山へでも追いやってくれ」が本文だったらしい。好いた男を餌にした、新しい手口のようだ。（「南洋諸島巡遊記」）

伊兵次は、なぜに都落ちしたのだろうか。彼がアモイにプールされたからゆきたちのお救けマンをやり、かつ売り払い、シンガポールに上陸した翌年の明治二十三年（一八九〇）、同市における華人男子は六万六千二百三十人、女はわずか三千八百二十人である。海峡植民地一帯が、男子植民者や労務者の多い女日照《ひで》りであった。

華僑のテッチと呼ばれる金貸しは、からゆき誘拐の資金は出してくれたのである。ところが、折からの南進論に、伊兵次もサンダカンの開墾などに、そのテッチの資金を内緒で用いたが、開墾がうまくいかなかったことに加え、日清事変も重なり、敵となった華僑から矢の催促の取立を受けても、借金も返せず、彼はひそかにからゆきキャラバン隊をまとめて、シンガポールを出奔したのだった。

五ヶ月もいたパンジェルマシンから、次に移ったスラバヤで、コーヒー店をからゆきたちにやらせながら、伊兵次はサロンを肩に、各地でからゆきの探索をし、十円、二十円の手数料をとって相談にのってやったり、かつ彼女らの氏名と情報をシンガポール領事にと送り、その後にマカッサルを指したのだ。

マカッサルでも彼のみは、ニューギニア、チモール、クーパン、セラ島なども一巡している。ニューギニア島西南海岸とアルー諸島のドボは、明治二十六年（一八九三）来、日本人潜水夫が働いていた。水深四十五メートルの海底までもぐり、死と隣合わせの労働を年に八、九ヶ月働いて高収入をあげた。

モンスーンで五月末から八月末まで休養した。島には十戸の宿屋、八つの食堂、九軒のからゆき宿に二十人ほどの女がいた。モンスーン時期は、マカッサルへと、アンボンから、シンガポールまでのからゆきが渡世に向かった。バタビア領事の調査では、出稼ぎからゆき数は六十人から七十人であった。（外交資料一九一三年三月十九日）

このようにマカッサルやオーストラリア沿岸にかけては、日本は採貝の出稼ぎ漁業を行なっていた。その数は、何百人という多人数であった。彼らは潮流をうまくのりこなしていた。（「日本漁業経済史」羽原又吉）

前者は主に和歌山県人を指しているようだが、天草でも富浦町浜浦伊吉など、明治十七年（一八八四）には、マニラ寄港をへて豪州木曜島に出稼ぎをし、八年後にはニュージーランドに、またもぐりの出稼ぎをなした。

伊兵次が赴いたセレベスにも、邦人の「真珠協会」なるものもあった。彼はセレベス島で、土侯《ラジャ》の娘を得たりした。また領海の探検には採貝漁場への野心も感じられてならない。

もっともその年（一八九四）、天草二江のもぐりの名手である田口京三郎が、十人も引き連れて高瀬貝や天然真珠を取りに、スマトラを指していた。天草では、高瀬貝を「尻高ミナ」と呼びならわしていた。

寄港地のマカッサルで、伊兵次と昵懇《じっこん》だったとも考えられる。ミナは蜷《ミナ》で、天草や島原では巻貝のことを指《さ》している。

シンガポール出奔のおり、連れ出したからゆきは、マカッサル開業時には倍の人数となっており、女たちは長崎、島原、天草の娘が多かった。

採貝人は明治期で一位を誇るほど、アラフラ海に出漁した和歌山県人は、木曜島だけで千人もいた。さらに明治三十年（一八九七）には、千六百六十三人という契約移民が、アラフラ海を指した。

高瀬貝は真珠層の殻から、貝ボタンを作るもので、世界の人々に欲されていた。マカッサルの産物は、当時その貝が、他の藤、ナマコ、沈香《じんこう》木、丁子《ちょうじ》花、肉桂《にっけい》、ココアを抜いていた。

セレベス海小島のブートンも、有名な採貝の基地であり、シーズンオフにはアラフラ海やマカッサルを目がけて、楼主はからゆきを連れて乗り込むので、排日運動が起きていた。

伊兵次は、故国ならず居住国の土侯たちにも、〝忠〟のポーズを見せる男だった。ゴア、ブギス、トラジアなど各土侯《ラジア》に、からゆきの大盤振舞をし、気に入られてトラジア土侯テンゲマイの側妾の王女ラエンと婚して、タカテドンに住み、領海資源の探索に乗り出した。

彼にすれば、オーストラリアの採貝は、白豪主義によって、英人のみの許可となっており、せめてセレベス領海で採貝場を見出したいという願望もあったろう。

私は戦中、この島の研究所におり、からゆき墓群の丘を見ていたので、戦後にその所在を捜したが、街は十倍余にふくれ上がっており、墓域は新住宅地に取ってかわっていた。そのことで領事館へも通ったが、からゆきなどは企業人でないことと、また伊兵次を含めて、かつての居住邦人の庶民史を語れる館員はいなかった。

私はラエンの生まれたトラジアを指してみた。オンボロ車と運転手を調達し、八時間もかけて、その地についた。

トラジアの木村コーヒーには、ジャワの憲兵が戦犯を避けて、潜んでいるという。敗戦の時に、インドネシア戦線に籍を移した日本兵は、その頃まだジャワ、バリ、スマトラ、タイなどに百数十名が生きていた。一口にジャピンドウと島の人々に呼ばれていたが、それは蔑視を込めた呼び名であるらしかった。

高地にお住まいなら、蛋白源の土産が良かろうと、沿道で目の下五十センチの干した大鯛の塩魚を積んで、内陸部の高地をめがけた。

軽井沢のような冷気の里に、壁面いっぱいの鶏などを彩色彫りして、舟型にそりあげた屋根をのせた家々の村が見えてきた。トラジア様式の家である。

パサル（市場）のある一角の裏手に、木村コーヒーの事務所があり、こわ面の監督官の元憲兵がいた。素性がばれないくせを身につけていて、私の知りたいことには、「何も知らない」の一言で、はぐらかししか貰《もら》えなかった。手土産の高値の干魚を出しても、別に喜んだふうでもない。現地妻は近くの家にいるのに、お茶をふるまってくれたわけではなかった。

山あいの小さなホテルに予約を入れていたので、早々に引き上げた。ホテルは電燈もなく、粗末な焼飯《カチャゴレン》とピーサンマスという小さなバナナのもてなしで、その夜は休んだ。

翌日、帝京大の方が同行してくれ、山々にえぐられた葬墓を見てまわった。屍体を舟に乗せる葬墓は、見上げるような岸壁をうがって作られてあった。

なだらかな丘に広場を持つ王族たちの村も訪ねた。ラエンの話を持ち出すと、ブトールの言葉は返るが、今度は滔々《とうとう》としゃべりだされると、こちらが解せずとまどってしまう。すると、老年期に入った土侯のかたわれが、奥から五、六枚の明治初期の古い銀貨を持ち出して、私の掌にのせた。

作家のA氏はセレベスの伊兵次がチャラメラの松などの手輩をつれて、行商の手鏡などで大変儲《もう》け、また家来連れの土侯たちにからゆきを饗応したところ、十六歳になるトラジア王族のラエンを伊兵次にそわせ、彼女は男の体を知ると、彼に強い性的な求めをするので、いなすために彼女を指揮官にし、山野に群れる野豚《バビ》狩りを行なわせたこと、一頭一円の野豚は解体して、たくさんの塩をまぶすと、マカッサル華僑が喜んで買い受けたことなどを発表していた。

伊兵次は一円銀貨をラエンに払ったが、彼は華人から日本の貿易銀貨で支払いを得たのだろうか。私は野豚の金と思い、息がはずんだ。品のよい土侯家の初老の紳士は、私に泊まり先のホテルを聞くと、夜に訪問してきた。彼は「イニ、スモア」すべてだと、百十数枚の一円銀貨を私にさしだした。ルピアに「ガンテイ」、つまり変えてくれという。A氏にこの銀貨を見せたら、欲しがるだろうかなどと考えたりした。

当時は女衒、嬪夫が、からゆき配布と共に、前科者やヨタ者に、香具師《やし》まがいの行商をさせた。シンガポール時代の伊兵次も、遠くはボンベイ辺りにまで、この手合いに品物を持たせて送り出していた。

歯みがき粉の腹痛薬にしても、回春薬にしても売られた。売薬行商人の出現は、明治三十六年

（一九〇三）と「南洋の五十年」に出ているが、人売網にたぐられるからゆき先導型の経済機構に、ヤクザ、香具師はつきものである以上、インチキ薬の行商は、からゆき渡海と共にあったと考えられる。

ラエンの夜昼なしの体当たりに、イスラム圏では禁食のため、増えに増えている野豚《バビ》狩りを思いついた伊兵次もたいしたもので、一円銀貨につられてラエンが、野豚《バビ》狩りの宰領となったとしたら、王族間にその銀貨が遺《のこ》っていたにしても、不思議はない気がする。

マカッサル港は、港湾のへりが華僑の貿易街であり、日本側の「真珠協会」があったにせよ、なんの輸入に対して一円銀貨の邦貨を充当させたのだろう。西洋の香辛料は、まだ自国の家庭へ流布していなかった。ココアにせよ、真珠にせよ、邦貨の貿易銀が華僑の手にあって、伊兵次の交渉に応じて、野豚《バビ》の代金に払ったのだろうか。あるいは伊兵次自身、輸入業者が持てる特典の貿易金としての一円銀貨を持っていたことも考えられる。

両替所などあろうはずもない山地のトラジア王族に、蓄《たくわ》えられたものが、取材の私におこぼれとしてついた形だった。

伊兵次は、野豚狩りに夢中になったラエンを残し、領海探査に乗り出している。身近に天草のくぐり漁民をやとったであろう。

——採貝は水底数十メートルも潜るので、危険な仕事であり、それまですでに二千人がこの漁業で命を落としていた。（「真珠採貝出稼ぎ移民」久原修司）

そのため、潜り稼動は半年とされ、残りの半年は体を休めるならわしだった。

伊兵次は、探索の足をミンダナオ島に向けた。セレベス領海であてがはずれたからである。フィリピンには、広島・田島のウタセ漁師が来ていた。ウタセは帆の風を利用し、六キロも網を流して、底の魚のエビやタコを取る漁法である。

彼はついにアメリカ軍艦に拿捕《だほ》され、投獄された。アメリカはフィリピンを、スペインから奪取したばかりだったから、もぐり探索が怪しまれたといえる。

彼が獄から放たれた明治三十三年（一九〇〇）四月、ラエンのところに戻ると、彼女はゴアの王族の許に出向いていた。その時、マカッサルでカムイン屋を任せてあった天草生まれの本妻いと子が、男子を生んだという知らせを受けた。彼はマカッサルにとって返した。そこに、マニラのカムイン屋の早川鉄次郎から便りがきていた。

マニラでのあがりが月に四千円と多いから、来ないかという便りだった。彼はシンガポール領事館に出向き、マニラへの渡航手続きをすませた。

マニラには、明治二十九年（一八九六）より領事館が開かれていた。スペインに勝ったアメリカが、大がかりな開拓を行なおうとしていた。

マニラのからゆき

市内にはすでに三十五戸からの花街《ステレッ》があり、アメリカ駐屯軍、企業群の相手で盛っていた。本国アメリカでは、からゆきが排日の目玉となっているのに、植民地は別であった。

マニラ渡航者の中に、シンガポールで「国際誘拐団」を彼が組織したおり、片腕とした大学出の広島出身原田吾一もおり、熊本出の藤木熊太郎も随行した。

明治三十三年（一九〇〇）十月十日、マニラ上陸の伊兵次について行ったからゆき名はこうである。古賀おさよ・天草湯島、今福おとし・天草赤崎、福田おかず・長崎南高来郡、釆原おはな・五島（長崎）、古賀おたか・天草湯島、吉田よね・四国、磯永サク・長崎南高来郡、福山サツ・長崎市、渡辺マツ・長崎大村、宮崎キヲ・天草一町田、大田ハル・長崎大浦、田中よし・佐賀県、田中キン・天草上津深江、銭物おぎよ・島根県。

前章でファストレディとして騒がれた園田シメの兄のことで、伊兵次の稿本が正しいことを記した以上、ここでマニラのカムイン屋〈明治三十三年〉と、マニラのからゆき名〈明治三十七年（一九〇四）〉を記させてもらう。

なぜならば、島原大師堂の玉垣には、フィリピンのからゆき刻名が欠けているからである。

雇主	本籍地	女数	雇主	本籍地	女数
福田キト	長崎南高来津佐町	6	田島伊代吉	長崎市	6
神山春三郎	横浜	6	青山おます	長崎県	4
パリパク街					
寺尾	長崎南高来郡島原	5	市川コト	長崎市	8
坂三郎	和歌山串本	5	永田吉	長崎南高来郡島原	8
豊福親利	長崎市	7	峰富五郎	和歌山西牟婁	7
石寄増太郎	〃	6	池本磯太郎	広島	8
森茂吉	福山市	8	後藤ミス	長崎市	9
高橋保	佐賀	7	早川鉄次郎	横浜	6
西川卯吉	東京	5	園田岩吉	天草	8

松井伝三郎	四国	9
末次保津	口ノ津	5
久保野	〃	7
白川佳	岡山	9
青木吉之助	四国	8
柳屋治郎	長崎	5
江浦	〃	5
神尾ふじ	横浜	7
村岡イト	長崎	11
杉並甚左衛門	和歌山西牟婁	8
大内庄衛	長崎北高来郡島原	10
倉永某	福岡	8
大津万蔵	長崎南高来郡島原	8
ミサキ	〃	5
ソロカン街		
三坂鹿次郎	広島	13

初章は明治三十六年（一九〇三）、夏代の密行から始まった。その翌年、伊兵次稿本に明治三十七年（一九〇四）、マニラのからゆき名が遺されているのは、日露戦争のおりの献金五千四十六ドルを集める下地の名簿として遺ったと推測される。

マニラからゆき名と出身地	
倉田きわ	神戸
頼田もと	佐賀
平野ハマ	和歌山
小関チト	天草
市川シゲ	長崎
中村サカ	長崎島原
山本いし	佐賀
後藤みす	長崎市

マニラからゆき名と出身地	
片手ふじ	長崎市
中村たつ	長崎口ノ津
福田キト	長崎加津佐
市川サツ	長崎市
浦川よし	〃
百川ハマ	横浜市
田漆きそ	天草
前田キソ	長崎島原

江口みよ	長崎市
北村たけ	〃
本田ます	長崎島原
松山いち	大阪市
武富かめ	福岡市
宇部タミ	神戸市
松本なつ	神崎
信州セツ	京都
前田イヅエ	広島
伊藤ツル	〃
松本ツル	長崎県
白川タミ	福岡
吉村クキ	〃
竜田カネ	横浜
西尾ちの	大阪
松崎みね	天草
池田ミカ	〃
今杉ツル	〃
酒井きお	和歌山東牟婁
小松ヒデ	長崎島原
吉田ヨネコ	四国

中島キヨ	〃
大坪タカ	佐賀
山口ふみ	山口県萩市
堤キミ	長崎島原
早田アヤ	門司
小林アサ	天草
小林ちよ	〃
井下サヨ	京都
井上マス	天草
山下リュウ	島原
百合シヅ	〃
小峰スナ	長崎市
竹下もん	〃
柳矢でん	岡山
村林よし	島原
山下えよう	長崎
竹村ます	佐賀
滝川ひさ	〃
小坂チヨ	神戸市外
田浦よね	熊本
高橋さよ	天草湯島

実正ユキ	天草
三藤タツ	〃
松崎サノ	〃
甲斐なか	長崎
竹田ふじ	〃
足立いそ	岡山
北山きく	長崎
山下ヒデ	島原
山田ふく	熊本
酒井ちよ	長崎
磯永サク	島原
福山サツ	鹿児島
渡辺マツ	佐賀
宮崎キチ	天草
村岡キヨノ	長崎市
森ちよ	広島
西原こめ	和歌山
村川ソヨ	長崎
早瀬ジツ	有明
木村シヅ	〃
浅沢テイ	〃

太田はる	長崎市
田中よし	〃
田中きん	〃
鋳物スギ子	島根県
村川アサ	長崎市
石本いと	〃
石川ミサヲ	長崎南高来郡島原
安田トメ	〃
石川サキ	〃
谷崎ジュン	〃
小津キク	〃
小林みつ	佐賀
吉田シゲ	〃
藤原しげ	神戸
植松チエ	有明
中村トメ	〃
永田トメ	長崎口ノ津
有田ちよ	〃
山田なか	長崎
植田サヨ	〃
山下リユ	〃

林クマ	〃
浅田ナカ	〃
徳永れい	京都
山本えつ	神戸
中川シゲ	有明
松尾キツ	横浜
浅田春枝	〃
蒲原ヌエ	佐賀
日向キン	横浜
相川シチ	〃
川口エイ	福岡
池田サダ	〃
松尾シメ	〃
石川きみ	神戸
浦上ちよの	長崎
吉田きくの	天草
山下おわき	島原
中村うめ	長崎口ノ津
福田キト	島原加津佐
福田キヨ	〃
福田セイ	〃

布村こと	〃
酒井おいち	和歌山
友村みつ	福岡
高田シヅ	〃
山口トミ	島原
角田タル	〃
渋谷ミサヲ	〃
大崎梅野	〃
田畑よね	和歌山
久保田サダ	福岡
三谷タメ	〃
高揚イソ	長崎
立岡ツキ	〃
石橋ハツ	〃
蒲池ケシ	天草
大久保ジミ	〃
内藤カズ	〃
吉田シメ	石川県
水上キク	〃
増田スエ	島原
竹内トヨ	〃

神野キノ	長崎口ノ津
小川ユウ	天草
堤チヨ	〃
松尾ツル	熊本市
寺中ミツ	島原
浜崎ミツ	天草
井上梅	島原
田代なほ	佐賀
岩田よし	〃
林田すえ	〃
浜崎わか	天草
田中みつ	〃
本田キク	島原
中島ケイ	〃
沢坂チヨ	〃
植松カネ	〃
野口サト	〃
岸サカ	和歌山
小林シゲ	天草
長柄アサキ	島原
森ユキ	〃

白水ヤス	福岡
岩毛ヨネ子	〃
辻本トメ	〃
相良ツルメ	熊本
中川ヨネ	〃
太田はる	〃
吉田トヨメ	〃
鈴木スエ	〃
高揚タキ	大阪
安地キミ	〃
黒シゲ	〃
脇坂クマ	〃
増田サツ	〃
福田サト	島原加津佐
白川エイ	香川
柏原トリ	〃
大西タケ	広島
鐘崎ツキ	〃
木村キワ	〃
柳井ユキ	〃
吉本サエ	〃

米屋コト	四国
野口イヨ	〃
光田ヒサ	北海道
稲増イマ	〃
津田イワ	佐賀
大武トミ	〃
吉崎ヌイ	〃
本田かつ	島原
大塚はる	〃
泉ます	長崎
田辻ヒサ	〃

潮騒《しおざい》に引く幕

伊兵次の妻イトは、大正八年（一九一九）、レガスピで死んでいた。

明治四十年、マニラで、彼の表の顔の一つである呉服店が焼亡した。彼はシンガポールの嬪夫でゴム園経営で名をなした二木多賀治郎ほど、表街道で名をとどろかすことはできなかった。サンダカン開墾、セレベス領海の探索にしても、そうである。

ただ明治三十六年（一九〇三）、夏代たちの密行年に、フィリピンではベンゲット道をアメリカが作りだし、彼は邦人請負いをやり、ボスとなった。白人妻のお産を助け、フィリピンから医官の資格を得、そこで神戸で電気治療器を買いこみ、アルバイ州レガスピで開業した。

彼が取り扱った何千人というからゆきの中には、病での早逝者も多かった。産婦の扱いも身についており、白人妻のお産も助けることができたのだった。

彼の死は稿本の解説通り、昭和十八年（一九四三）、レガスピで死没と私も思っていた。ところが、昭和二十年（一九四五）三月二十日、天草富岡で死去したことが、昭和五十二年（一九七七）五月十三日付の週刊「みくに」誌上で、平島芙蓉子氏が取り上げた。同誌には、天草赤崎の北野典夫氏も「天草海外発展史」を連載したところ、天草鬼池に近い五和町出身の岩崎吾郎氏が、北野氏に一文を寄せた。

——中尉は宇品暁部隊の坂本隊として、第二次大戦勃発前の十二月五日、すでに船上で「命下布達」を受け、パラオのガラスマオを経て、ルソン東南部のレガスピに敵前上陸をした。彼が伊兵次と会えたのは、噴煙ふきあげるマヨン火山の麓で、当時、人口二万のそのレガスピでであった。

さて、戦闘部隊より遅れて、レガスピ港の突堤に降り立ったのは、すっかり夜が明けてからのことで、事務所、宿舎などを決めて、ただちに街中に出た。

郊外のキャンプから、解放されたばかりの在留邦人の幹部クラスとして、会えたのが伊兵次であった。

「ムラオカです。医者ではないが、以前、神戸で習得した鍼灸術治療をやっております」

彼の稿本には、「ラジーム放射、蒸熱イーデー・エム・電気学士、兵庫デンキ治療組合、日本電療医学士、練習院長、ドクトル村岡伊兵次として、昭和十一年までマニラに健在」とある。

岩崎中尉は、彼がレガスピにも居住が長いことと、元日本人会長であることから、彼の一存で伊兵次を嘱託とした。翌日から軍嘱託の腕章をつけた老人が出勤しては種々の情報をくれ、相談相手になってくれた。さすがに地理、物産、資源、民族事情などくわしかった。ひまな時は明治十八年（一八八五）、故国をあとにしてからの人生航路を語ってくれた。大部分は「自伝」にあるような話だったが、次の話を記憶している。

——レガスピから東北に、インダンという海沿いの集落がある。昔、日本漁船が漂着のおり、土地の娘たちが若い漁夫に群がったので、漁夫が「ここの女どもは、インランだ」と言ったのが地名になったそうだ。

——私はあちこちで多くの子をもうけたが、ボルネオの女が産んだ男の子が一番先で、もう五十歳ぐらいになろう。

——南のある島では、左手にマッチ箱、右手にマッチ軸をもった手つきで、火をつける恰好をすると、とんでもない誤解をうける。土地でいろいろの習慣、手まねがあって、めんどうなものだ。自分自身でか、他者に指示させてか、「西日本一帯からかき集めた女たちを、口ノ津港から三池の石炭を積んだ船底にもぐりこませ、密出国をさせた」とも言っていた。

岩崎中尉の話は続く——。

——当時は失礼ながらヨボヨボのお爺さんで、温和な風貌をしていた。むしろ日本人会や邦人幹部から、馬鹿にされていた。そんな立場の彼だったが、隣の島原出身であり、天草出の私を懐かしがり、とても親切にしてくれた。

彼は悪事（婦女密輸）などを働いた過去がある。しかし半面、俠気に富み、当時としては大変な愛国者だった。彼の情報活動は、汽車による輸送作戦を妨害するゲリラ一掃に、大きな効果を発揮した。

私たちは海辺に近いマヨン・ホテルに起居していた。店も閉鎖し、ゴースト・タウン化して、邦人軍属の盗みまで出たりした。そんな時の伊兵次は、ヨボ爺さんを吹っとばして、

「よくも在留邦人の顔に、泥を塗ってくれた。私が若かったら、タダではおかないのだが。皆さん

に対して恥ずかしいし、お国と、天子さまに申し訳ない」

と、深く頭をたれ、老いたその顔に涙を流した。私はその時、若い頃の血気盛んな彼を垣間みた想いがした。彼は官尊民卑の風潮の強かった頃に国を出たせいか、役人、軍人には卑屈かつ丁寧だった。——

なお、「村岡伊兵次自伝」の稿本を、私も見せてもらったが、ルソン滞在中、マヨン山四合目のティウイ温泉で、報道班員として見えた石坂洋次郎氏に、休憩所の主である伊兵次から、飲物などの接待をされた時のことを、石坂氏は、つぎのように述べている。

——老人は南洋生活五十七年、娘子軍の元締めのような仕事をしておったという。内地の高官達と写した写真をたくさん秘蔵していた。

また、罪滅ぼしに書き上げた「自伝」の分厚い手記を見せてくれたが、独特の変体仮名で、一頁と読みきれなかったが、女の名や金高など、ところどころにあるので、いずれ自分が手がけた娘子軍のことを記したものだろうと察せられた。スラスラ読めれば、面白いものに違いない。

むかし、この種の人々が、公の援助もなく、南洋三界を股にかけて歩いた心意気は、壮とすべきかも知れないが、何しろ醜業は醜業なので、国家的な立場から考えると、あまり賛成できないことである。すでに大国となった日本の、断じてなすべきことではない。

とにかく、天草出の岩崎中尉は、伊兵次の世話になったという。彼の南洋各地での行状はもちろん非難されて当然だが、稿本の「あとがき」を記した河合譲氏は、

「平凡な人だが、平凡と同時に国家を想い、弱きを助け、悪と戦う非凡な一面を持っていた。悪の中に住んでいながら、悪と戦うという矛盾、そこが彼の限界だった。そこを抜けだし、晩年はまじめな実業家になろうとした。しかし、その晩年は電療士としての淋しいものであった」

そうして彼は天草の富岡で、七十七年間の生涯を閉じた、とある。

彼は戦中の中期まで在比し、その後どのようにして、本妻の故郷である天草の富岡に戻れたのだろうか。

イトが伊兵次の嫁になった頃の富岡は、二十四浦で三百人からの水夫《かこ》が二十倍にも増え、とあるから、したがって零細百姓の激増が見られた頃だった。捨て子や一家ぐるみでの逃散《ちょうさん》も多く、貧家の娘は、ハミだしのからゆき渡世しかなかった。

伊兵次も老いたが、彼の手がけたからゆきは、あの戦中まで生きていたのだろうか。異域の露と化していなければ、あの名簿の女性が、天草、島原の帰国からゆき組に聞かれないのは、なぜなのだろう。

明治三十七年、おそらく募金控えとして残ったであろう女性の行衛《ゆくえ》は、岩崎氏、石坂洋次郎氏との対談からは見えてこない。

富岡における村岡伊兵次の死は、終戦五ヶ月前の昭和二十年（一九四五）三月二十日のことであった。

第四章——緑林のからゆき馬賊たち

頭目お菊

わずか七歳で朝鮮京城の料理店に売られた山本菊子は、天草娘であった。親との死別とか、幼少の身の上は明らかにされていない。売られた年が明治二十三年（一八九〇）であり、出生は明治十七年（一八八四）である。

その頃の京城は前年から、釜山、元山ともどもに、日本の公娼制を持ち込んであった。

彼女が十歳の頃、日清戦役が勃発し、京城の日本人会はその二ヶ月も前から、墨井洞の一区を入手して軍を慰めるための花街《ステレッ》を開業した。

在鮮居留民の邦人は、祖国の師団、連隊指定地が、遊廓を付帯させることを知っていて、京城にも早く手をまわしたのだった。

彼女が抱え主に大陸へ売り飛ばされるまで、平壌市にも十万坪の花街が誕生したし、京城市内にも新町や龍山弥生町など、十五戸も楼戸が立ち並んでいた。

武断政治で始まった日韓併合であるゆえ、派遣憲兵は約五千であった。邦人花街に隣接して、朝鮮の娘たちも数を増していった。

菊子二十歳の頃には、京城には日、鮮娼妓が三千人余もひしめいていた。人売網の口入れ屋も、日鮮あわせ、五、六百人とあれば、目をつけられた朝鮮娘など、粟殻《あわ》のように吹き飛ばされてしまう。

日露戦役には、すでに菊子は遼東半島から、奥地を放浪していた。自称で、「大官の妾もすれば、北満からシベリアの料理屋も渡り歩いた。日本のシベリア出兵（大正七年、一九一八年）には、慰安婦も経験し、皇軍の規律と行動を学んだ」という。

ブラゴベシチェンスクにあった「オーロン宮」という酒場の経営者孫花亭は、張作霖と喧嘩別れをして、同所へと飛び、酒場の親父をしていた。彼は間島地方を縄張りとする馬賊の大頭目であった。

日本警備隊に密告される寸前、彼女の通報で、孫は命を得たとあって、彼に迎えられ、菊子は頭目として扱われた。

匪賊、馬賊と、邦人側からひとくくりにされても、中国にとっては反日軍でもあれば、清朝擁護派、単なる土匪と多彩であった。

彼女は自称馬賊に、日本軍の規律を取りこんだというが、もともと馬賊には古くからの掟があった。馬賊は日本側のつけた名であり、中国側では「緑林」の二語で呼ばった。

その規律に、「頭目命に絶対服従、反抗者はその場で死刑、歩哨中の居眠りも死刑、除名、強姦者も死刑、頭目の許可なしで飲酒不可、両手を後ろ手に組むな、伏せ寝をするな、茶碗の上に箸をおくな、就眠という語を使うな（中国で寝ることを睡覚といい、就眠は死）」（「満鉄調査部」草柳大蔵。

朝日一九七九年）

もっとも菊子の生まれた頃、日本軍閥はロシアの南進を恐れていた。上海で軍偵の上原は中尉の従者として、伊兵次を連れて北支や満土にと向かった。伊兵次は、各地の土匪、頭目に買われたからゆきをメモしていた。

北粟　からゆき八人、土匪頭目らの妾。

周家屯　婦女子十人以上、七割は土匪の妾。

義州　婦女子五人、士族出の娘たち、役人で土匪を手下にもつ中国人の妾、女たちから五百円出すから救出して欲しいと頼まれる。

打虎山　在留日本人十二人、なかに張作霖の輩下で匪賊婦女子四人。

ハルピン　明治六年に来た神戸の女、子三人あり。

長春　婦女子八人のうち六人は土匪の妾。

公主嶺　女八人のうち六人土匪の妾。

しかし、頭目となったからゆきは、メモされてはいない。

伊兵次がメモした土匪の女たちや、弱年の菊子と違って、年かさのお君は、からゆき時代、馬賊の頭目である増世策を見初めた。増もお君を好み、やがて身請けをした。お君は荒野を駈ける妻となった。

増は日露開戦の直前に捕らえられ処刑されたが、お君は手下と抵抗を続けた。

だが、馬賊は主に排日義勇軍である。彼女がたとえ心から日の丸をうとましがるほど、意識を磨いたところで、どれほどの頭目の部下たちが信頼をくれたか、その後の話は伝えられていない。

かたや南進のシンガポール、メダン、マニラの楼主も、からゆきも、日露戦には献金を惜しまぬほどナショナリストであった。そのことに比べれば、馬賊の妻になったお菊も、お君も、親や故郷に祖国と、飛び抜けての怨心が揺らいでいたのだろうか。

菊子は百名からの頭目として、朝鮮、敦化、吉林、長春あたりまでを縄張りとした。彼女の出す通行手形（保票）は、信用もあり価もよかった。当時の人々は、馬賊を楯《たて》に往来したともいえる。彼女が天草に里帰りした話は採録できなかった。

孫花亭が彼女をして頭目にすることで、どんな利があったのだろう。彼女が自称した縄張りの吉林省、黒龍江両省には、彼女の死んだ後、紅幇《ホンパン》の元締め安振有が居座った。政情不安定の中国では、揚子江、黄河ともに匪賊におびやかされていた。

そこで船主は結束し、襲撃をかわすのに、秘密の紅幇を組織してあった。彼らの船印は赤色ランプを灯した。後年の第六路軍まである「抗日進軍」とは違って、蔣介石派ともいえた。

安振有は、黄河から黒龍江へと来た。彼は両省のケシ栽培と、粗製阿片の「大煙」の塊りを作り、集荷強化に紅槍会を作ったのだ。

菊子も、ケシや黒龍江の舟便を束ねはしていなかったか。後続の安が、阿片と砂金を収入源としたのだから。

彼女は黒龍江のニコリスクで、病を得て死んだが、その地には島原南高来郡上目黒村（現国見町）の島田元太郎が、明治十九年（一八八六）以来、この地で根をおろし、ウラジオにも貿易事務の館を持っていた。

黒龍江漁場に、日本の帆船千隻を浮かべ、漁夫数千人を抱えて、鮭を取りまくり、日本にも送出する漁業ボスであった。

それに彼が黒龍江をさかのぼったのは、明治十九年とされている。ニコリスクでかつぎ屋から身を起こした。同町へ鉄道工夫が三百人も熊本県から来た。

まるで北米を思わすような景気がやってきた。鉄道の人工労務者は、広島移民会社を通して、一度に千五百人といった後続部隊が続き、それにからゆき、石工、土木人夫、鍛冶屋が、どっとこの地域にやって来た。

漁場主島田元太郎に、孫は当時必要な人物であり、やがて菊子を頭目にしたことも考えられる。

彼女は大正十二年（一九二三）、病を得てわずか三十九歳で、孫と結ばれたニコリスクで死んだ。とすると、彼女はその三年前の二月から五月にかけて起こった「尼港事件」を、どうやり過ごしていたのだろう。

当地には日本人が約三百人のうち、天草出が三分の一を占めていた。それに日韓併合以来、流亡の民となった朝鮮人が千人、中国人も二千人からいた。

前述した島原出の漁業ボスの盛業もあり、カムイン屋は鬼池出の池田団造、モカ夫婦、手野村（五和町）の池田清太、ユキ夫婦で、からゆき五十二名を折半して経営していた。

天草、島原、五島などの八反帆の和船漁船が、からゆきを運んできていた。一船に十二人ほどを乗せて玄界灘を越え、黒龍江をのぼり、盆に間に合うように漁船は帰国した。

事件というのは、同町の華人三千人をコザック兵が河畔に追いつめて虐殺し、露軍は満州へと南下しだした。

ところが、大正七年（一九一八）三月、帝政ロシアと革命党が入れかわった。その期、オーストリアから独立をめざすチェコスロバキア軍が、帝政側に投降し、それを英、米、仏、日本が加勢に駈けつけ、反革命軍コルチャック軍を支援した。日本の軍や財閥や企業は、日露戦の勝利後、満州に乗り出す野心もあり、革命軍はその日本を憎んだ。

一触即発の中を、革命本部のムーヒンの許に乗り込んだ中山蕃少佐だったが、会談がまとまらずして、戦闘が始まった。

日本軍はブラゴエ市を襲ったが敗北し、九月に入ると、日本の海軍陸戦隊が、ニコリスクを占領、陸軍も居留民の守りについた。露人や華人にひかされていたからゆきたちに、その戦闘の時に死者は出なかった。

大正九年（一九二〇）一月二十五日、パルチザンは日本の要塞を占拠し、陸戦隊の守る電信局も討ち死にをした。

零下五十度の凍てついた二月二十四日、市長をまじえて停戦が成った。

だが、反日を剥き出しにした数千のパルチザンは、「ヤポンスキーを殺せ」と、殺し、盗み、強姦の挙に出た。

トリヤピーチンの軍隊は、日本軍の十数倍もあり、ついに日本軍は玉砕した。このとき島原、天草や長崎出のからゆきたちは、凍りついた黒龍江の中にあった中国艦に、救けを求めて駈け寄ろうとしたが、機銃の乱射を受け、雪上に折り重なって死んでいった。

馬賊の菊子と孫たちは、そのとき、どこにいたのだろう。この事件で島田元太郎の行動も、著者にはつかめていない。

日本軍屯営を守っていた河本中尉は、逃げ込んだ邦人を抱え、白旗を掲げたが、その後、全員処刑された。天草の死者は百十名であった。

川が溶《と》けだした六月初旬、北海道七師団がニコリスクに到着した。溶けだした水の中に、累々とした斬殺死体が浮き出した。

救援軍がこの地を去ったのは、大正九年九月三十日だった。

いったい事件当日の彼女は、どこにいたのだろう。この時の生存者は六十二歳の毛皮商人と、長崎出身の女性で、子供二人も助かっている。四人は三十六日間も氷野をさすらい、ハルピンに着いたという。この女性は、菊子ではあり得ない。山塞の拠点にでもおらねば、菊子も助かっていないはずである。

この事件の見返りで、日本は北樺太の権益を得ている。

彼女は町の見知ったからゆきのすべてを失っていた。三十九歳で死の床にあった時に脳裏をよぎったのは、貧苦の生いたちへの想いだけではなかったろう。似た境遇のからゆきたちを馬賊として救えなかった惜念が、死を早めていたに違いない。

馬賊に買われたシカ

杉野シカは、島原南高来の出であった。明治二十二年（一八八九）生まれで、夏代たちと同年輩である。生を得ていれば、帰国しても、つい半世紀前まで故里に在った人である。彼女の渡航時はどんな様子だったのか、漁船での密行なのか、新聞は何も伝えていない。

――一九一〇年（明治四十三）頃まで、シカは東清鉄道沿線の双城堡《シワンチョン》にある、永野福蔵の料理店にいた。（「北のからゆきさん」倉橋正直）

ロシアは、極東に不凍港を欲した。

日清戦争後の明治二十七年（一八九四）、日本の属領地になるかと思えた大連、旅順などの遼東半島は、仏、露、独の牽制で、その二年後には露・清条約で、ロシアは満州里―ハルピン―ウスリースクの鉄道敷設という権益をとりつけた。さらに明治三十一年（一八九八）に、旅順、大連を入手すると、旅順まで鉄道の延長をなしとげた。

杉野シカがからゆき渡世をなす頃、すでに天草出の宮本千代は、ロシア人の医者プレチコフに連れられ、明治三十二年（一八九九）から、ハルピン入りをしていた。

明治十二年（一八七九）生まれの彼女が、ウラジオに阿媽として働きだすには、実家でのよっぽどの困窮でもなければ、親は娘を出しはしなかったろう。

プレチコフがハルピンに転任となり、彼女は陸路で琿春、図們、長白山脈、そして次の長白山地を越え、吉林を経てハルピンに向かった。

ハルピンはまだ荒野の寒村であったが、東清鉄道と共に人家が増した。（「邦人海外発展史」入江寅次）

宮本千代は、邦人の草分けとして、識者に記録された女性である。彼女は到着後すぐにウラジオから、兄夫婦や長崎の人々を何組も呼び寄せている。彼らは河船十五日、陸路四日歩き、松花江の支流から本流沿いのハルピンに出た。初期のハルピン入りはシベリアからであり、鉄道敷設後は大連や朝鮮からだった。

杉浦シカは、東清鉄道のハルピンに近い双城堡《シワンチヨン》で働いた。

明治三十五年（一九〇二）、新都市ハルピンは、邦人洗濯屋十二、大工十、ラムネ製造二、写真三、商人十に対し、からゆき娼妓七十五、楼主十一と、外務省通商局の記録に遺されている。

シカは永野の料理店で、仲間もうらやむような人品のよい華人に落籍《ひか》され、晴れがましい気持ちで、夫にしたがってハルピンに出、豪華な中国衣裳で身を飾ってもらえた。二人の行方は、邦人たちはだれ一人知らなかった。

夫は馬賊の首領だった。その夫が官憲に捕らえられ、刑場に消えてしまうと、夫の伜によって、彼女はたった百六十円で、木蘭県巴彦《バゲン》州から、百里も離れたチョンナーカンという部落の百姓に売られた。

彼女は牛馬なみにこき使われ、健康をそこねても寝ることも許されず、打つ、殴るの仕打ちも受けた。

逃亡しないよう監視もされていた。原野をどの方角に行けば、邦人に助けを得られるかと、毎日逃亡のことで頭がいっぱいだった。

「どうかハルピンの日本人に、この私を助けてもらいたい」と、監視の眼を盗み、四枚の紙っきれに書き、物売りに託した。だが、彼女の救出は伝わっていない。

その十五、六年も前に、伊兵次は軍偵に随行し、北支、満土、土匪の妾とされたからゆきをメモしたが、杉浦シカのような受難者については書かれていなかった。

彼女は広野で何を遺念して果てたのだろうか。

紙屑を抱いた女

春野フジは、有明を前にした大浦村（現有明町）の出である。雲仙を望める大浦で、彼女が生まれたのは十九世紀末の明治十九年（一八八六）である。

町の人も彼女のからゆき渡航については、美人で、若くして渡海したことのみを伝えるだけだった。

「馬賊の頭目に見初められ、妻となって頭目の死後はお頭におさまる。愛用のピストル一梃を腰に、数百の手下を率い、馬上颯爽と銃撃戦に明け暮れた。健康を害し、トランクいっぱいのルーブル紙幣と、ピストル一梃、関東軍某連隊の感状をもって、天草に一時帰郷をした。ルーブルは、革命でただの紙屑と化した」という。

とすると、帰郷は革命の起きた大正七年（一九一八）前であろう。持ち帰った紙幣だが、シベリアからゆきで貯めた金なのか、関東軍下での馬賊とあれば、国境の富豪商人でも襲って得たものかと単純に考えてしまう。

彼女は紙屑の紙幣に、腹立ちと失意を抱き、体の回復を待たずに、また大陸へと飛び出した。

彼女は羅南の奥に姿を消した。その辺りは、茂山の鉄鉱、富寧の電力、咸鏡炭による製鉄から、チタン鉄などの産地であった。そのような地帯を、抗日軍から守るには、関東軍も手なづけた馬賊が、必要だったとみえる。

日本はロシアが大陸を貫いた東清鉄道沿線の要心のほか、ウラジオに近い海岸沿いも守るための馬賊も必要だった。

彼女の疾駆した地域は、このようなウラジオ対岸地区から、長白山脈の下を流れる鴨緑江沿いだったという。

四十一歳の若さで死ぬ時、たとえ紙屑になった銭を持ち帰って物笑いにされたとはいえ、日本に通船の通う羅南の病院であったことも哀しい。

軍先達の女馬賊ハナ

当時、男たちにもてはやされた馬賊に、伊達順之助がいる。関東軍の御用馬賊だけに、マスコミも気を入れて宣伝した。

ましてや天草では、女馬賊さえ出たとあれば、夢見る少年もあった。佐領村（五和町）の宮崎三《さん》四《し》の息子秀雄も、そんなあこがれを抱き、父のいる長春に向かった。

東清鉄道と南支鉄道の接続点である長春には、露軍、日本軍のなごやかな警備ぶりも見られた。日本は近衛第一師団の第三連隊だったという。秀雄はマッチ工場の父にさとされた。ちょうど伊藤博文暗殺の年とあって、馬賊になりたい少年を父親はいなしたのだ。秀雄は天草に戻って、中学に入るため帰国した。その後、彼が馬賊になった話は伝わっていない。

その頃、数え十八歳の天草出である薄井ハナは渡満し、次から次と抱え主に売り飛ばされ、ついには馬賊頭目の妾に買われた。

水戸の歩兵第二連隊第二大隊第二中隊は、総勢二百八十名ほどが屯営にいた。

「明日の明け方、匪賊んせめて来ますけん。用心しときなっせよ」

はたして翌暁、三百名ほどの匪賊が夜襲してきた。同様の予告が、二、三度も的中した。

その時の水戸兵士たちは、黒龍省綏化北方十里の四方台を守備していたという。

通報者は、薄井ハナであった。その時の匪賊は、馬占山と派を異とする匪賊のようだった。

匪賊の内部抗争は激しい。彼女はそれまで従えた匪賊を見限って、故国の日本軍を頼ったのか、そのあたりのいきさつは不明である。

隊長は彼女の通報で救かったので、密偵通訳に採用し、日給一円五十銭を出した。しかも大隊本部付にしたという。

彼女は自分のからゆき渡世も、生まれ故郷も、身の上も、一切もらさなかったという。

その彼女は薬草にくわしく、兵士の下痢を止めたり、諸病の漢方の草を、いつも身辺においていたという。

紅幇《ホンパン》匪賊で、東寧県老黒山の山塞にあった連中は、山麓の落とし穴で虎や豹を捕らえ、内臓、骨、爪、髭まで、不老長寿の秘薬としたり、鹿の袋角など、高く売れる漢方材で、匪賊の日常生活を維持する収入を得ていた。

このように匪賊は、食える野草にも薬草にも、知識があったものと思われる。

彼女は、自在に一日じゅう馬を飛ばすこともやったという。彼女は水戸本隊にいる一面坡《ぱ》から、二里先に三百五十人の中国正規軍がいることを知らせたり、斥候隊の全滅を多々救ったりして、水戸隊に優利をくれた。

その彼女が戦場の遺棄死体を見て、本当は亡命した馬占山を、その人と言い切ったことは、彼に対する特別な想いでもあったのだろうか。

彼女は、いつも七歳ほどの幼女をかたわらにおいたという。天草に帰らないのかと聞かれると、

「あっちより、住みよかですものね。ばってんが、天草はなつかしかぁ！　そがん故里ん、遠か南の方にあっとじゃて、思うだけで、わたしん心はなごやかーになりますとよ」

これは昭和七年（一九三二）二月六日付の九州日日新聞を、北野典夫氏が採録してあったもので

ある。

今まで記した三人の女馬賊で、昭和の満州事変に関わったのは、彼女だけのようである。

その頃、からゆき出のハナの眼は、南支線、東清線一帯に、次々に送り出される呼称名の慰安婦たち——東北、関東、近畿、そして朝鮮娘を、たくさん見ていたに違いない。

ハナの後半生も没年も、伝わっていない。


薄井ハナが水戸隊に現われた年かっこうは、四十歳のはしりとすると、ちょうど生まれ年が久留米出の池尻半太郎に似ている。

彼を語る前に明治四〇年（一九〇七）に渡満した薄益三は、馬賊左憲章と馴染《なじ》んだ人物である。

その頃、長野出の川島浪速らが、軍部の後押しを得て、清朝八大王家の粛親王についていて、大正四年（一九一五）、王の独立兵を挙げようとした。

日本の維新に死の商人として、アメリカ南北戦の使い古しの武器を売った大倉八郎が、百万の献金をし、薄益三は名を薄天鬼として、馬三百騎をつけ、大輸送の守りについた。

右の生き方と違い、古い殻を脱いだ池尻半太郎は、まず金、穀物など取り引きの流通を調べるために、大連の穀物取引所につとめた。取引所には、匪賊たちの集めた砂金まで持ち込まれるのだった。

彼の頭は、その産地も収益も、それに集荷物は、ハルピンを始め、鉄道主駅とも往返する。それらの情報を、彼は別働隊に送り、専門に金荷を襲わせた。このことは、済南の豪族馬賊と呼吸を合わせてやったといわれている。

彼は貯めた金を、何に使ったのだろうか。彼が老いもしないうちに、南満での興行や交通の要を握ったということは、馬賊から足を洗ったとはいえないかもしれない。斬新《ざんしん》に見える彼の馬賊ぶりも、案外、金《きん》を欲した体制のやらせだったのかもしれない。

中国での匪賊には、前述した紅幇とも青幇《チンパン》とも、抗日連軍の武力組織とも一味ちがって、秘密組織には紅槍会だ、在家裡《ツァイチャー》など、どちらも物資輸送の物、情報を握っていた。

覇権国として日本が流布させた歌——

平和を呪い　義を破る
支那の兵匪が　血迷いて
わが同胞に　仇をなす
暴戻《ぼうれい》なんぞ　黙すべき

政情の揺れ動く大陸で、活躍したからゆき出の女馬賊も、男馬賊も、後年に小学生までが歌った「柳条溝の歌」という馬賊を難ずる歌を、どう聞いたのだろう。

第五章——北を征くからゆき

シベリア五円

軍艦撃て！
　旅順へ進め！
露助　打ちとれ！
　朝鮮取れッ！
満州取れッ！
オイチ　オイチ　オイチ

と、日露戦前の国内における学生は、庶民の慣らされた意識で、あおられていった。

日清事変後の三国干渉（独、仏、露）によって、その後ロシアは中国から、満州里、ハルピン、ウスリースク鉄道の敷設を取りつけ、明治三十一年（一八九八）には旅順、大連を入手すると、鉄道を旅順まで延ばした。

そのため、東清と南下支線はつながり、まず北進覇権を望む日本は、歯ぎしりする状態だった。民衆は体制の心を読み、おもねて皇軍進歌をはやらせた。

明治三十七年(一九〇四)、夏代が密航した翌年、突然、日本軍は旅順を急襲した。ロシア士官が多数上陸して、酒宴とダンスに耽《ふけ》っているとき、その戦艦に水雷を発射させて開戦となったのだ。

明くる二月六日、「日本政府ハロシア政府ガ未解決ニセル交渉ト　極東ニオイテ続行シツツアル軍ノ行動モ　モハヤ容認シ得ズ……日本ノ権益ヲ擁護スルコトモ留保ス」と、英汽船フリッジ号三千八百トンを、ウラジオ、ニコリスク、ハバロフスク、その他シベリア各地の邦人を引き揚げさせるため振り向けた。

ウラジオ軍司令官から、「但シ……日本人居留民中、からゆき、保姆《アーマ》、洗濯屋ハ残留スルヨウ、生命、財産ハ責任ヲモッテ保証ス」の返書であった。

ウラジオ軍港作りには、華人苦力《クーリー》などの労務用としてからゆきは特需品であり、そのうえ街区の繁昌にも役立ったし、増員兵士の接待婦としての需要を考えての返書だった。

帰国船フリッジ号に、黒龍江沿いの町から、乗れない人が多く出た。

ウラジオから帰国船に乗り遅れた天草福連木のサダは、かつて同村の伊之助に誘拐されて、少女七人と密行していた。病気で帰国船に乗りそこね、別の船にわずかの毛布をまとって釜山に着き、そこから博多へ向かった。

天草への旅費にこと欠いたサダは、やがて警察へと突き出された。サツまわりの記者は、「密行したくせに、本国に戻るや保護願いとは図々しすぎる。かかる目に合うも、自業自得なるべし」と、一般人の悪態にも劣る心で報道した。

大師堂に五円の寄付を玉垣にのこした島田キクは、フリッジ号での帰国者ではない。鎮西日報に、帰国者島田キクの名が出たのは明治三十九年（一九〇六）五月十日である。

シベリアの残留帰国者が、戦争の始まった年の十二月にヨーロッパまわりで長崎へと入港したのに、ニコリスクの彼女が、どのような生を得て戻ったのだろう。新聞の報道はこうである。

「戦争前よりウラジオに移住し、日露開戦でロシアのために捕らわれ、遠く露国の内地に送られ居たる日本婦人十八名、そのうち三名は乳飲み児がいる。今度ロシアより送還され、去る二十九日、大連に到着、ただちに市内敷島町松貝旅館に投宿したり。

一行中、人名左の如くにして、熊本一人、佐賀二人を除くは、ことごとく長崎県人なり……。そのうち在留長き者は二十年、短き者は四、五年、以前よりウラジオ、ニコリスクに移住せる者なり。その他の一行にいたっては、ほとんど見る影もなし。顔形のみならず、着物も粗末なり。着物姿はロシア風や支那風の衣服も粗末で、見るに忍びざる扮装なるも、ロシア内地にては、日本婦人と持てはやされたりという」

島田キクは二十三歳、長男は二歳とある。フリッジ号で帰れなかった残留組の中に、彼女を捜してみた。

日露開戦の直前、ウラジオから汽車で五時間のニコリスクから、日本へ船での引き揚げに間に合わない人々がいた。

ウラジオへ汽車で二十時間もかかるハバロフスクからの最終輸送船に乗った二百人を除いて、強制立ち退きを受けた六十二名を、和田三郎がひそかに団長役を引き受けた。

彼らは三フード（十三貫）までの荷を許され、いったんニコリスク市場に収容された。そこで同市から男五名、女十五名が加わったが、それらの人々は監獄に入れられていた人々で、生気のある者はいなかった。

このうち男三人は、朝鮮の図們江《ともん》から、南一里の海でなまこを獲っていて捕まり、カンチカ監獄からニコリスク監獄に移されていた。

総勢九十六名は、汽車でウラジオに二時間で行けるのに、チタ府につくや、雪のなか監獄に入れられ、所持品を奪われている。そこでは男一名と女十一名の捕虜が加わり、百八名となった。イルクーツクを経てトムスクに着くなり、生まれたての幼児は凍死した。

ここの収容先の倉庫から、露兵が三十五名、翌日三十八名は、どこへともなく連れ去られた。翌日、残りの三十二名が出発を言い渡されたが、出産間近い妻女とその夫と子の三人は残留となり、二十九名が橇《そり》で昼夜かまわずの旅に出た。

三日の橇旅行を終え、トウゴロ村の校舎に収容されると、その近くの小学校に、最初の三十五名と次の三十八名がいて、和田組は百三十二名となった。

二つの村は善意をもって、一日一人に十五銭をくれたのみか、牛乳や菓子で慰めてくれた。

トムスク郊外の尼寺には、黒龍江ゼーヤ村の上流から、男十六名、女五十一名が送りつけられたが、五月十三日、汽船で二十二名も乗らなかった。十五名は、中国人と朝鮮人のところに変装して、かくまわれていたという。

七名のなかで、金子リキが満州で帰国の決意をした時、中国人が体を貸すなら助けようという。拒絶をしたら仕返しに密告し、ハルピン監獄に入れられた。その手を知った女たちは、かくまわれることを拒んで出発組に入った。

ウラジオから最終船が出る時、奥地の人を案じ、ブラゴエに行った本願寺の太田覚眼がいた。退去は二十八日、二百三十九名（男九十八、女百四十一）で、二百三十九名の団長は高橋庄之助、編成には法五章を設けた。

出発に先立って重病の女と、中国人女三名は、正式に残留を認められ、出発まぎわに十三名の女が姿をくらました。

三月十一日に男九十八名、女百四十一名が退去実数であった。徳慶子、愛琿を経て、墨力根《メリケ》から、三月三十一日チチハル着、三等車で五日、マンジリア着を経て、バイカル湖畔のムキワヤに着き、イルクーツクに十一日、十六日にトムスクに到着した。

ブラゴエを出て五十三日目の四月十八日、捕虜列車は後戻りし、トムスクから八キロ先の尼寺に、四十五名が収容された。

この高橋組は二百八十一名中、尼寺残留百三十二名を遺し、六月十日、トム河の埠頭から、汽船ポチョーツヌキ号で連れ去られた。

埠頭を離れる矢先に、二十一名のからゆきが加えられた。朝鮮人、満州人の妻だったもので、ここに到るまで、露兵のなぐさみにされた女たちだった。

汽船はカルパショーフ村に寄り、同村の和田組より百四十名の邦人を乗せた。

チュメンへ十七日に汽船が着き、夜泊のおり、ロシアの僧と老いたロシア婦人から菓子が贈られた。

二十日にペルミ市の兵営に収容されたが、一人の食費十五銭を支給され、七月一日、汽船で運ばれた。

ウラル山中の八つの市に収容された日本人は、七百二十四名にのぼった。

クングール市百八、ソリガムスク九十八、オサ市五十八、ウスチューブ市四十、ラーリスク市十

五、カムイシューフ九十一、エコチェリシブルク市百八十六、ペルミ市百二十八。
このペルミ市にいたブラゴエの三角、川原、脇深と、ウラジオの僧覚眼が、露都のアメリカ大使館に援助を仰ぎ、極秘活動を行なった。

ベルリンの堀とアメリカ大使らは、ベルリンの日本公使に打電し、必要なる方向に進みつつありと打電してきた。中でもスパイ潮野鉀之助は、薬の行商人として歩いていて捕まり、ウラジオ懲役一年四であった。彼は学識もあり、経験もありで、ペンをとって訴えてくれたのだ。

かくて九月二十五日午後二時、ガマ河埠頭に接岸した大型汽船に、総員七百七名、これを二つに分かち、十月一日、船はルイビンスクに着く。

十月三日、ロシア国境ウエルバーリン駅に着いた。ドイツのアイドクーネン駅では、在ベルリンの日本館員上村銕造らが同乗した。

アメリカの義俠で、帰国希望がもらえた。十月四日、ベルリンを経て、ブレーメンハーヘンに、十月十九日、トムスク郊外の尼寺から、残りの女八十七、男二十二名、八名の小児は十月二十四日、合わせて八百二十四名は、ロイド汽船、ウイレハッドの甲板から港の山河を眺めた。

明治三十七年（一九〇四）午後六時、船は日本の長崎に入った。（「敵国横断記」潮野鉀之助）

残留帰国組は、このように開戦前の十二日には、長崎に帰国をしている。

あえてこれらの人々の中で、キクを追ってみると、ニコリスク和田組で、五月十三日に汽船に乗らなかった二十二名中十五名が、中国人、朝鮮人の許へ変装してかくまわれた群と、高橋組から姿をくらました十三名の娘子軍ぐらいである。

いずれにしろ、命からがら落ちのびたはずの女性が、玉垣に五円の寄付をのこした。当時の五円は、米一升十銭であり、相当の金額である。

とすると、島原町に近い上目黒（現国見）出の島田元太郎の身内かとも考えられる。彼のことは「緑林のからゆき馬賊たち」で触れたが、元太郎は黒龍江に漁船千隻、漁夫数千人を持ち、漁業で名を轟かせていた。

船荷の略奪に備え、秘密組織の馬賊孫花亭を用いてあったと考えられる。彼の山塞にでもかくまわれていれば、女たちが乳飲み児を抱えて、帰国できても不自然ではない気がする。

キクの帰国と入れ替わりに、ウラジオを指した大神佐七がいる。長崎稲佐三丁目一九三の出で、彼はウラジオでカムイン屋を営み、その後、貿易商となった。大師堂には二十円を、明治四十三年（一九一〇）、天如塔の建立年に寄進している。

日露戦役と北進からゆき

島田キクが大連に戻った明治三十九年（一九〇六）五月の大連や旅順は、その頃どうだったのだろう。遼東半島は、かつて長崎稲佐の「マタロス休息所」から、からゆき十七名もがロシア海軍に連れられて渡った地である。

それに日清戦役には、この地に大山巌大将らが上陸していた。清国海軍を明治二十八年（一八九五）二月十二日、日本連合艦隊が圧したところでもある。

そのとき戦勝を聞くなり天草、五島、島原の漁師の中には、御所浦の荒木三太郎のように、明治初期から旅順に本拠地を置く者もいたほどだから、和船でのからゆき密航も、なされた。

日露戦の八月十日、遼東半島の日本兵力は三・六万、砲門二百だった。そのとき、からゆき群は引き揚げたのだが、両軍が死闘をくりかえす陣地の近くまで、かなりの楼主が女を引き連れて赴くありさまだった。

大連には明治三十八年（一九〇五）、はやばやと長崎からさきがけ組として、芝罘《チーフ》を足溜まりに、ジャンク船でやってきたからには、北清漁業に手馴れた漁船で出国したのであろう。

「誘拐者が醜業女子数十名を一団とし、千石積み以上の和船で、馬関、その他長崎などより、対馬に渡り、それより朝鮮に出て他に散ずるなり」（明治二十五年三月二十日「東京新聞」）

日露戦の十三年前がこうである。天草、長崎の漁船が、蝟集《いしゅう》したかは先述しているので省くことにする。したがって、日露戦前の大連におけるからゆき、娼妓などは四百人、清国娼妓二百、娼妓十余人、朝鮮娼妓七人であった。

日露戦の軍兵站に、慰安所規定は盛り込まれておらず、海軍防備隊長坂本大佐は、戦争直後に押しかけた十二人のさきがけからゆきに、「防備隊酒保使用人」の名を付し、柵内にいるようにさせた。

――からゆきの中に、参謀本部岩田歩兵少佐の妹の政が、スパイをかねて花街にいた。（「八面観大連の二十年」竹内堤道）

それが戦後、大挙して娘子軍も忘八の嬪夫も押し寄せ、関東都督府は、三方山に囲まれた逢阪町を花街に指定した。市内各所に私娼窟屋も輩出したし、華人相手の娼売は小崗子にもうけられた。

その頃は釜山も仁川も、日本の公娼制の枠に組み込まれていった。いずれの花街にも、吉原顔負けの建物が並びだし、一方北米、ハワイ、上海、豪州では、からゆき売淫での排日をかもしだしていた。占領地、属地は屁でもないのだと、売淫国日本を、そっくり持ち込んだのである。

奉天の攻略には、四師団、五師団、三師団、八師団、七師団、一師団、九師団でなされ、なお追撃軍は二師団、十二師団、近衛師団、十師団、六師団という、いわば丸がかりで行なわれた。

在奉天の医師クリスティーに言わせると、この戦闘には百万の兵が加わり、四分の一が死傷者と見ている。三月七日、クロパトキンは鉄嶺に向け退却した。

奉天の穀物は数倍、高粱《コウリャン》は六倍、石炭は一屯で五ポンドと跳ね上がった。クリスティーの述べる奉天は、東方の遠い山地から出ている運河が、市のはずれの丘を流れていた。旧奉天は大きくなかった。

「奴児哈赤《ヌケハル》の築いた高さ四十メートル、頂きの幅三十フィートの頑丈な鋸《のこぎり》状の市壁は、一平方マイルを越える区域を取り囲んでいる。その四隅と八個の大円とに櫓《やぐら》が見られ、市の中央に鼓楼と鐘楼があった……。深いアーチ形の門には、鋲《びょう》の打った扉が、夜になれば閉ざされた。

門から門に大通りを通じ、中央に燦然としたオレンジ色の屋根を持つ宮殿がある。二百年以来、ここに住む人はいないが、満州族の遺物などの珍宝が納めてある。旧市街の一マイルを隔てて、周囲十マイルの上で築かれた第二の壁があり、ここが人口の稠密《ちゅうみつ》な郊外地である」

この奉天の人口は、ヨーロッパ都市と違い、男子の数が多かったと、当時についてクリスティーは述べている。したがって、からゆき渡世を盛んにしていった。

奉天への日本軍入城は三月十日、兵士の滞陣生活を、兵士の便りで見てみよう。

――当地の瓜類、南瓜、芋、茄子で、水瓜は八十銭、茄子八厘……小生らの飯は七、三割の麦飯、副食には肉、ねぎ、にしん、いわしの塩乾し、わかめ、朝の菜は福神漬、醬油、粉味噌、砂糖、固形食、塩など。日用品の不足は法庫門で買うが、内地の二銭五厘が十銭という物価になる。酒は一合九銭、札幌ビールは四十銭……。

不自由なのは、例の色の道で、愉快そうに酒を飲むも、柔らかきもみじのごとき掌にておしゃくするでなし、水筒に酒を温め、自身が傾けて飲むときには、故国が思いやられる。

この兵士は、さらに法庫門に一ヶ所ある淫売屋は下等一円、中等二円、上等三円、支那婦人……と、書き送っている。ところが、土田四郎平兵士は、

「日本軍政署許しの娼妓屋を見た。一回上等で三円……鉄嶺にもありました」

この日露戦には、百六万八百九十九人の兵士が参加させられた。

この奉天が明治三十九年（一九〇六）、奉天総領事の書き出しで、

——書籍商三、時計商八、土木請負二十一、運送業七、自転車屋一、刀剣商一、質屋三、古物商四、鉄砲屋二、ラムネ製造三、洗濯屋四、靴屋三、硝子製造三、石鹼製造一、めん類製造一、菓子屋十二、大工十六、指物屋一、畳屋一、写真十、理髪十、女髪結二、医師十、薬剤師一、歯科医二、入歯師二、獣医一、僧一に対し、

——娘子軍をおく旅宿《はたご》十五戸、女三十名、遊戯場十七、女二名、料理屋九十七戸に女三百三名、酌婦二百二十名、飲食店十、女十名、芸妓五十一名

と、邦人のうちでも、からゆきは怒濤のように押しかけている。（外務省通商局資料）

このように、朝鮮ならず営口、大連、旅順すべからく娘子軍からゆきでふくれ上がっていったのである。

満州では前年より大連逢阪所から、娼妓の税が高いので酌婦と同じ五円が望まれ、娼妓の呼称名を酌婦にという願いが通された。満州での酌婦とは娼妓であり、からゆき娼売も取り込まれていた。

肉弾兵士をもてなす砲弾《たまぐら》女郎としての日鮮からゆきには、すでに娘子軍慰安婦としての道が、その後の満州事変からの十五年戦争へと敷かれたのであった。

昼の星

言証《ごんしょう》さんが島原で居ても立ってもいられず、今度は南進からゆきの行脚に、明治三十九年（一九〇六）十二月に出向くこととなったが、何が彼をしてつき動かしたか、私なりに考えてみた。

その年の宗教界の中で、天草苓北町支岐（古くは上津深江村）の高学出の黒瀬道隆禅僧が、体制の心を心として、中国大陸に日本仏教を進めようと、北京で素足での布教行動を起こした。北京の東文学会の後押しもあった。その彼が、奉天にも仏教師範堂を設立した年でもあった。もう一つは、熊本出の益富政助の活動がバネとなっていた。もっとも言証さんは、いきなり南を指したのではなく、すでに日露戦役前の明治三十六年（一九〇三）五月より、駈足で北進からゆきを追ったのだった。

言証さんは北方の行脚でも、一行しか文字を残さぬ人だが、当時の新聞が大師堂に保管されていることからしても、周囲の情報は得ていたと考えられる。

ことにからゆき救済では、大連浪速二丁目に、からゆき娘子軍の救済会が、同年できていた。益富はキリスト者として、大連救済所の主事であった。日露戦後に鉄道基点の大連、そして旅順などに、いちはやくからゆき、楼主、利権屋、小商人が上陸し、奥地へと向かいだした。それは激浪のような現象であった。

日本は戦中から、大陸侵攻に合わせたように、内務省合意のもとに、大阪府三島郡内でアヘンの試作を始めた。占領政策の阿片化を望んでいたからだ。列強の植民地政策の慣習尊重をわきまえて、白面《パイメン》作戦による亡国策を考えてのことだった。だが、大陸では蔣政権につながる紅幇《ホンパン》などは、奉天付近でもケシの花畑にしていた。

旅順開城後まもなく、大通りを検黴《けんばい》に行く娘子軍の馬車にからゆき老兵の姿があった。からゆき老兵は黴毒で関節炎を患い、阿片の常習者におちこんでいた。(「日本とアジアの人々」後藤均平)

からゆきの激務を柔らげるため、楼主がアヘンを一服盛ることもやっていた。また楼主は、入口に日の丸の旗を交差させて飾ったが、たいてい阿片を売るので、中国人の中にも日の丸を阿片印と思う者もいた。

救世軍の山室軍平は、明治三十九年六月に神田青年会館で開かれた「満韓婦人問題講演会」をなした。彼の妻機恵子の故郷である岩手県から宮城にかけ、凶作と貧困から売買される娘たちのため、「女中寄宿舎」で、百五十人を保護したりしたのも、東北から北進からゆき渡世が、国のためと称する女衒らによって、満州へと繋げられた時代だったからである。

同年夏の大連は、料理屋が七十軒、娘子軍からゆきは八百名にふくれあがった。

占領したての頃の一号は、福岡小倉の河村啓介で、東郷通りに店をかまえた。からゆきたちは、炭鉱や小倉の銘酒屋などの私娼で、揚げ代は楼主四分と六分が女であった。

そのうちに大連は、千人とからゆき数が増し、「これを見ても満州経営は、魔窟の創設より始まることが証明される」と、新聞にも報じられたほどだった。満土には、次から次へとからゆきが送り込まれていった。

奉天にも、五百人の娼妓からゆきがいた。満土に増していくからゆきは、公娼法の網の中で、やがて〝軍用婦〟へと、塗りかえられる前期であった。

益富が遼陽慰問部に執務中、憲兵隊長の小山大尉が彼を訪ねてきた。そのとき、「軍政慰安所」の前で見かける年少の十二、三歳から、十五歳の少女のことで、小山は益富に、彼女らは娼婦だと云った。

「あんな年で、どうしてできるものですか」

「できなくても、やらされれば仕方がないですよ」

そう云われ、益富は身ぶるいをした。小山大尉と交渉し、益富は遼陽ホテルの楼主にかけあうなり、少女たちをひきとり、YMCAの軍隊慰問事業に参加していた三宅愛美に頼み、少女らを内地の山室軍兵へと送り届けた。

そのことがきっかけで、大連浪速町に救済会を開いたのだった。同年は自廃での駈け込みは十二名のみだった。

彼女たちは一目みた眼にも、幾重にも受けた心の痛みを抱えていた。まるで昼の星のように、見えないくすみを、体に心にいっぱい張りつけてあった。

益富は日課に五時起床、六時まで身仕舞い、自立技術や講義も盛り込んだ。日曜は午前中の礼拝後は、自由な時間を楽しませた。外歩きをする時には、ふたたび誘拐されないよう、教師をつけたりした。

お裁縫は驚くほどの上達をみせた。みんな貧しい家の娘なので、小学校にも通っていないのだから、夜間の学習は思うようにはかどらなかった。

ただ将来の望みと聞かれると、「何か一つ技能を身につけたい、文芸に励みたい、お裁縫を熟達したい、円満な家庭を作りたい、国へ戻って百姓をしたい」という。

娘たちは客をとらされた日々を思い出させる白粉や、縮緬の腰巻などは、自分で捨てていた。渡辺セキなどは、腰布を細かく切り裂いた。

粘液まみれに娘たちを追いこんだものが何であったかは、彼女たちの方からすれば、これも昼の星を探すように、すぐに見えてくるわけではなかった。

言証さんは、学問僧でも哲学者でもない。数万余を生んだ長崎県のからゆきや、熊本県天草などのからゆきを持った親たちの、貧困や病苦、その娘であるからゆきまで、独りで救えるものではないことを知っていた。

それに、娘を地獄渡世につかせる国の制度もあったのだ。楯つけば益富の救世軍であっても治安立法でおどされ、それゆえに廃娼や救済所も、軍慰問部から出立しているのだ。

天皇教の仮面の下でなければ、どんな宗教活動だって、生きていける時代ではない。そして家元制の根づいたこの国で、こんな時代は一部が削がされていっても、五百年、千年で改まるものでもなかろう。

ならば、国力が優しみを必要と訴えられるまで、ひとまず自分は今の時期、取り残されている南進からゆきに、せめてもの慈しみの旅をしてこよう、それが十善講の親の安堵にも繋がるのだと、言証さんは同年の暮れに、インドまで、はだしの供養行脚の旅へと飛び出すのだった。

シベリアを指す言証さん

実は前述したように言証《ごんしょう》さんは、南進からゆきを追う旅の前の明治三十六年（一九〇三）五月、島原からシベリアに向けて旅立っていた。

　嘉永五年（一八五二）三月二日生まれの彼は、家業の失敗とあわせて病をえ、はだしの誓願をたて、四国八十八ヶ所を巡拝した後、五十三番札所の太山寺で出家、明治二十八年（一八九五）、長崎から島原入りをなしていた。その年は、日本が日清戦役で清から得た遼東半島を、露、仏、独が干渉に乗り出し、清に返すように迫った年でもあった。

　言証さんが島原入りした二年前における近在の町村は、米と粟をまぜた飯が上で、並はコッパ（切干芋）入りの粟、麦入りの飯、貧しくはコッパのみだった。そんなせいかシンガポールの花街《ステレツ》では、からゆきたちの舌にあわせ、乾物輸入の中にこの干芋があった。

　したがって、島原へ入った当時の言証さんは、北高来郡町村より、耕土の劣る南高来郡内の、島原、三会村、大三東、多比良、土黒、神代、西郷、伊福、古都、守山、愛野、千々岩、小浜、北串山、南串山、加津佐、口ノ津、南有馬、北有馬、西有馬、東有学、堂崎、布津、深江、安中に、逼《ひっ》迫《ぱく》した貧窮者を知り、さぞ驚いたに違いない。

　一村から、八人より少なくも三人までの捨て子があった。これらの村からの密航からゆきが多いのを知って、十善講での八十八札所の集会おみ堂を作っていったのは、窮迫の民を捨ておけなかったからだといえる。筆者が南進からゆきの墓地巡りをしても、南高来郡の村名はよく見かけた。

　最底辺の人々への布教者である彼は、日露戦役後に二年半におよぶ南進からゆきの供養に向かうのだが、じつは戦争直前の三十六年（一九〇三）五月より十二月まで、シベリアに向かったことを、短い記録に遺している。

　日露の緊迫の中で、シベリアまで向かった北進からゆきを案じてのことであった。彼は全生涯を通じて、メモをわずか数十枚しか遺していない。シベリア行きのことについては、

「明治三十五年十月までコレラがはやったこと、長崎市内で四百六十人の死者があり、警察本部での死亡者は、千六百五十六人だったこと。自分の作った十善講には、一人の死者もいなかった」と、記している。

長崎のコレラは安政五年（一八五八）、中国の揚子江で作戦中の英艦五杯が、上海から持ちきたっていた。長崎人は、それを〝コロリ〟と呼んだ。

ドイツ人学者ロバート・コッホが明治十六年（一八八三）、細菌として発表する二十五年も前だった。その時、江戸でも数万人もが死んでいた。

また、明治十七年のコレラ流行の時、長崎の高島炭鉱三千の坑夫中、その半分が死んだ。発病とみると、二日目には、海辺の大鉄板の上にころがされ、五人から十人ずつ焚殺《ふんさつ》された。

翌年は天然痘《とう》が春からはやりだし、死体は四斗樽で焚焼され、まるで犬猫のあしらいであった。はやり病と分かっていても、患者の排泄物の細菌がうつることは、庶民に知れ渡ってはいなかった。練芥子《けし》を塗った腹当とか、病者に熱茶で割った焼酎を飲ますとかが、対策とされた。

したがって、薬も芳香散という、桂皮、益智、乾姜《かんきよう》の粉を混ぜ合わせたものぐらいであった。

明治三十五年（一九〇二）のコレラでは、言証さんは講の人々に、一人一人に気を入れた。死者の施餓鬼を、十四反の飾り布をつけた船で、楽隊をつけ、出島からの流れ勧請《かんじよう》には、ねずみ島をまわったという。その数八百というからには、言証さんの慕われようが見えるようである。

この年も、前回のような炭鉱中の発生も多かったに違いない。その後三日は竹の窪、笠頭、戸町の焼場で焼骨供養をした。

言証さんの記録は、いきなり「明治三十六年（一九〇三）五月、釜山、元山、ツーラン（ダナン）、浦塩、ニコロスケ（ニコリスク）、ハホロス（ハバロフスク）、フラコーエ（ブラゴベシチェンスク）、同年十二月帰国」と、のみある。

なぜ、あわただしい旅に出たかについては、なにせハルピン経由のシベリア鉄道も完成したという報道もあり、日露間の緊迫が日を増して高まっている時だった。

すでに島原を含めての長崎漁民や、天草からは、朝鮮沿岸だけでなく、黄海やシベリアも含め、出稼ぎ漁民船が、三百隻を上まわる時代に入っていた。

熊本など明治中期に、朝鮮の魚漁場や市《いち》の探検船を繰り出し、続く日清の大勝を背景に増加をたどり、北進からゆきも増えていった。

朝鮮に乗り出した天草船でも、定浦以外の漁船にからゆきを見かければ奪取する、そんな事件も北の海では起きていた。

北朝鮮沿岸で、アワビなど十人で百貫もの水揚げをする漁民たちもいた。八代、宇土漁民などの三十五隻の和船が、壱岐、対馬ならず、朝鮮から関東州にも進出した。彼らはナマコをはじめ、グチ、ボラ、カレイ、スズキと多彩な水揚げをした。

「海外醜業婦、長崎出稼ぎ密行婦二十二人は、船頭一人、水夫四人を雇い、八反帆の一小帆船に搭じて、露領ニコリスクに向け密行したという。〈「女学雑誌」四七二号、明治三十二年（一八九九）九月二十五日〉

島原半島では、北高来郡江ノ浦の漁師、船津仙太郎は、七反帆の和船を雇ってウラジオに運び出した。肥前大村湾からも、七、八メートルの漁船で、朝鮮沿岸にからゆきを運ぶ船もあった。

天草も維新後の交易に、千石船の持てる資本力のある人もいた。また、五島からの漁船を使う親玉も数人いたとされている。その一人の井出源吉は、一度きに十五人も運ぶ手合いだった。

密行漁船は和船式仕立ての幅のものもあり、したがって胴の間は広く、カパ屋根と呼ぶキャンバス張りである。大連まで帆走五昼夜という漁船もあった。当時の羅針盤は、木箱に干支《えと》の方位をつけた単純なもので、水夫は方針《ほうばる》と呼んだ。

玄界灘をわたる八丁櫓の和船には、どれほど貧しさに追われ、騙されもしての密航からゆきが乗ったことだろう。

一方で長崎市役所の渡航依頼を通し、切符を買って汽船に乗せる誘拐者も多かった。当時、北進、南進を含め、長崎発の汽船数は五百七十二隻も就航していた。シベリアには明治中期で、すでに四百～五百人のからゆきがいるとされたが、言証さんの出向いたその年は、千名を越す人数にふくれあがっていた。

南進からゆきも明治間は、経済の先導役であったように、北進もからゆき布陣で諸商きたるといわれたように、ウラジオ一つ例にとっても、花街《ステレツ》は初めスヴェトランスカヤ街、北京街東部、つぎに西方アムール港をのぞむメセノフスカヤ街、その次がポロカーヤ街と、雑業者でにぎわっていったのだ。

言証さんのこの旅については、宿泊先も移動の様子も何も記されてはいない。

この旅を終え、日露戦役後には南進からゆきの旅を二年余も終えた後に、大師堂には大神佐七、二十円の寄付が見られた。言証さん渡航年には、まだ長崎にいた人物である。

そもそも稲佐で言証さんは、地蔵堂を足だまりに、十善講をひろめていた。その稲佐は万延元年(一八六〇)、ロシア艦隊ポスサジニの来艦以来、「マタロス休息所」が作られてあった。

ロシア側は、丸山遊女は黴毒《ばいどく》で危ないと申し出、引田屋が浜漁師の娘たちを集め、免許料は「丸山」におさめ、貧苦の娘二十八人で始められていた。

この稲佐に十善講を起こした時、長崎支部の寄進は千円もあった。

稲佐のその後は、日清戦役後で、ロシアが大連、旅順を入手したとあって、「マタロス休息所」から、からゆき十七人による公認の分家が旅順に向かったのは、コレラがはやる二年前の明治三十三年（一九〇〇）である。

ウラジオには明治八年（一八八五）より、稲佐の有田伊之助が、からゆき屋を始めて娼街のボスにのしあがっていた。有田は明治初期から渡海し、女郎屋の有力者であった。

小額寄進の一組に杉谷と島田キクがある。ニコリスクの寄付は日露戦争後である。ただし言証さんが、かつてニコリスクで会えたからゆきともいえる。

玉垣寄付者には、シベリア各地の氏名は、南進組に比べてがぜん少ない。しかし、玉垣内陣の八体仏（明治三十一年、一八九八）、不動明王の台座に、「露領　長崎生れ、吉田万吉　一金十五円。露領　南高来郡　武田兵助」などを筆頭に、四十七名も寄進名が彫りこんである。

島原生まれの吉田万吉は、同族の繁蔵、弥助など共に女郎屋を女房たちにやらせ、バクチと鉄道敷設の人夫出し、金貸しなどで幅をきかせた。もちろん日本人会長も、万吉のムコの川辺虎であり、これらは同時代における北米にも、似かよった移民者の構図が見られた。

境内には、「ウラジオ信者中　二百円　十善講支部ニコリスク」の立石が建っている

戦争前の緊迫時に、ウラジオ司令官は、「からゆき、保母《マーマ》、洗濯屋の残留」すら促していた。ウラジオはロシア海軍の母港として、軍設のため、華人苦力《クリー》も膨大であり、労務者用にからゆきは当てこまれたかたちだった。

ニコリスクには、八反帆の密航和船も通っていたほどだった。（「女学雑誌」）

黒龍江の中流まで訪ねた言証さんが、沿岸の楼主も女も、長崎、天草出が多いことを知ったにちがいない。

彼がシベリアに渡る前年十二月の邦人数は、「ウラジオ＝男子一四一三、女子一四八五、ハバロフスク＝男子八七、女子一三五、ブラゴベシチェンスク＝男子八〇、女子一三一、ニコリスク＝男子九六、女子一〇一、チタ＝男子三〇、女子六五」（「東亜旅行談」戸水寛人）である。

ウラジオから黒龍江を指したことは、八体仏に彫りこんだ、ウラジオ、ニコリスクの十善講信者の安否を気づかったといえる。

この支部は、稲佐から発展させたものと考える。しかし、そこで何を見、何を考えたかは、一字も彼は遺していない。

第六章――からゆき遍路三千里

天如塔を文化財に

この稿は、南進からゆきのために行脚した言証《ごんしょう》さんを、映像によって、その足どりを追うために書いたものである。
また、なぜ映像をというと。それは――。
私は島原に通いだして十年余になる。女性の負の遺産を文化財にと、九州各紙に、また講演などでも訴えもしてきた。映像も、その訴えかけの一つとしてであった。そのため、全国紙にも次のような記事ものせた。
――虐《しいた》げられた二十世紀の女たちの軌跡
天如塔を文化財に
明治期に貧しさから騙されもし、また親兄弟のために身を売り、「唐行《からゆき》」として海外で性の渡世をした女たちがいた。そのからゆきは、アジアのみならず、オーストラリア、ハワイ、南米、北米、ヨーロッパ、アフリカのザンジバル島にまで見られた。一九一六年（大正五年）で、それらからゆきの総数は十七万四千七百人（外務省通商局）であり、兵士にすると、はるかに十師団を越える。

そのからゆきの一級史跡地が、長崎県島原市湊道の大師堂であることを、知る人は少ない。一九〇九年に大師堂初代住職言証氏が、事前に北進からゆきを、同年にはインドまでの南進からゆきの供養の旅をし、帰国後にからゆき帰魂の整備に打ちこんだ。

天如塔のまわりには、二百八十六本の玉垣に、からゆき名と国名、寄付額を刻み、方位をかたどる八体仏を配している。それは、四海のからゆきにあまねくという、庶民僧言証さんの心映えが見られる。

私にかつて言証さんを伝えた島原出の生協役員池田強氏は、癌で他界した。生協の講演を望まれると、私は池田氏の生家と大師堂を訪ね、その後に講演へと向かった。——


また、普賢岳噴火の一九九二年十一月、大師堂から請われ、「ああ、紅怨の娘子軍、海を渡ったからゆきたちよ……」の痛魂碑を建てて供養祭を成した。

その三年後には、マレーシア、インドネシアを、言証さんの後追いをして、六ヶ所の墓所のからゆき名簿も奉安し、そのおり「守れ天如塔」の訴えかけを行なった。

当時、吉田安弘島原市文化財保護審議会会長は、「言証師は、からゆきさんという、虐げられた人々に愛情を注いだ。その庶民的な想いを遺したのが天如塔、玉垣、八体の石仏等、二十世紀の島原半島ならず、日本の女性を語るものとして保存に価する」と、筆者に同意を示された。

「富国強兵」下に押し出された女たちは、異国で望郷のまま死去した人が多い。

二十世紀初頭の日露戦では、奉天などで、すでにからゆきは「軍政慰安所」の慰安婦であり、以来の覇権戦争での膨大な慰安婦にとって、からゆきは母であり、戦後の占領軍慰安婦にとっては祖母でもある。

それゆえに大師堂は、二十世紀の女たちの歴史を物語るところとして、女性にとってはおろそかにはできない地と考える。だが、国の恥とする一人の委員の反対によって、文化財となれないでいるという。


私は二〇〇〇年に重ねて、二〇〇二年にも世界ひとめぐりの旅に出た。二十世紀に白人少数派政府のアパルトヘイト（人種差別政策）に抗議し、二十七年間投獄されていたマンデラ（南アフリカ共和国前大統領）の獄舎が、世界遺産として、次の世代に遺されることを知った。

黒人の人権を守るために戦った獄舎を、圧政側の列強国も、負を押し切って認めた「世界遺産」のこの事実を、島原の反対委員の方に知って欲しいと、アフリカで考えさせられた。

地球の人口の半数は女性である。ことに日本が女の性と人権を、強権で苦虐した歴史的事実を、恥や負、そして隠し立てるだけでは許される時代ではない。無明死した二十世紀のからゆき、軍用慰安婦の死者は四十万余もあろう。

慰安婦については宮沢喜一首相（当時）が外務省役人を筆者に向けたが「強制連行はなかった」を固執され、私は「強制以上の強奪」もあったことを主張、このままでは政府に女を悼《いた》むことはなかろうと、翌日高野山に向かい、全山の協力をいただき、高野山女人堂で永代供養をいただいている。

からゆきに癒《いや》しをくれた言証氏の天如塔こそ、史跡地として文化財にと、皆様の御理解と力添えを願いたい。

言証さんと島原

日本の夜明けといわれる明治維新に、侍という階級は崩れても、大半の女に開けた道は細い崖道だった。

明治四年（一八七一）、岩倉遣欧使節に従った五十余人の留学生の中に、十五歳以下の少女津田梅子をまじえた五人がいたが、彼女たちは庶民の女に遠い輝ける存在だった。

鹿児島士族から、「ムスメ輸出願い」が出されたのは、明治十五年（一八八二）であり、士族の娘二万人も娼婦として生きた時代だった。庶民の女性は下女、娼婦、糸くり女、からゆきの仕事しかなかったといえる。

言証さんが雲仙を指す十数年前のシンガポールでは、島原出の女衒天皇である村岡伊兵次と会った伊藤博文とて、からゆき渡世に賛意を表わし、建国策にと考える人だった。

言証さんが普賢岳で行じた明治二十八年（一八九五）は、島原で棄子《すて》七人、口ノ津、南串村も二人ずつといった島原半島は、貧苦に喘《あえ》いでいた。

それに、古くはイエズス会の戦闘教団により、日本に無かった硝石などの火薬と引きかえに、各藩からの奴隷棄民が、口ノ津から積み出され、天草四郎の一揆、寛永十五年（一六三八）二月二十八日の乱では、三万七千五十人という民衆の死があった。

つづく凶作、幕府の圧迫、それに加えて眉山大爆発の寛政四年（一七九二）では、またもや万余の死没と続いた哀しみの地だった。

言証さんはこの半島に、近くの天草などの島々に、昔から続く貧困、そして親のため、家のためと、久しい儒教下で育った娘たちのからゆき渡海を知った。

その頃、国内ではイギリスで創立を見た「救世軍」プロテスタントの廃娼運動が、山室軍兵らによって活動され始めていた。言証さんは、それらキリスト徒の動きは感じていたといえる。ところが、「日清戦役」後、教会は正義の戦争を唱えだし、廃娼の旗手でジャーナリストの木下尚江は、教会から身を退いた。

言証さんが島原を目指す三年前の北米サンフランシスコの博覧会には、三百人ものからゆきが送られ、アメリカは日本の不道徳性をなじり、排日に向かっていた。

仏教徒である言証さんは、幕府の差し向けた大きな寺の多い島原で、仏心の届かぬ貧苦の者に、また病む者に、そしてからゆき娘を生むそれら下層の人々に、「十善戒」のたいらな暮らしの理法を広めていった。

彼は日本の各霊場が、中世からの「女身業障偈《げ》」をかざし、女性への不浄観をすべて解き放っていない時代なのに、それに呪縛されはしなかった。当時の女人救済では、ことに汚穢《おわい》の遊女たちと、長崎辨天町の「黒地蔵」は、死の火炎地獄から彼女たちを守って、浄土へ送ってくれる身替り仏として信仰を集めていた。

辨天町には、元「マタロス休息所」もあった、お女郎街であり、したがって言証さんも足を運んでいた。

また「女人の極楽往生」では、立山の芦倉寺で、「布橋灌頂」が人気を得ていた。蒼倉中宮寺（エンマ堂）で懺悔《ざんげ》をし、経帷子《かたびら》をまとって三町の間の姥ヶ谷橋に、三筋に敷かれた白布の上を渡り、立山の見える姥堂で血の汚れを払われ、来世仏の護符を授かるのだ。

だが、からゆき渡世の女たちや家族は、「黒地蔵」も、「立山流」にも行きつけなかった。からゆきを生む底辺層の家族と、からゆき渡世地を十善戒で結び、かつ家族たちの地に、小さな八十八札所で彼は繋いだのだった。十善講はアジア一帯に支部をつくり、楼主ならずからゆきの教化をも狙ったものといえた。

口ノ津からの「からゆき渡航」は、明治十一年（一八七八）五月、つまり言証さんが島原に寄りつく十七年も前から、主に石炭輸出の三井の船によって運ばれた。

シンガポール側の港湾史を調べると、当時日本からの石炭輸出が一位である。これはスエズ運河（明治二年）の完成などで、シンガポールに立ち寄る船が増えたことで、大正末には三十八倍にもなった。したがって、シンガポールでの、からゆき、女衒、ヤクザの暗躍などは、この石炭輸出と切っても切れない仲にあった。

そして英領植民地、オランダ領インドネシアなどの植民者や、中国苦力《クリー》などに、からゆきの性需要は増していった。

「島原の子守唄」にうたわれている「青煙突のバッタンフル」とは、バターフィルカムパニーという英の船会社をもじっている。また三井などの石炭輸送船も、多くのからゆきの密航に手を貸した。

島原お春のからゆきのように、米一升十銭の明治期に、家族に六十五キロの米代を身代金に、捨身で海を渡った。それは、大師堂に近いてんぐ屋という風呂屋で、女衒のくどきにのったのだった。

このお春は、消息はとぎれたままだった。なにせ密航婦は、船艙《ダンブロ》の石炭庫で、飢・性地獄など、渡航中に息絶える者もいたのだ。島原お春は、大勢の消えたお春の総称といえた。

言証さんが島原で暮らし始めた頃には、早くも帰国組のからゆきもいた。三会村のおいねなど、身請けしてくれた白人に死別し、送金しつづけた家に戻ったのに、受け入れてもらえず、訴えを起こした女性もいた。

それに、帰郷できたからゆきは、何万人に対して、ごくわずかといえる。

言証さんは、半島から長崎までつぎつぎと十善講の集いを進めるうちに、アジアの各所で渡世をするからゆきの親たちを知り、心が揺さぶられていた。

一方、からゆきで財を成した長崎茂木のお栄、小浜ホテルを作ったお君、大浦のマサなどの出世頭もいた。

言証さんは、「マタロス休息所」のあった稲佐の地蔵堂にも、十善講をひろめた。伊兵次の生まれた南串村を始め、音信のとぎれを案ずる各村の親たちとの出会いで、言証さんはインドまでの行脚の意志を固めていった。出発は明治三十九年（一九〇六）十二月、高野山参拝をすませて香港へ向かった。

言証さんの旅

二年にわたる言証さんの旅は、彼の少ない箇条書の記録や、玉垣の人物名を結びつけるしか紹介できない。

香港の施餓鬼供養をした墓は、太平洋戦争で日本兵の慰霊碑が壊されたように、いくら捜してもみつかっていない。また、そのような例は、取材先のアジア各地に見られたのである。

香港、ベトナム

次にベトナムのハノイの高谷マサを訪ねている。大師堂に「金五百円十善講安南支部」「金百円安南東京市（ハノイ）高谷マサ」の碑がある。三年に一度、マサは大浦の邸宅に帰国していた。彼女の夫は、千葉医専出の下村里樹である。彼はハイフォン寄港中に、高谷マサに登楼して居座り、人売網の一員となって、自らも抱女二十人を擁する嬪夫《ピンプ》であった。表の顔は雑貨、貿易であったと、明治四十五年（一九一二）、インドシナで暮らした松下光広が明かしている。

するとマサは、ハノイだけでなく、ハイフォンにもカムイン屋を張ったことになる。

当時、「ハノイ男子三、からゆき五十、ハイフォン男子七、からゆき四十六、ハノイ男子二十七、からゆき五十九」である。

下村里樹のように、この地域の人売網を握ったとあれば、「南定《ナムデン》男三、女六、諒山《ランソン》男一、女十九、トリ男なし、女十五、老開《ラオカイ》男九、女十五、カウ男なし、女二十二、山西男なし、女七、安沛男なし、女十三、范衛男なし、女八、太原男なし、女十、康治男二、女十、宜安門港男一、女十一」などなどに君臨した、暗黒の実力者として考えられる人物である。

香港から三日目には、東京《トンキン》州の海防《ハイフォン》に言証さんもついた。ここは鎖国以前の日本人町があったところで、天草郡島子村（現有明町）のからゆき上がりの石山おゆきが、ホテルを持っていた。このホテルには、孫文の副総裁唐経堯も泊まっていた。

ハイフォンでの高梨峰吉も、玉垣の寄進者である。川原クニ、金三十円の寄付は、からゆき上がりの楼主と思われ、言証さんは近くのツーラン（現ダナン）にも往返し、金四十円の渡辺伊太郎も玉垣に残した。

著者も一昨秋、この地帯をまわった。御朱印船貿易の頃の日本寺のある街をまわったが、石山ホテルや川原クニなどの消息も、からゆき墓も見出すことはできなかった。この界隈での施餓鬼写真が遺っていないのは、後日バンコク上陸のおり、言証さんは泥棒に遭って、すべてを失ったからと思える。ハノイには、日本のスパイ和田已義が、からゆき宿をやっていた。

サイゴンには、明治中期から三井物産も乗り出しており、それより十数年も早くから、天草高浜（現天草町）の村上竹松、夏徳雄などが雑貨商をやり、彼らは仏印のパスキエー総督や某陸軍少佐などの夫人におさまっているからゆきを幾人も見ていた。

サイゴンのボレス街には、百名ほどの日本人街があり、からゆき宿の渡世が多かった。言証さんの足は、そこからバンコクを目指す。

バンコクでは、当時日本大使館公認のバンコクホテル（タカラ亭）を、天草御領村出身の井上ゆきよが経営、玉垣に十四円の寄付を遺している。彼女は金だらおゆきと呼ばれていた。

奉公に出ていた長崎で、彼女はオーストラリアに長くいた人に、「サイゴンの西洋人の店の売子に世話してやる。月給千円」とだまされ、明治三十三年（一九〇〇）、親に黙って出帆、行った先がフランス兵相手の女郎屋であった。

着いた晩から、彼女は白粉をつけさせられ、そのうちフランス人電信長ジョナール・ステファンと結婚した。夫の死後、サイゴンからバンコクに渡り、自分で女郎屋をはじめ、郷里から娘を騙して十二、三人連れて来た。

富士屋ホテルも玉垣に寄進しているが、からゆき退役者の老女が経営していた。この二つのホテルは、言証さんが立ちまわった。

バンコク西はずれのチャオプラヤ河沿いの「ワット・リャプ」（リャプ寺）の境内に、日本人納骨堂がある。京の金閣寺を模した三層の堂には、タイで亡くなった四十人の霊が安置されている。
「ケイ子没明治二十九年、長崎県南高来郡、ハナコ没明治三十年、長崎県南高来郡、梅子バンコクニューホテル、チヅ子バンコクニューホテル、シン子バンコクニューホテル、花子長崎県出身、旭ホテル、イシ子広島県出身、旭ホテル、初子熊本、バンコクホテル」は、言証さんがまとめて供養してこねば、からゆきたちの寄進が、玉垣に遺らなかったと思う。

また、天草高浜出の村上勝彦は、オイチニの薬売りから、医術を身につけ、明治十九年（一八八六）から住んでいた。彼は、からゆきの手当もしたとみえ、

「ゆんべ驚いたばい。六〇六号の分量ばまちがえて注射した。ショックで患者が気絶してしもうた。息ば吹き返してくれたげん、良かばってん。裏《うら》ん川さん死体ば、投げこんで知らん顔しとらんばんわいて、そん時ゃうろたえて考えたい」

こんな医業でも、タイ国は医師免許状をくれてあった。彼はタイ在住が長いので、明治二十六年（一八九三）、羅仏事件のおり、仏の砲艦外交で奪われた時期も知っていた。

シンガポール

言証さんは、やがて船便でシンガポールを目指すのだった。彼のシンガポール入りは明治四十年（一九〇七）六月二十二日である。

シンガポールでは、島原出の矢ヶ部倉吉の許に宿をとった。矢ヶ部は、同市花街《ステレツ》の顔役である。その花街は、現在西武資本の商区である。「シンガッパ　五円　矢ヶ部」が玉垣にある。

その年の邦人中、五百戸がカムイン屋であった。その頃の福岡新聞に、「夜有名な花街《ステレツ》を見る。家は洋館にて青く塗りたるのき端に、1、2、3、のローマ字を現わした赤いガス燈をかけ、軒の

下の椅子……妙齢の吾が不幸なる娘、数百人とも知らず居並び……あさましくも憐れなり」

言証さんが出向く十年前のからゆき送金は、アジアだけで十四万ドルもあった。花街《ステレツ》の一部だけを記すと、
マライ街＝二号おしま女七人、三号二木富次女八人、五号渋谷銀治、妻おやす女五人、六号小山女七人、七号尾賀部女八人、八号片山女八人、九号加藤女十一人、十一号安部女九人、十二号渋谷貞女七人、十五号小浜女十人、十七号荒木女十二人、小山田女八人、二十五号小西行雄女十一人、二十六号富木デン、ほかに新喜楽のおかみ経営あり。

ハイラム街＝二十五号おえつ女六人、ほかに津田スミ、二木多賀治郎などのカムイン屋あり。

マバラ街＝五十四号本田シヅ。

スプリング街＝二十一号原口ツタ。

バンダ街＝小山某十一人。

セランゴールロード五マイル先の墓地が、言証さんの施餓鬼供養の邦人墓であった。

その墓地は明治二十一年十一月、二木多賀治郎、渋谷銀治も加わり、二木の持地に作られたものだ。

施餓鬼写真には、東境せいも載っている。彼女はクリスチャンで、言証さんには手描きのアジア地図を贈り、カムイン屋で得た資本を、ゴム園に投資していた。

玉垣には、シンガポールの寄進者二十五名もある。

六円、二木多賀治郎、表の顔はゴム園経営者。九円、稲田林太郎、矢ヶ部、二木と並ぶ賭博の元締め格。十五円、大坪徳実、写真の成功者。十四円、津田スミ。十三円、本田シヅ。十三円、原口ツタ。三十三円、米井虎一郎、ビルマメグイ島真珠採貝業者。六円、富木デン、新喜楽のおかみ。

邦人墓の墓碑九百十基のうち、石塔四百九十七、小石塔三百二十六、木の墓標三十九、万燈五十六、計九百十八で、このうちからゆきはA地区三十九、B地区三百三十一、C地区五十など、識者によって数えられていた。

スングランの墓地は、二木の土地提供によったが、その前はからゆきたちは、獄死者や斃牛、斃馬の埋葬地に埋められてあった。

明治二十一年（一八八八）に上陸した海員の二木が、二十七人を牛頭馬骨から拾い出し、新墓地に「無縁塚」を建立した。言証さんの施餓鬼写真にも、ヒゲの彼がいかめしく写っている。

墓地には、施主として楼主が建てたからゆき墓碑は、五百戸の楼主がいたというのに、ごくわずかしか見当たらない。

施主二木多賀治郎
山口県上岡天神町薬師寺志茂
長崎南高来郡北有馬村　高柳しか　明治二十九年九月二日亡
熊本天草小田床村　中村ハギノ　明治三十二年十二月二日亡
〃　　久浦ハロノ　不明
天草御領村　野島タケ　亡年二十歳　明治三十五年
西彼杵郡日見村　木村キミ　亡年十八歳　明治三十五年
天草郡志柿村　長島イシ　亡年十九歳　明治三十五年

を筆頭に、東境セイ建立が七基、矢ヶ部倉吉建立が二基、加藤鉦太郎七基、稲田林太郎五基、本多シヅ二基という寥々《りょう》たるものである。しかもからゆきの亡年は、十三、十七、十九、二十四歳と若年に驚く。

からゆきたちは、死ぬにも共済金をかけて、自前での碑を建てねばならなかった。墓葬で驚くのは、二木多賀治郎の巨大な石が日本を向けて建ち、からゆきたちは日本に背を向けた形でおさまっているということだ。二木に対極をなすのが二葉亭四迷の墓石である。彼のことは、一章を編むことにしたい。

二木のはすかいに、花街《ステレツ》のからゆきたちを診た医師西山竹四郎の洋墓がある。彼は二十四歳で病没した政代を、こう採録していた。

――長崎生まれの彼女は、三歳で愛媛の丸亀にある母の姉の幼女となった。実親がやがて少女の彼女を連れ戻し、からゆき渡世におとし、かつ華人の妾に月五十ドルで売りつけ、実親も寄生した。彼女が悪性の性病におかされると、妾も追われ、ハイラム街で二十四歳で病没した。

　長崎生まれ
　　まだ振分髪の
中広のリボン
　海老茶袴も腰高の
十五の春を
　人買の手に
南の国へ
　シンガポールに来たのは
伯母さんの家から
　英語学校に入るためと
彼女の小さな行李には

教科書だけが入っていた
有名な女郎屋のミセス
　彼女は海老茶の袴を脱ぎ
赤い友禅をまとい
　白粉で涙かくして
異国人を迎ふる身となった
　処女の誇りも自尊心も
道芝のごと　ふみにじられて
木の香も高い墓標の上を
　名もない鳥がなき
ゴムの枯葉が
　音もなく落ちた
あ、あ、まあちゃんよ
　お前の名を呼べば
涙がとめどなく流れる
　　　　　　　　西山竹四郎

花街《ステレッ》の女たちを見てやった医師の西山は、親が子を売れたこの時代がうとましかったに違いない。彼は後年の昭和九年（一九三四）、日本人会の会長もし、在南中に没した。

　言証さんも、スングランの邦人墓に眠るからゆきの木の墓標はやがて朽《く》ち、生まれ郷も名も見えなくなることをみてとっていたに違いない。また、村落のジャングルに屍体の投棄された、数知れないからゆきたちも感じていたろう。

当時の親の中には、貧しいとはいえ、実娘で飯を食うこともあったし、国そのものも娘たちの尻で建てたこの二十世紀初頭を、忘れてはならないと思う。

花街《ステレッ》は、華人街のスミスロードにも一区画あった。近くのヒンズー寺院にからゆきもおまいりしたに違いない。名も知れない神々が、巨塔いっぱいにちりばめられたこの寺院で、からゆきたちに手をのべる神はいないのかと、彼女たちはだれしも考えたに違いない。ここはインド人街の人々がたえまなしに集まっていた。

矢ヶ部倉吉の案内で、言証さんも植物園を見た。すでにその頃、天草生まれの笠田直吉が、ゴム園主として成功しており、言証さんの道筋にも予定されてあったし、矢ヶ部もその事業に心するところがあった。

植物園は英国がブラジルから盗み出したゴムの種子を、セイロン島と次にここの植物園に移して栽培し、マレーを一大ゴムのプランテーションとなした。植物園は元種のそのゴムを栽培した地だが、残してある大樹のゴムには盗み出したブラジル産の表示をせず、インドネシア産と但し書きをつけている。

矢ヶ部は、そのうちシンガポールを脱して、クアラルンプールでゴム園主や諸雑貨屋を表の顔にしていった。

シンガポール政庁が、明治三十三年（一九〇〇）の女売買の国際会議、つづく三十七年（一九〇四）の醜業婦売買の国際協定、そして言証さんが帰国した後の明治四十三年（一九一〇）、パリ国際会議での「醜行での婦女売買禁止」など、国際協定をうつして動き出したことを、矢ヶ部は予知しての移住であった気がする。

言証さんは彼の案内で、ラッフルズ・ホテルへもまわった。よもや戦中このホテルが将校用ホテルとなり、下階の割店の一室で、軍に取り入った華人の東文吾が、日本軍の慰安婦集めをしたことなど、想像できはしなかったろう。東文吾はビルマまで華人の娘たちを送り出し、魚雷で多数の娘たちを死没させた。彼が死んでも、華人は棺桶も分けなかったという。

ラッフルズに近い埠頭は、よくからゆき密行婦の上陸した地点であり、言証さんは、つぶさにその地帯も歩いたに違いない。当時からゆきが取り引きされた河畔の倉庫は、今は一つも見られはしない。

クアラルンプール

言証さんは、マレーで「マラッカ五円　津田光太郎」自動車屋の寄進も受けている。言証さんの行脚より、政庁の関与も圧となりだした大正初期の、マレーからゆき表を記しておく。

地名	男	からゆき	地名	男	からゆき
シンガポール	92	415	セランゴール	61	282
マラッカ	9	43	マラッカ	8	70
ペナン	26	84	クアラルンプール	76	463
ネグリセンビラフ	19	85	センビラン	76	463
ペラ（イポウ）	22	360	イポウ	92	556

第二次大戦で、マレー各地の邦人墓域は右の表記でクアラルンプールや、イポウに合葬され、戦

乱で消えた地が多い。

クアラルンプールの玉垣寄進者は見当たらない。したがって言証さんの記録にも、施餓鬼写真もこの墓地のものはない。

華人墓地の脇に整備されたここの墓域には、同市に記載されている明治二十一年、二十四名のからゆきの名は捜せなかった。まわりに錫《すず》が発見され、からゆきも明治中期から吸い寄せられていた。

三十二歳で死没の河原シュンは、天草高浜村の出であった。村の米の取れ高が百三十八俵、零細農家五百五十六戸という当時の貧村で、女中に出ても月八十銭の給料では、一俵三円五十銭の麦も家に買ってやれずの、からゆきたちの密航だった。天草の子守唄は、島原、五ツ木より古い。

おどまぼんぎり　ぼんきり
盆から先　おらぬ
居ても　金べこ（腰巻）
も着しやらず

そして唄のおしまいに、私が死んだ時、泣いてくれるのは、山のカラスと親さまと続き、

花は立っちゃ
芝ん粟　立つな
椿　つつじの花立てろ

と、唄われているのに、からゆきたちは芝の中に、名もなく小さな標石一つで眠っているのもあった。ここには、バトウ、パハット、マロル、スター、コタバル、しかも言証さんが施餓鬼写真を二枚も遺したスレンバンのからゆきも、合葬されていた。

スレンバン

「スレンバン五円　笠田直吉」と、玉垣にある。言証さんは、笠田の許に身を寄せた。笠田は明治五年（一八七二）、マレーに入り、原生林の大木に小屋掛けをして、ターザンなみに暮らした。早く移住した華人から、コーヒーの栽培を学び、荒地を開墾して暮らしの安定をはかった。

明治二十五年（一八九二）、高浜のツヤをめとって、スレンバンの町から二里離れたトミヤンでコーヒー園を経営していたが、コーヒー相場が下落し、ゴム園に切りかえたのは、明治三十五年（一九〇二）であり、言証さんが訪ねたおりは、ゴム相場が良くなっていた時分である。

「笠田のオトッツアンは、偉い人じゃった。ばってんおなごにゃ弱か人じゃった」と、まわりの人から言証さんも聞いたに違いない。

彼は、「どうもこうもあろきゃあ。みぞげなからゆきさんば作りだしたのは、いったい誰かい、何かい」と、言い放っていた。

「おる（俺）が故郷の天草もんば、まことてぇー（本当に）……」

彼は千五百円で身請けしてやり、二号にもした。二江村（五和町）のミトも身請けしたが、彼女はまもなく死んだ。彼女のために、楽隊入りの葬儀もした。

彼は請け出したからゆきに、ゴム園経営もさせたが、またシンガポール楼主の東境せいも、邦人ゴム園経営に名をつらねた。

彼がトミヤン墓地に葬ったからゆきは、他地区の女性も多かったという。

からゆきに心厚い夫を、若い妻のツヤはどんな想いで見ていたのだろう。直吉が帰国して昭和九年（一九三四）、八十四歳で高浜の長女のもとで亡くなる時も、妻のツヤは駈けつけはしなかった。

その数年前、ツヤは離婚していたのだった。

訪ねた言証さんには、そのような家庭の確執が見えていたに違いない。

戦中のクアラルンプールとスレンバンの間には、粛清された村が多く、イロロン村だけで千七百七十四人も日本軍は虐殺したのだから、現地人は日本人からゆき墓など、消し去っていた。取材すると、ジャワ、スマトラメダン、首都バタビア、パレンバン、ジュクジャカルタ、セラウエシ島マカッサルなどなど、からゆき墓が消えたところは多い。

「コーランポおとよ」は、クアラルンプール王家インチサブランビン・ヤハヤの妻になった。昭和六年、八十一歳で、シンガポールの西山竹四郎に見とられて世を去った。

守衛の立つ王宮に、言証さんが立ち寄った記録はない。彼女は千駄ヶ谷二丁目植木職加藤善兵衛の娘で、後にマレー街五号渋谷銀治の女房となったおやすと、明治初期の渡航者であった。

イポウ

「イポウ　五円中村トク」「イポウ　五円山田豊三郎」

玉垣に記されたイポウは、夏代もエリート英人の洋妾《ラシャ》後に住みついた地である。その地は明治三十年（一八九七）、ペラ河の支流キンタ河沿いに錫が発見され、いちどきに人が増え続け、からゆきもマラッカなどの九倍がらみと増えていった。

一九九六年二月二十二日の夜、筆者は長崎出の一級建築士田浦賢さんより電話を受けた。イポウで会ったからゆきの幽霊話を聞かされ、その後、筆者もその墓地へと向かった。墓地は長崎大工町の山口菜奈、二十四歳で、明治二十九年（一八九六）に没していた。

この地には、錫景気の前から、村岡伊兵次はシンガポールより、四人の罪状持ちを嬪夫《ピンプ》にし、からゆきをつけて送っていた。年代からして菜奈も、その送り出されたからゆきであろう。

長崎県諫早《いきはや》出の土肥かつこが、イポウで死んだのは、島原の子守唄の元唄がまだ唄われている日露戦後であった。

　行く時きゃ兵隊さんで
行く時きゃ兵隊さんで
　　帰りはほとけよ
諫早《いきはや》トンネル越しゃ
　　桐の箱ばよ　ショウカイナ

彼女は華人に請け出され、若死にのからゆきより生き増して、四十一歳で没していた。

イポウのからゆきドラマも多彩で、当時の福岡新聞をにぎわすほど、女衒、楼主の権勢が強かった。

百数十基の眠るイポウのこの墓地で、言証さんが施餓鬼写真を遺している。寄付者の山田は、一戸ならずの楼戸を、この町に張っていた男だった。

ペナン

次に施餓鬼写真に出てくるのは、ペナンである。ペナンは言証さんの出向いたあたり、外務省の発表で五百五十六人が記録されている。

言証さんは、ペナンで田中末五郎に寄留している。そして「キンバ・ステレツにて施餓鬼」と記録していた。

「ペナン十二円　田中末五郎」　楼主

「ペナン十一円　松尾兼松」　ゴム栽培
「ペナン五円　見太郎」　雑貨屋
「ペナン三十円　岡庭喜三郎」　日光館写真師

キンバ・ステレツは、現在の邦人会にも資料は皆無である。墓には風鈴仏桑草が三本みられる狭い墓所で、言証さん立ち寄り前後の墓碑のみが目立つのも、彼の徳がキンバ・ステレツにも伝わったせいかと考えさせられた。

墓碑の中の「実相無外信女」の主は、島原多比良字船津、二十一歳で死没した吉田ツキであり、筆者はこの石の前で佇《たたず》んだ。並の幸せから縁遠かった彼女たちの死を想わせられたからだった。

この墓地では、二十七名のからゆきしか見出せなかった。嬪夫《ピンプ》の心薄ければ、いったい他のからゆきは、どこに投棄されたのだろう。

ここペナンから、言証さんは対岸のスマトラ島メダンを指した。施餓鬼写真も二枚遺っているのだが、パレンバン飛行場で会った邦人が、メダンのからゆき墓はすでに消されて無いと聞かされ、取材地からはずさざるを得なかった。

パゴダのビルマ

飛行場からホテルに向かうとき、シュエダゴンパゴダが目に飛び込んできた。言証さんもまわった寺である。

二年余の言証さんの行脚中、九ヶ月も彼はこの地に足をとどめた。それは、ビルマには仏陀がいたるところにいらしたせいだろうか。

からゆきの施餓鬼は、市内のほかに、第二次大戦で牟田口がインパール作戦の基地としたメイメョウに遺していた。

ホテルに着くなり、日本人会や取材先のツワンテンナイン・ステレツ（現在の二十九番街）、その他を聞き出せた。さっそくインレ湖に近い日本人会に向かったが、ここでは明治の邦人を語れる人はいなかった。

言証さんが大師堂の天如塔（からゆき塔）におさめているアラパスタの仏像は、タバイキャナン寺のウーセンタ管長よりいただいたものである。

そこでさっそく、パコダ、タバイキャナン寺へと向かった。そこには往時のままの寺があった。十五世紀に建った寺だという。ウーセンタ管長を知りたいと、宿坊を訪ねたが、ミャンマルに住むバハン氏ならわかるかもしれないと知らされ、いくつかの街区を縫って訪ねたが、彼は問いに答えられなかった。

九州のビルマ戦没者を祀る寺で、久しく日本でも暮らしたという。私の旅を見送ってくれた親しい知人の一人の親が、インパール作戦で死んでいたので、寸志を出して、そこで供養をいただいて帰った。

昼飯に立ち寄った飯店の窓越しの風景は、言証さんの手持ち写真とそっくりで感激した。そこはシュエダゴンパゴダの裏である。きっと施餓鬼をしたからゆきの墓も近いと感じたが、その勘どおりであった。

午後は個人商店の集まった巨大なマーケットに立ち寄った。シンガポールでは八百半、そごうと潰《つぶ》れ、花街《ステレツ》跡の西武ジャクションですら、まわりの現地マーケットほどの人波は見られていない。

ビルマは急な近代化より、細民の生き方を繋《つな》げている感がした。

ビルマの英国支配は、明治十八年（一八八五）である。英もオランダも、いやアメリカでも、植民地支配は慣行尊重を催眠剤にして統治してきた。このことは、次のインドでもっと痛烈に感じはしまいか。

翌日午後、二十九番街を撮影にまわった。

島原の玉垣寄進者は、マレーシア三十四で一位、シンガポール二位、次がビルマの十四であるからには、二十九番街の花街《ステレッツ》は、相当数のからゆきがいたことになる。

言証さんは、よほどビルマが気に入ったとみえ、九ヶ月も過ごし、遠くはマンダレー、パガン、メイメョウなどを歩かれた。

シュエダゴンパゴダは夕映え時に写した。夕陽にまばゆく輝く黄金のパゴダは、幻想の涅槃《ねはん》という仏の世界である。塔のまわりの八曜仏は、大師堂では八体仏として、干支《えと》や方位石も兼ねていた。干支を守るのは、八曜仏と似ている。おまいりの群衆も多いが、仏像も数えきれないほど境内に多い。

駅からの高架橋で、放鳥の小鳥を売る親子を見た。この民俗は、霊魂とかかわるものであろう。

ラングーン二日目に疲れが出て、パゴーまで言証さんの見た寝釈迦を写しに行く間、眠ってしまった。言証さんは、ラングーンから写真師を連れ出して写していた。日記に、巨大な像に驚いた模様が出ていた。

十世紀末のモン族の王によってこの像は建立されたが、王朝が亡んで土の中に埋もれてあったものを、一八八一年、鉄道工事のおり見つかり、修復されたものだという。

パゴーから引き返すと、かつての花街《ステレッツ》二十九番街の近くを流れているヤンゴン河の埠頭に出た。往時はからゆき、そして戦中には四千三百人もの慰安婦が上陸した埠頭である。

埠頭サンソグディダビーでは、ワンサと船から人が降りてきた。濁った川水に中型船に混じって、五千トン級の船も見えた。

次の埠頭オオダタウには、なんと一万五千トンクラスの船までが見られた。埠頭の先が千手観音の手のように河面に伸びている。この河に第二次大戦のおり、日本の船団が寄港したのも嘘でなさそうだと思えた。

翌九時には、アンサンスタジアムの二階で、「一番館」経営の紹介で、大丸支社長の池谷修氏と会えた。一九三八年（昭和十三）よりビルマに来ている方で、邦人の墓地移転を迫られ、目ぼしい墓だけイエーイエの新墓に移したという。

言証さんのラングーンにおける施餓鬼写真を見せたら、邦人の方が接写を望まれた。皆さんは二十九番街のいきさつも知らなかったという。

タムエの元墓地は、七年前に移転をすましたそうだ。そこのネムの木（現地名ココ）が、写真の木と似ていると、シュエダゴンパゴダのある丘を回った。

ビルマ政府がデパートを建てるということで移転させたというが、デパートは骨組だけで、頓座したままだった。

次にチャンドウの元からゆき墓に向かった。ネムの草でおおわれた敷地の一角は、中古車センターになっていて、ピパーニュウという黄色の花が咲いていた。

このチャンドウの墓地跡には、麻薬撲滅の記念館を建てるという。

池谷氏は、「二ヶ所で二百基たらずでしたよ。屍体は土葬の形跡はあまりなく、茶碗のようなものに、骨片の入ったものもあって……」という。そのことは感染症で死んでいるから、焼骨して納めたものとも考えられた。

玉垣に見られるビルマ寄進者――「三十円　小田ユキ」「二十円　勝木ハツ」「六十円　高木正喜」「ビルマメイメョウ　六円　井上サダ」「ビルマメイメョウ　六円　浜崎ミトメ」

このインパールは前述したが、メイメョウには大戦中、「清水荘」のほかに中国、朝鮮慰安婦など二百名を管理したと、神谷重雄氏が話している。

「マンダレー　七円　前田フユ」「マンダレー　七円　岩田ヤエ」「マンダレー　八円　三棟サキ」

戦時中このマンダレーにも、二百名からの慰安婦が報告されている。

次にイエーイエの墓碑リストから、からゆきだけを抜き書きしてみた。

彼女らの死没年が大正から昭和にかけても見られることは、シンガポール植民地政庁の嬪夫《ピンプ》追放や、廃娼政策の打ち出しで、シンガポールから掃き出され、奥地へ奥地へとからゆきの旅が宿命づけられていったことを物語っている。

氏名	年	没年	住所（本籍）
小川ツラ	38	大正2	長崎県南高来郡守山字三室
松尾ツヨ	27	大正8	〃　西有家村
佐藤フエノ	18	大正7	〃
小原スクエ	不明	不明	不明
上田ハル	40	昭和5	長崎県長崎市目覚町
東山カメ	不明	大正7	長崎県松浦郡字久島神浦村
浮塩セイ	26	明治45	長崎市大浦町
桑田フキ	23	〃45	長崎県北高来郡諫早《いさはや》村
新キミノ	32	大正7	長崎市岩瀬道

山村トメ	39	昭和2	和歌山県海草郡
小島イサ	53	昭和5	天草郡壱岐村
榊タカ	36	昭和7	熊本県鹿本郡山鹿町
安斉テル	42	昭和7	福島県人　不明
田中シキ	64	昭和11	長崎県中川町
田崎ミシ	64	昭和13	不明
岡本ハナノ	37	大正6	〃
ナカ子	26	明治44	和歌山県東牟婁郡三輪町
オヨシ	不明	不明	不明
萩ナオ	29	大正5	福岡県三井郡山本村
山口ユキ	37	大正6	長崎県高来郡千々石村
諸口ツルエ	31	大正4	佐賀県神崎郡神崎村
川原ヒロ	22	明治43	熊本県天草郡高浜村
川根照子	23	大正8	長崎県北高来郡湯江村
池田コマイ	19	明治45	和歌山県海草郡
柾木ワキ	21	大正2	不明
田上ナシエ	22	明治43	不明
池尻ノブ	25	大正6	長崎市大浦網場平
高倉ツル	不明	不明	不明
田中ミミ	64	〃15	長崎県南高来郡松浦町青方村
岡本ハリ	37	大正6	南高来郡千々石村

奥川トシ　——　24—明治41—和歌山県東牟婁郡三輪町
ほか崩壊にて氏名その他不明（順不同）

なお昭和十七年（一九四二）、ラングーン着の慰安婦七百三人は、五月に朝鮮で集められたもの。昭和十九年（一九四四）七月十日、二十一隻の船団中、わずかに兵七百、看護婦五百、海軍二十名のみが到着、バシー海峡にて他は海没。昭和二十年（一九四五）、まったくの敗勢なのに、ビルマに送られた五十人の慰安婦送出もあった。

ビルマ憲兵と右翼との密約で、送り出された慰安婦は四千三百人であった。（「慰安婦たちの太平洋戦争」拙著）

カルカッタ

空港へ着くなり、通訳のカズン・マキがアメリカ側と日本旅行社の手落ちで、ビザなしで送還となった。すっかり取材の気力がそがれたのも事実である。

空港からサダト通りのフェアロンホテルまでの途々、街路脇には行き倒れのように難民らしい人々が寝ていた。

翌日、日本人会を捜したが、領事館に移ったといわれ、行ったところ、休日で開かなかった。

明治二十七年、シンガポールから、伊兵次のカルカッタへのからゆき配布は、「山内と住吉に十一人のからゆき、小林と森崎で十八人のからゆき」とある。

カルカッタは、ヒンズーの世襲の伝統をくむ町で、ソナガチ娼区も三百年の歴史を持つ。日本のからゆきはこの地区の縁辺でしか、娼売できなかったはずである。

言証さんのカルカッタ着の前年、市内には百六十九人、チダポール百五人、ダッカ六人、ダージリン二人、シムラ七人という邦人数が領事館の発表である。

カルカッタにはからゆきさんも大勢いたのに、やっと捜した日本人会には、そのような庶民資料は遺されてはいない。

言証さんの日記に、「同年　月　印度ノカルカッタニ渡リ、施餓鬼　同　月　日　仏陀ガヤ」とある。

大師堂玉垣には、「カルカッタ　二十円　朝野新一　朝野ムメ」とある。

からゆきもいたのに、あわてふためき、そそくさとこの街を去らなくてはいけなかった言証さんのことを、私なりに追求してみた。

施餓鬼もしたというのに、大きな街区で写真も残さなかったのはなぜだろう。それに広い街のどこにも、仏教寺院も仏像一つ見当たらない。釈迦は、どうしてインドに仏教を説いたのか。インド宗教人口のうち、ヒンズーが八十三パーセントとあれば、イスラムとターバンを巻いたシーク教、拝火宗徒、キリスト徒が十七パーセントで、仏教はなぜ、この街から消えたのか。

日本人学校のミセス・ニガムは日本人で、十八年この街に住み、日本人会長ということだった。学校を訪ね、自宅に電話を入れて正したが、明治期以来の邦人民衆史は知らないから、領事館で聞けというが、そこでも同じ言葉が返ってくる気がしてやめることにした。

出向いた「カリガート寺院」は、長蛇の民衆に取り巻かれ、中に入ることもできなかった。その民衆の中に、物乞いが多いのにも、びっくりした。

タイル張りの寺院の脇にある、子宝の木（ケヤッタラス）におまいりする人は、やがて子宝に恵まれると、小石を三つあげるのだという。その辺りは「行倒れ銀座」（オチャカダニ）のはずれであり、マザー・テレサの「死を待つ家」があった。

今は九十五人ぐらいの病患を収容しているという。すべて伝染病の病者だという。一日に二、三人死ぬこともあれば、一人の時もあることを聞いた。

案内をかって出たネパール人のニガムに、「ヒンズーにはアグダルという階級の召使いが、一晩ねむらず、大壺に硝石と水を入れ、さらに土器に入れた水壺を、その中でまわし続け、朝に旦那や奥さんに、冷たいお水をあげるという昔の習慣があるけれど……」と聞いたら、「それは知らないけれど、『バブラート』といって、行き倒れの死没者を集めて、ガンジー河に運ぶ階級はあります」という。

釈迦は不当な階級制を打破したかったのに、支配層に好まれず、この街の仏教は絶やされたという。

街中に降って湧いたような貧困者と喧騒、そして汚らしさにも、根にヒンズーがありそうに思えたりしてならなかった。

日本人学校から、ガンジス河のほとりにある屍体焼場へと向かった。大詩人タゴールも焼かれたという手前の焼場には、うすいボロ布のようにやせた屍人が、電気炉に入れられ、みるみる火の手に包まれるのを見た。

かたや丸太ん棒を積み上げ、焼き出して二時間という焼場には、親類縁者がかたわらに着席していた。もはや煙からも死臭は感じられなかった。焼き上がると、ガンジス河に骨灰を撒《ま》き、終わると身内も帰るという。

カラスがしきりに頭上で哭《な》いた。死の使い鳥としてのカラスは、アジアなみに信じられている民族のようである。

家の祭壇などを、ヒンズーは儀礼崇拝として禁止していた。その唯物的な行ないは、階級打破などにつながっていないのが不思議といえた。

言証さんは、からゆきの供養をしたくても、死没からゆきは流されてあったことを、どう感じたのだろう。

物乞いの中に、シーク教の、頭にターバンを巻いている人はみかけなかった。このシーク教は、ヒンズーとイスラムの良い点のみを奉じ、その数は仏徒の倍もあるという。

焼場にはハンセン病の人や、象皮病で丸太のように腫《は》れた足を放り出して寝入っている人もいた。インドのニューデリーでさえ、街を牛がのし歩くのを見たが、東京なみの交通渋滞で、カルカッタでは、おでまし禁止だった。

その夜の食事は、街区の中華店でとったが、味の素がやたらに使われていて、気味悪い味がした。空港で通訳を奪われても、私はソナガチ地区への潜入を考えていた。一昨年の世界一周のおり、インドの映画監督と一緒になり、ソナガチのことは聞いていた。「五千人の娼婦がソナガチで生きている」と。

からゆきもこのエリアにいたのだ。すると、言証さんも行ったところといえる。それに、マンジユ・ビスワスや、ジャナ医師にも会って、起ち上がった売春婦たちに会ってみたかった。

潜入許可はスマラジト・ジャナ医師のいる事務所で、三時間ほど待たされての手続きが要《い》った。ジャナ博士はWHO（世界保健機関）の協力も得て、インド公衆衛生研究所を辞《や》め、ソナガチにとどまって、プロジェクトをすすめていた。

許可を得、喧騒の娼区へと入り、そこでマンジユ・ビスワスが待っていてくれた。四十一歳の彼女は、若くてものやわらかな女性だった。彼女は十三歳で父を亡くし、知り合いの話にのせられ、三十ドルでこの地区に売られた。一日に十人から十五人の男の相手をさせられ、泣き暮らしたという。

彼女がヤクザ（グンダ）と闘いだしたのは、十数年前だった。アジアのからゆきのいる花街《ステレツ》にも、ハワイにも北米にも、女性たちにはヤクザが吸いついていた。ここでも同じ構図があったのだ。女たちが働いた銭を、ヤクザが脅してとりあげ、暴力をふるうのに、ビスワスは包丁を手にもして向かった。売春宿に石くれやビンを投げつけられたが、ある日、親分をとっ捕まえ、皆で音をあげるまでやっつけた。以来、ヤクザは敬語のデイデイ（姉さん）で彼女たちを呼ぶようになり、五年前に組合を結成し、会員は州内のほか市町におよび、四万弱になるという。

ジャナ博士には、現役を含む娼婦が何百人となく、講師、看護助手、ソーシャルワーカーとして働き出していた。

ビスワスはゴミ、悪臭、ドブ水だらけの居住区に私を案内し、娼婦から家を得て親分となった女性に会わしてくれた。八畳ぐらいの居間に、三畳たらずのベッドがわりの高床に親分が寝ていた。仲間たちがジャガ芋、ニンニク、とうがらしをベッド脇のコンクリートの上で調理をしている。壁ぎわに綱が張られ、洗い物が干されていた。起き出した親分は五十代の女性で、急いで身に布を当てたが、表情には人徳が消えて見えた。

うら若い乙女《おとめ》が部屋に入ってきた。今はビスワスの頃とちがって、十八歳からしか営業を認めないという。

そこから次の㊉印の事務所に向かった。ボンベイは四十五パーセント、ソナガチ地区は四、五パーセントというエイズ発表を聞いた。そしてエイズでの死者はないというが、それは娼婦の不評を守るため、防衛点も入るのかと考えながら聞いた。それというのも、インド洋上で結ばれるアフリカは、すでにケニア一国だけでも、一日に何百人というエイズ死者が出ている時だからである。㊉事務所の前で学習がなされている。事務所で娼婦でありながら、えらく存在感のあったD・MS・Cも、教える人であった。

女たちは一日に一ドル五十セントから、二十ドルと、娼売の上げ高はさまざまだが、組合をつくる前は客引が四分の一、宿主が半分をとり、今はそのときよりずっといいという。

ソナガチ娼婦の闘いを、同地で死んだ二十世紀の初頭のからゆきたちは、生きていたらどう感じているだろう。

遅い昼飯をデイデイの案内で、中華店へと出向いた。食後また、第一事務所へ戻り、ジャナ博士と会った。

翌日、ホテルに近い「国立博物館」（インディアナ・ミュージアム）に行った。一八一四年の建設だから、言証さんもこの建物は見ているはずだった。驚いたことに、紀元前二世紀のものから、グプタ王朝のみごとな遺品も並べてあった。

もぎとられた首だけの釈迦、顔を剥かれた釈迦の立像など、言証さんがインド入りをするはるかはるか昔に、仏像は各博物館や中央高原の窟院《くついん》などにおさまっていたのだった。

言証さんが釈迦を求め、カルカッタから釈迦の四大聖地であるルンビニーの誕生地、クシナガラ入滅地、ベナレスの初転法輪を説いた地、ブッダガヤの悟りを開いたところに往《ゆ》きたいと熱望したのも、無理のないことに感じていた。

言証さんの遺した写真の中に、親子の娼婦があった。昔は少女が売られるのも、また父が客引をし、母が金を受け取る親子連の売春は、その頃、珍しくなかった。

一回の交接に、家族が食べるチャパティ三枚などという取り引きもされた。

言証さんの眼には、自国のからゆきといっしょに、異国の娼婦も心にかかっていたのだ。

ボンベイまで

言証さんは、カルカッタを逃げるように、ブッダガヤを指した。そこはベナレスの中間で、六年も釈迦が苦行し、長者の娘の捧げる乳糜《び》をとって、身を養い、悟った地でもある。

言証さんはブッダガヤの記録は、遺していなかった。

河口慧海《えかい》氏が、前年カルカッタから、第二回目のインド、ネパール、チベット旅行の準備を兼ねてベナレスにいた。第一回の旅行は一八九八年～一九〇二年（明治三十五）で、彼のチベット旅行は、日本で大いにもてはやされていた。

その河口氏がベナレスにあることを、言証さんはカルカッタの邦人に聞いたとみえ、急ぎベナレスを目指した。その時の河口氏は、四十一歳だった。彼のところで言証さんは、五昼夜の世話になり、次の記録を遺している。

「同　月　日　ベナレスニ行　川口慧海僧正村の御住宅参り　地方ノ名所　教エテイタダキ　鹿野苑　ガン川　さるの寺　印度ノ仏セキ　各地方を巡回シ」

言証さんは、カタカナに平仮名をまじえて書くクセがあった。鹿野苑は仏徒、ヒンズー、ジャイナ徒の巡礼場であり、この地で四諦八正道を釈迦が説かれたという。

ベナレスは古い街で、仏教以前からのヒンズーの大聖地であり、河岸にはヨーガの痩せた行者が、当時は多く見られた。ここにはヒンズーの寺や、猿寺もあり、信者でにぎわっている。サールナートはベナレス北部四マイル、玄奘《げんじょう》が訪れた時、僧が千五百人もいたが、イスラムの侵攻で、十三世紀には廃墟となってしまった。

次に言証さんは、河口氏の話をこう記している。

「如来ノ御ネハン　御誕生地ヲタズネタラ　生地ハネパールのハカワンプール　ルンビニー駅ハノーガル　ソレカラハりく行ト　ネハン地はクシナガラ　駅ハタシルテゥリトソレヨリりく行ト承リ初メテ相ワカリ、其時ノウレシサハカキリナシ　マツタクコレガオ釈迦様カトヲモウ心チガシタ」

誕生地は、ネパールのルンビニー。涅槃《ねはん》地はクシナガラと聞き、嬉しさに河口氏を釈迦かと思ったとまで記している。

ところが河口氏は、英語も話せぬ言証の旅をたしなめ、行かせまいとし、本人もカルカッタに帰るため駅まで河口氏に送られたが、駅で彼は急にボンベイ行きをせがみ、汽車の切符を調《ととの》えてもらった。

なぜ二昼夜もかけて、言証さんは、ボンベイを目指したのだろうか。そこには、長崎各所や天草などのからゆきが多く行っており、気になっていたといえる。

ボンベイ駅から、馬で六時間ばかりかけて、日本人を尋ね出し、山崎時松方で施餓鬼をした。ボンベイは伊兵次が手下の俵にからゆき十人、山内に十人、坂田に八人を向けたとあり、当時は相当数のからゆきがいた。

言証さんの施餓鬼写真には、裏に下山丸一、市川常太郎、吉中福之助という大阪出身の学生たちがいた。

伊兵次も俵たちにからゆきを添えてボンベイに送る時、やはり苦学生たちに鉄砲六梃、商品運賃など七千円を、射的のこのグループに送ったと、稿本に記しているように、香具師《やし》まがいの仕事は、言証さんが行った明治末期でも見られたのだった。

ボンベイ、カルカッタに伊兵次は、明治二十四年（一八九一）で二十人以上の女を送っていたのだから、言証さんが訪ねた頃には、現地人娼街に二百人からのからゆきがいたとされている。

言証さんは、街の埠頭から、ケブ島の石窟を見に行っているが、ヒンズーの仏さまだけにがっかりもし、またカルカッタ直行便で舞い戻った。それからの旅は、こうである。

「モトヨリカククゴ命ヲ先立　御誕生地に参ラント……カルカッタでノーガルのキップを買テ行ノリカヱワカラズ……」

四昼夜かけて行っても、ノーガルを越したり、戻ったり、ついに誕生地に行きつけず、「タシルデゥリヤノキップ買テ　一チュ夜アトモドリシ」、やっと牛車で涅槃《ねはん》地クシナガラにおまいりをした。

ラマバールの丘は、釈迦が荼毘《だび》に付された頃、巨木が繁っていたが、言証さんが行った時は、ただの丘だった。彼は、この地をすぐには去りがたかったに違いない。

涅槃堂の像は、一丈六尺の巨大なもので、北を頭に西に足を向けており、地中から発掘された時は壊されていて、復元されたものだった。涅槃堂の回りに、多数の僧院跡の遺物を、歩きで彼は見てまわった。

ここでビルマ僧に出合って、宿の世話もしてもらい、「明朝は仏ヲネハンの御開帳シテ　テマネキシテヲシエテクレ……」と、言証さんの旅の一切は、ここで記録が途切れている。

言証さんはダージリンから、ヒマラヤをのぞむ写真を、帰国後スタジオでとらせている。

お釈迦さまの誕生地には行けなかったが、彼には気にかかることがあった。

それはからゆきたちが、ネパール越えをしているのを、日本の密偵の眼にとらえられていたからだった。これらの女性は、英、印度兵士の特需品として、買われて送られたからゆきたちだった。チベットのラサには、明治三十六年（一九〇三）より、インド総督が軍隊を差し向け、交易を迫った。交渉がととのわずして、翌年に英国はラサを武力解放に踏み切った。

私は今、インド洋で、この記事を書いている。探検家スゥエン・ヘディンのチベット記録に、ひょっとして、からゆきたちを目にとめた一章でもあったらと、一心に読んでみたが、つかめるものはなにも無かった。

イギリスは、探検家ヘースティングスが総督となってから、チベットとの通商を考え、パンチェンラマを通じて工作をすすめた。

十三代ダライラマは、ロシアの働きかけで反英主義をとっていた。

英は明治三十六年、ヤング・ハズバンド大佐を団長とする武装使節を派遣した。からゆきはその時、グルカ英印軍の軍用婦だった。

明治四十年（一九〇七）、英露条約は変更を見、英はチベットでの優越特権は持てないことになった。

チベットは南はネパール、シッキム、ブータン、カシミール、インドに接している。英はチベットが真空地帯ならば、差し支えなしの方向を立てた。

一方、チベットの動きに、清朝が四川方面から、軍隊をラサに入城させる、そんな前夜に言証さんは、ダージリンにいた。

仏教がチベットではラマ教となっており、言証さんに、その方の興味はまったくなかったとはいえまい。

しかし、インドまでからゆき供養行脚を続けた僧として、チベット引き上げのグルカ兵に連れ去られたからゆきが、なぜ四道もあった隊商路から、インドへと引き返さぬのか不思議だったといえる。

彼には渡世に出た娘の消息を聞きたい親たちを、十善講でつなげている都合上、それは当然の気持ちであったろう。

ラサからは青海省の西寧、四川省の成都へと、シッキムを通り、インドのカリンポンへ、チベット西部を経て、インド、アフガニスタンの隊商路へ向かった。

言証さんが世話になった河口氏は、ラサ脱走にはことにシッキムからカリンポンへの短いコースをとった。

かつてチベット行きを決心した河口慧海が、ダージリン官立ハイスクールで、チベット語の勉強をしたのは明治三十一年（一八九八）だった。

彼が法王ダライラマに会ったのは明治三十五年（一九〇二）七月二十日であり、翌年日本人が露見、五月二十九日、チベット脱出をはかり、ダージリンに近いカリンポンを経て七月三日、ダージリンに戻った。わずか半月の行程で辿りついていた。

ダージリンからヒマラヤの北にカイラス山脈が並行していた。それらの深い峡谷が、インド、チベットを結ぶ隊商路でもあった。

ネパールが世界に名をとどろかせたのは、英領インドに応募したグルカ連隊で、大英帝国の最強軍隊となったことにある。インド独立後でも、常備兵二・五万の雇傭があり、その族主は、三大都市のカトマンドゥ・ベータン・バドガウンのネワール族をのぞく山岳民族である。

都市のネワール族を除き、リンブー、ライ、タマン、ゲルンマガール、タカリーという多層さである。彼らは山岳や丘陵地に住み、羊と山羊の合の子のようなブルーシップを遊牧し、行商なども し家を不在にするので、居残り男子が時の夫となり、交替での妻占有の暮らしがあったとされる。言証さんは、ダージリンに少数いたからゆきに泊めてもらえたのだろう。この地はヒマラヤ南麓の英人避暑地であり、二千メートルの高原であった。

高峰カンチェンジュンガの壮大な眺めを仮想して、言証さんが帰国後、写真館で撮っただけとは思えないのである。

辺境スパイの経験を買われた探検家ヤング・ハズバンドが、チベット武装使節団の頭目としてラサ進撃の際に、従軍婦とされたからゆきが、なぜネパールに消えてしまったのか、言証さんも不思議だったのだ。

この地域が一夫多妻制であり、攻撃用務を果たした兵が、ネパールに持ち帰ったものと考えられる。じつは陸地続きのイラクでも、

——結婚した女は夫以外に、親族公認の第一性交渉のカテゴリーとして、夫の兄弟たちと交われる。

婚礼の床入れに兄弟の一人が、新郎より先に新婦と床入りをする「カラルスモ」という儀式がある。

る。

妻は夫の兄弟を自分に対して、夫と同等の性交渉の権利を認める。

なお、夫の母の兄弟、母の叔父や甥とも持たねばならず、かつ叔父は甥の割礼、婚式の儀式にての立会人であった。

花嫁の第三の性交渉として、妻は夫が「クンバ」と呼ぶ彼の姉妹の夫とも許されていた。夫からすると、妻の兄弟が「クンバ」であり、男性は「クンバ」の妻と性交渉が可能であった。夫不在のとき、外敵に備えて家を守るとか、留守中の妻の性不足を補うという。（一九六八年、和田正平「民族の研究」）

なんというネパールとの相似であろう。

だが、かつて日本でも私を驚かした江戸中期の思想家安藤昌益がいる。彼は和田藩久保田城下に生まれた。本草学や医学をおさめ、南部八戸へと移り、そこで町医者として暮らした。かなりの弟子もおり、「自然直営道」その他――封建社会は「罪悪のかたまり、人がなぜゆがんで渡世をするか。それは自然に働く農民に支配者がいるから」とし、アイヌの「自然世」を美しい清らかなものとした。

戦後に安藤の本は、ずいぶん多くの人に読まれた。「武士たりとも、直耕者の寄生者階級は大罪人」までは納得できても、「兄が手近な女として妹をおかす。恋愛のてまひまをぬき、兄弟姦こそ人倫の大道」には私も驚いた。

「穀物の精が男女になる。天地にはじめて生じた男女は夫婦、この夫婦のあいだにできた兄弟は、つぎの夫婦になる」とし、以後、人倫は無限に続く。

「だから、兄妹で夫婦になっても恥ではなく、人の道である。ただ他人の妻と交わったり、夫以外の男と交わったりするのは、鳥獣、虫魚のしわざで大いに恥ずべきである」

忙しい言証さんは、もっとも日本の民俗を知っているはずがなかった。

安藤の理屈は兄、妹での兄弟婚であり、ネパールのは、むしろイラクの結婚に近い。グルカ兵に伴われたからゆきが、再利用される地でもあった。


私は洋上で、乗船者中にインドの識者に会えたら、ネパールのからゆきについて聞きたかったが、あいにくインド人は乗っていなかった。会えたのは、南アフリカのジャーナリストである。背丈のある笑顔の魅力的なビクター・マトム氏であった。

彼は南アフリカでは、貧困女性が性を売り、エイズを拡めた話をした。今は良い方に向いているというが、アパルトヘイトの後とはいえ、高等教育を受けた者には、情報局その他の就職は可能だろうが、はたして底辺女性すべての職場が、解放されているとは彼も言わなかった。

第一、産業、土地の制度などはどうなっているのだろう。それらには、答えてくれなかった。私は切り口を変え、

「アフリカでは元一夫多妻制でも、夫とは権力のある女の夫宣言であり、牛二頭ぐらいの婚資で、妻を蓄え、その妻には女夫となったものの男の縁者をつけ、生まれた子は夫宣言をした女夫のものとする習俗は、現今どうなっているのか」をたずねた。

「現在は女性活動家の動きで、政府は禁止とした」という。歪められたアフリカの過去における変則な富の収奪を知る私に、並んで写真におさまることを、彼は私に促した。気を良くした私は、

「ニューギニアに見られるアマゾネスたちと、アフリカの女夫の祀ったものの相似はなぜだろうか」と聞いたが、答えてはくれなかった。

ヒマラヤに消えたからゆきは、いったいどうしたのか。帰国からゆきで、この消息を伝えた人は皆無である。

八十八札所の親たちの中には、消息のとぎれた娘に、胸のつぶれる思いをしている者が大勢いたのだ。

ダージリンの言証さんは、からゆきについては空白で、メモは何も伝えていない。

言証さんの帰国

言証さんは聖地や墓域の砂を、帰国後建立した「からゆき塔」（天如塔）のまわりに撒《ま》いた。

この時代の風砂にまみれ、異域で果てたからゆきたちに、ビルマのタバイキャナン寺から頂いたアラパスタの釈迦像を、彼は作塔した上に祀った。

時代は、流民の惨野ともいえたこの時代であった。

「廃娼」で闘ったキリスト教徒も、その後の昭和十四年（一九三九）七月には、廃娼県の娼妓を、慰安婦として送出することに、反対できなかった。体制の縄が待っていたからだ。

三重県など二百名が慰安婦として、漢口の三個師団に配られ、当時、大阪府警から感謝状が、大阪の兵站《へいたん》師団におくられた。

古い風土は国も、家も、弱い女を瀬踏みに押し出した時代だった。

言証さんは、からゆき亡魂を、杖でかきよせて戻られ、玉垣、八体仏、天如塔を遺した。

その後、からゆきを代襲させられた戦中、戦後慰安婦と、またもや痛魂の女性が続き、合わせた異域の死者は、原爆の死者をしのぐ数なのだ。

島原大師堂は、まさしく二十世紀の女のドームである。

ふたたび棄民同様のからゆきや、国の権力での軍用慰安婦などを、止めてくれる見返りの女の聖地として、文化財と認知していただきたく、ビデオ撮りの旅もした。ビデオの最終編集の頃まで、十年このかた言証さんの遺した大師堂を文化財にと訴え続けた私は、孤軍奮闘に疲れており、怒った表情でビデオにも写っている。

三十分のまとめなので、からゆきの九割九分は漏れてしまった。それが今回、まとめに入った「女郎花《おみなえし》は詩《うた》えたか」になる。

ビデオのまとめ中に、からゆき史跡地に文化財認定を受け、私はその嬉しさを紙上に載せた。二〇〇一年七月六日、私に朗報が届いたのだった。

次に掲げるのは「島原市の決断――からゆき塔などを文化財指定」と題された筆者の一文である。(二〇〇一年七月二十九日付「赤旗日曜版」)

――長崎県島原市の大師堂にある女のドーム(八角のからゆき塔、八体仏、からゆきたちを刻銘した玉垣)が、市文化財に指定された。

大師堂から「おかげをもって市より文化財指定を正式に受けました」の朗報を七夕の日に受けた。一心にかくあれと生きた私のうれしさは格別だった。

女のドームは、明治末にアジアはインドまで、酷熱の地をはだしでからゆき供養の旅をつづけた言証《ごんしょう》さんが、帰国後にのこした。

紅怨《こうえん》の娘子軍《じょうしぐん》(からゆきをさす言葉)は、ハワイを含む北米、南米、豪州、アジア北辺と南辺諸国、アフリカ、ヨーロッパに見られた。大師堂に乞われて私は痛魂碑と開眼供養の式典を行なった。碑にはこうある。

ああ、紅怨の娘子軍
海を渡ったからゆきたちよ
アジアに果てた慰安婦たちよ
塔のある聖地に来りて安らえ

その後、宮沢首相（当時）から「慰安婦の強制はなかった」と私に使者が向けられ、「強制以上の強奪さえあった」とする私と争った。政府の腹を見すかした私は、翌日高野山に登り、全山あげて女人堂に、日本および各国の慰安婦永代供養をいただけた。

また、戦後の内務省警察機構と業者が生んだ国策慰安婦の霊は、浅草カッパ寺と有志の集いを得て、施餓鬼《せがき》供養をなした。

二十世紀の女たちは司法や制度、それらのもたらす風土により、からゆきや慰安婦にされてきたのだ。それら性虐された死没者は、軍隊にすると三十三師団もあろうか。

悼みを知ると自称する小泉首相は靖国詣でを発表。治安立法で死に追いやった戦争反対者の人々や、からゆき、慰安婦といった体制暴力の殉死者の悼みは、仏、ホットケのままである。

六月末に私は島原新聞へと、北米の九州からゆきを載せた。――女たちは籾殻《もみがら》のように吹きとばされ、異域で果てていった。祖国よ、力劣れる女を無血虫の如く踏みしだくだけでは、優しみ、愛を国力に呼び戻すことはできまい。私をかくゆさぶるのは、彼女たちの叫びであろうか――と終文にそえた。

女のドームに文化財指定をくれた島原市の決断は、政府陣営を越す勇気とみてたたえたい。すぎし日の痛みに灯をかかげることで、女性たちは墾道《はりみち》を指せるのだから。――

からゆき墓に眠る二葉亭四迷

二葉亭四迷は、ベンガル湾上で死んだ。四十六歳である。明治四十二年（一九〇九）五月十日のことである。からゆき屋をやりたかったという彼が、シンガポールのスングラン墓地のおくりに、眠っている。

彼が本気で娼戸を持とうとしたかどうか、洋上で彼を彼の記したものから追跡をこころみた。彼は日清戦役後に、ロシアは今に朝鮮も、そして日本も滅亡させはしまいかと、友人の松原岩五郎に語った。熱烈な民族主義者のような気持ちを、こう披露している。

「適当な出資者があれば、ウラジオあたりへ出向いて、女郎屋をやりたい」

ロシア語の翻訳もなす彼だから、明治二十三年（一八九〇）、チェーホフのシベリア横断中、アムール河中流のブラゴベシチェンスクで、からゆき屋に足を向けたことを読んでいたのかも知れない。

「大きい奇妙な髷《まげ》を結い、美しい肌の小柄なブリュネットで……部屋は洗髪も洗盤も、ゴム製品もない。寝床は広く枕が一つだけあった。日本女は髷をいためないよう、頭の下に木製の台を置く……あのことにかけては絶妙な手並をみせ、そのための女を買ったのでなく、最高の調教された馬にのる気になる」

チェーホフの文によったかどうか、日本が北の満州を侵した時、日本人将校は娘子軍のからゆきも、その後の軍用婦をも、「貸馬」で呼んだほどだった。

四迷は道楽もしたし、公娼廃止には真っ向うからの反対者で、女郎屋を営むには、良心の問題と矛盾はなかった。だが、忘八の性を備えている彼ではないので、協力する人もなく、具体化しなかった。だが、彼にとってはまじめな考えだった。

「醜業婦の渡航を国辱と騒ぐのは、短見者流の考えで、彼女らの行くところ、必ず日本の商品が伴い、日本の地盤をかためていく。シベリアに多少なりとも、日本の商品進出は、彼女らのおかげである。露は自国の商工業保護のため、外国商品に市税を課す……。しかし、その中でただ醜行婦だけは、植民政策の必要から優遇しているので、この機に乗じて進出をはかるべし」

まるで伊兵次の論そのものである。

「これらからゆきは、ロシア人に落籍《ひか》される者も多く、中には良家の主婦となる者もあり、家庭内に日本趣味をあふれさせ……混血児は又幾世代かの後に、シベリア全体の日本化さえ期待できる」

とにもかくにもからゆき輸出は、国の事業として、戦争より人道的といった考えである。彼の言は、娼売を蔑視しなかった。妻も玄人をもらった。だが、友人は娼戸の主人《あるじ》になろうとする彼の動機を警戒したという。

次は彼が著わした「予が半生の懺悔」である。

「露語を学んだのは、露との間と樺太、千島交換事件で国内に露への敵愾《てきがい》心が満ちたことから学んだので、一種の帝国主義に浮かされてであった。学ぶうちに帝国主義の熱が冷め、文学熱にのぼせた。そのうち幼稚な社会主義にもおぼれた。それも親の干渉をうるさがったり、むやみに自由を絶叫したり、こんな程度だった。

金を得ようと『浮雲』を書いたが、自分で卑下している。……かくは不埒《らち》そして自ら放った声――くたばっちまえ……ヂレンマこれには又苦しんだ。世の中なんとなく面白くないが、捨てるわけにはいかぬ。人世価値あるかなきか解らん。キリストを読めば、この世はカミが作ったとか断言をする。その態度が私の癪にさわる。

……そのあげくが『無茶』さ。乱暴もやっちゃった。こうなると、人は獣的嗜欲だけだから、喰うか、飲むか、女を弄《もてあそ》ぶか、そんなことしかない。……かれこれするうちに、下等な女と出会った。鼻唄で世の中を渡るような女、私のように死んでない。大口開いて、アハハハハと笑うようなところに引かれた。

自分に欠乏している生命の泉が、沸々と湧いている感じがした。日蔭で冷たい死を摑《つか》まされかけている人間が、日向の潑剌としたものを求めて煩悶の時だ。心がその女にひきつけられた。実例を前に苦しさ、楽しさは人によって違う……。思想上人生問題の解決がつくかわからんが、人間『仁』の気を養ったら、仏者の『自在天』に入れないかと。

しかし新時代だ、物理的《フィジカリー》に養うべきかとの考えになった。それで心理学、医学と学びだした。いろんなことを悩み抜いて、自分を揉みちらし、苦しめちらし……学術的に心持《メンタルトーン》を培養する学理はわからんでも、その技術《アート》をとることはできんかと。

それで実業が最も良かろうと見当をつけた。露語貿易をつなげ、国際的関係に首をつっこんで、志士肌と商売肌を混ぜて、それに道徳性を加えたり、〃セシルローヅ〃が面白いが、ああいう風の事業をやろうと、つき走ったこともある。

私の職業変遷は、官報局の翻訳係、陸大の語学教師、海軍省編集書記、外語大露語教師、北京での警務学堂奉職などある。

そのうち奮闘すれば、なんとなく生き甲斐ある心持がする。朝日への入社後は『其面影』『平凡』なぞを書いて、文壇に近づいたとて、とりすました気はない。例の大活動、大奮闘の野心はある――今でも」

この文は、言証さんがアジアのからゆき施餓鬼中の明治四十一年（一九〇八）六月に記された。

四迷はその後、朝日の仕事で六月十七日、神戸丸で門司を出港、六月二十二日大連、六月二十七日ハルピン着、八、九月、ペテルスブルグで神経衰弱にかかった。

翌年二月二十日には肺病と診断され、二月二十八日帰国の途につき、五月十日、ベンガル湾上で逝った。この日、熱が高く、震える舌で、給仕が「じきシンガポールに着く」と言うと、「ならユカタがけで、マレーストリートの花街《ステレツ》でも散歩しようか」と答えたという。

大阪商船の「賀茂丸」は、彼の屍体をシンガポールでおろした。死んだ場所は、ベンガル湾のシンガポールへ三日の航程の地であった。

遺骸は防腐を施し、棺に納めたが、船内では水葬、火葬でもめたのだった。十三日、シンガポールでの火葬許可がとれた。在留邦人共済会長二木多賀治郎の世話で、郊外のバセバンシャンの丘の上で火葬がなされた。

十三日午後四時二十五分、国旗をもって覆い、二個の花輪をもって飾られた四連の棺は、二頭曳きの馬車で賀茂丸を離れ、午後五時二十二分、バセバンシャンに到着、二木をはじめ花街《ステレツ》の顔《かお》役などもまじえ、スングランの僧曹洞宗梅仙師の読経のなか、事務員の手で薪に火が点ぜられた。

火葬は夜半の一時に終わった。夜明けに梅仙師が登山して読経後、遺骨を拾い、残りの灰塵がスングラン墓地に、遺骨は東京の家族へともたらされた。

彼はかつて友への便りに、次のように書いた。

――かくして空想に入りて、一生を苦労の間に空過し、死して自らも益せず、人をも益せず、ただ妻子を路頭に迷わすのみと……これも持ちたが病、止むを得ず候。

――やはりどこまでも已むを得ずで、あきらめて瞑目すべく候。おもえば人生というもの、面白きような、はかなきような妙なものに候はずや。

女郎屋をやりながら志士風の暮らしを夢見た四迷が、花街《ステレツ》のからゆきが眠るスングラン墓地に陣取ったのは、奇しき因縁と呼ぶべきだろうか。冥界で彼女たちのつぶやきを、四迷はどう聞いただろう。

第七章——関東・東北のお女郎

お女郎と糸工女

筆者の本拠地は、埼玉の東松山にある馬頭観音堂のおくりにある。

上古はもちろん、大戦中とその直後までは、田にも路上にも牛馬の活躍時代が多かった。したがって、ここの観音さまは、明治、大正まで関東八大霊場の一つに数えられ、春の大祭の賑わいは、いまだ尾を引いている。祭日に観音堂に張り巡らされる幔幕《まんまく》には、何千という村名が見られた。

したがって、境内地の街道端には、お女郎屋も立ち並んだ。それらの楼主は、農耕地帯だけに——畑に地縛《じしば》り（草の名）——田にひるも——女郎宿には鬼親父と、うたわれたりした。

今はわずか一棟のみがおもかげを残すだけだが、十数年前までは、小部屋、大部屋を含め、二百坪がらみの建物が、境内地の西はずれにもあった。

東京三ノ輪の浄閑寺は、訪ねるとさして広くもない境内地には、三百年中のお女郎の投げ込み無縁は、二万五千人もあったというが、馬頭観音の旅宿の女たちも、楼主によってどんな葬法を受けたのだろう。広地域にわたって楼主たちは祟《たた》り除《よ》けのため、女郎の屍体をむしろ巻きにし、牛馬なみに見立ててひそかに投げ捨て同様の葬法を行なっていた。

いまだ人々に語り継がれるお女郎の自害もあったのに、楼主の墓地の無縁墓に入れられたのか、境内地の裏の墓地には、それらしい女性の名は見当たらない。

お女郎の折檻は楼主だけではなく、時には年かさの姉女郎のこともあった。広島県豊田郡豊町御手洗の「若胡屋」は、現在公民館になっているが、こんな伝えが遺されている。徳川期に参勤交代の御座船で、清之丞が「若胡屋」に寄る日とあって、恋人の千代鶴はソワソワしていた。御職の九重がそれを羨《うらや》み、「おはぐろをつけているが、ついでにお前にもつけてあげましょう」と、煮えたぎる鉄漿《かね》を、千代鶴の口に流して悶死させた。彼女は苦しみのあまり壁に血の手形を遺し、九重はその後、狂い死にをしたという。

浄閑寺の過去帳には、新潟、東北、関東は埼玉、茨城など各県におよび、静岡、三重、愛媛、大阪、千葉、徳島、長野、石川、愛知、岡山、富山などが多く遺っているというが、女衒は東京府下に五人の親分が、各地方にたくさんの手下を持っていた。手下はいつも各地方を歩かせ、地方女衒と意気を合わせてさかんに人売をしたことは、当時の新聞にも載ったりしている。

馬頭観音から北へ一里半のところ、荒川大橋を渡れば熊谷であり、ここにも玉ノ井なみのおもかげを遺す女郎街が見られたりする。

この熊谷には、息子三人も早稲田や明治大学に入れた女衒が、さかんに上玉を吉原へとくどき落として運んだ。その一人、群馬の烏川べりの森光子がいる。国内では維新時、士族の娘が二万も、女郎に身を売っていた。廓清の発表では、明治三十三年（一九〇〇）に、国内の売春婦十一万であった。

なぜ、文明開化をうたった維新もあったのに、女は伝襲の地獄に置き去りにされたのか。しかも遊廓は、当時政府高官がこの売淫を支えたといえる。

シンガポールのかつて女衒王だった村岡伊兵次と、アジアのからゆき配布に意気投合した博文は、その後明治二十九年（一八九六）、デイリー・ニュースのインタビューで、「日本の公娼制をどう思うか」について、

「拙者は廃することを好まん。道徳により立論するも之を置くことは、遙かにましである。不徳の制度をなじるのは、英国あたりの気狂いじみたもののいうことで、不徳を監視し、制度し、支配するものと云わねばならぬ。……彼らの中には、貧苦の親を扶《たす》けんため、身を売り孝をなさんという、高尚なる目的をいだけるものもある。苦役の善行を積むものは、再び社会に出ることができる」

と、彼は売淫国日本を支持したのだった。はたして苦役の女郎で、社会に出られた者は数多くいたのだろうか。

六年の年季で百五十円の前借をしたふさは、年季内に借金は減るどころか、さらに借金と年季を増やし、失意のうちに死での清算をと、男を道連れに情死をはかったようなことが、明治から数多く大正にもあったのだ。

埼玉の女郎で、大正十二年前借二千三百円、稼ぎ高月五十四円九十七銭、借金返済月十三円六十六銭である。借金高からして、当時にすれば美人での上玉であるが、とても稼ぎでは弁済できないのだった。

落籍《ひか》されでもしない限り、楼主たちに伝わっている搾取の方便が色々としつらえてあり、年季抜けなどできなかった。

馬頭観音や関東の地方に運ばれる女郎は、前記の上玉など買えないのだから、せめて前借七百五

十円どまりとみて、その例を見てみよう。

――娼婦は四ヶ月と三日間のうち、二百九十四名の客をとり、八百八十六円九十三銭のうち、五百三十二円十五銭は楼主がとり、残り三百五十四円七十八銭から、賦金、食費、席費、衣類寝具損料、廓費、理髪料、浴料、薬価、利息を引かれると、借金が前借金に加えられていく。掠奪、搾取といっても、これ以上の掠奪はあるまい。（伊藤秀吉「紅灯下の彼女の生活」）

馬頭観音境内地のお女郎は、裏手の寺の青年僧と恋仲におちていた。近所の方の話では、寄進米でいっぱいの倉の米が、つぎつぎと空っぽになった頃、楼主は女に鞍替えを申しつけたそうである。青年僧にも落籍《ひか》させるほどの力はない。しかも上人は、当時妻帯もさせられず、関東一円を勧進中のことだった。倉の米を空にしてしまい、女のところに通ったとあれば、女との心中に気を添わすことになる。

彼女の方は身抜けなどできそうもない前途への縛りを怒り悲しみ、楼主や周旋屋、はては売った身内への意趣返しなど、それに実りもしない青年僧との恋などが、胸の中をころげまわり、いっそ死ぬことでの苦界脱出を諮《はか》ったものといえる。私は女郎の賦金を静岡で調べたおり、それが警察の資金や知事の公用費にまわされていたことに驚いたことがあった。

観音境内の裏山に、お女郎がひそかに詣でたいなり様がある。そこの杉が大樹となり、一度大工が買い取りし、製材所に運びこんだところ、器械の歯が欠けてしまったという。木を調べたら、呪いの五寸釘が何本も見つかり、いなり様の樹々は、そのまま製板されず仕舞いだったという。

観音を中心に、街道で小さな宿駅であったここのお女郎は、四、五戸の楼戸からして、二十数人の女であったらしい。彼女たちは選ばれて陥《お》ちた自分をも呪い、親も女衒も楼主をも、呪ったのだった。

女郎の中には、親が酒と博打に狂って、娘を売りに歩いた時代でもあった。後年、寺のお手伝いさんをした女性も、この時代、親から利根川沿いの工場に糸操り女として売られ、給料日には親が娘の給料を取って帰ることを、筆者もじかに本人から聞かされたことがあった。

嵐山の大行院の行者である上人を慕って、都内からも他県からも、一日二、三百人の人々が集まる。上人の直話がある。

——寄居の川床で拾った丸石を、高校の教師が昨夜持ってこられた。この石を家へ持ち帰ったら、家族にケガや病人が出た。それがどうしてなのか、払うとか祀るとかしていただけないかという。上人はその夜明け、夢を見せられた。若い娘が出てきて、

「自分は秩父の織屋に年季証文で売られた者です。病気になっても医者にかけてくれず死にました。貧しい親は死骸を取りに来てくれず、仲間がその丸玉石を私の墓石に供えてくれました。私のような不幸な者に、いたわりの心をくだされば、お礼に幸せをあげたいと思います」

それから上人は起きだして、くだんのその石を朝日に透《す》かしてみたという。

「はじめ、その石にバカと彫ってあるな、と思って洗ったら、ハカだった。秩父には当時のことだから、貧家出の娘たちが糸操り女として、集められとったから」

年季証文は、お女郎の契約書にそっくりだった。お女郎の女衒が産業革命期来、こんどは女工にも牙を向けたといえる。

この頃の一般家庭における嫁の立場も哀れであった。ことに農家の場合は、なおのことである。静岡県庵原郡に、嫁田という田がある。昔は「嫁殺し田」と呼ばれたとおり、舅が嫁をいびって、日の入りまで植えてこいと命じた田は、広い田だった。泣き泣き植え終わると同時に、嫁は息絶えたという。

北の福島市の岡山には、「お春地蔵」がある。姑はお春が気にいらず、男たちが畑へ出た留守に、お春相手の麦搗《つ》きをしているうち、突然、杵でお春の頭を打ち殺し、死体を隠して埋めた。夫の夢枕に立って彼女が物語ったことから、その埋められた地に夫が建てたのが「お春地蔵」だった。おまいりの人々の悼みで、お春地蔵はいつも新しい布で体を覆われている。

後半の章に出てくる吉原へと、光子が熊谷の女衒に売られて行くとき、通りがかりの汽車の駅々に、哀しい女工たちがいた。

また、吉原の「長金花」の楼戸には、光子が書きとどめた中に、花魁《おいらん》十四名中六名が工女出とある。その糸工女だが、二十世紀に入った明治三十五年、農商務省発表で、女子の工女は男子の約倍にあたる二十二万、富国の源である繊維へと吸収されていったとある。

東北本線が埼玉県東大宮をすぎて間もなく、左側に尾山台団地が見え、上尾市側から見ると造成地と建売りが並ぶ。その建売住宅群と東北線のレールの間に、人目につかない墓地があり、散乱した墓石の中に工女墓がある。

職工墓とあるが、それはここでの工女虐待を知れば、女工墓なのであった。「明治三十四年十月二十八日　黒須文五郎建立」とある。彼はこの墓を、父と共に建てたというが、その父はヤクザだったという。

墓石の建った翌明治三十五年（一九〇二）十一月二十七日、浦和警察署管内の、横曾根駐在所の巡査が、異様な四人連れの女性を保護した。十八歳から二十歳まで、いずれも宮城と富山出身で、彼女たちは黒須工場からの逃亡者であった。

この地方きっての大手製造業黒須文五郎工場の女工虐待事件が、この四人の女性の口から暴露されたのであった。埼玉県知事のレポートによると、「工場―不潔ニシテ土間ニ機織機械ヲ設ケアリ。

光線ノ射入不充分」なのに、「夜は九時半迄就業」。

しかも食事は「飯南京米及引割等分―菜味噌汁及香ノ物」のため百余名中、五十九名の工女がトラホームにかかっていた。それだけではない。この工場では、若い工女に対して、雇用主〝家族ぐるみ〟の虐待事件が相次いでいたのである。

虐待は脱走を呼び、脱走は虐待を倍加した。ある年末のことだった。二十四歳と十八歳の二人の工女が、脱走をはかったという理由で、

「黒須文五郎第三コールテン織工場ヨリ、外庭へ連レダシ寒夜麻生ハリヲ全ク裸体トナシ、両手ヲ後ロニ両足共引縄ヲ以テ、庭ノ柚ノ木ニ制縛シ、ポンプヲ以テ水ヲ噴キ掛ケ、約一時間之ヲ監禁シタ」

彼女の〝共謀者〟に対しては、使用人浅倉栄造が、「是亦《これまた》工場ノ柱ニ裸体トナシ、同人ノ締メ居リシ細帯ヲ以テ制縛シ」た……。

これは、この工場だけのことではなかった。犬馬の扱いでまみえたところは、秩父にも熊谷にも近郷ならず全国に幾万人となく、残虐な工場主のもとで働く工女がいたのであった。

黒須家の工女墓も、非業死に追い込められた工女の墓であった。

この後に記す森光子は、吉原の「長金花」の遊女時代に、泊まり客から、ここの花魁《おいらん》のうち工女あがりは何人かと問う客があり、はじめ三人と答えたが、十四人中六人だと答えている。脱走や離職工女が桂庵（私設職安）を訪ねても、工女、遊女のルートはつなげてあったと考えられる。

黒須文五郎工場は工場四棟、工女百余名もいた。黒須家は近年まで四棟の工場のうち、大型の納屋門を残していた。埼玉でこの納屋門は、水耕地帯や街場《まちば》にはなく、野向《のむき》といわれる畑作地帯に多

く見られたという。黒須家では板格子でなく、牢屋を思わせる鉄格子であった。

「中ニ籠《イレ》ラレタル工女ハ牢獄ノ囚人ニ斉《ヒト》シキ境涯ニテ、午前三時マダ薄暗ヨリ就業ニカカリ、昼飯ノ休憩三十分ノ外ハ、夜ノ十二時迄ホトンド二十一時間ノ長キヲ間断ナク立働ケバ、晴レテ天日ヲ仰グ者モ無」しとは、当時の新聞報道であり、工女の逃亡を防ぐための鉄格子仕立てであった。

黒須文五郎は「職工墓」を建てたのに、その後、なぜ寒空の全裸吊りのしごきも行なったのであろう。

南埼玉のコールテン製造業で、黒須と双璧をなす上尾市丸ヶ崎の金子初五郎工場がある。「丸ヶ崎」は「職工事情付録一」の三分の二を占め、二十世紀初期の工女労働に大きな問題を投げかけた。明治三十五年（一九〇二）、金子家の若当主は二十八歳、この事件には五十一歳の母マンも共に、工女虐待をなしていた。

初五郎はその三年前から、延々と休むまもなく虐待を続けた。ノルマはひっきりなしに上げ、加えて監視も増した。

「関東ニハ海魚ガイナイ」と、遠くから来た工女を言いくるめ、低劣な食事を与え続けた。

脱走をうまく果たした工女から、新聞記者が取った証言には、――減食、裸体責め、蚊責め、打《ちよう》擲《ちやく》、唐辛子責め、背合わせの荒縄吊り、石油缶股ばさみ、雷中折檻、水責め、砂責め、熱湯責めなどなど、遊女残虐のすべてが盛り込まれている。

脱走工女の申し立てはこう続く。

「女ト申ス者ハ人様ノ前デハ、チョット肌ヲ脱グノサヘ恥カシイモノデゴザイマスノニ、此処ハ大勢ノ前デホウバイノ居ル目ノ前デ裸体ニナレト云フノデス」

「裸体ニシテ仰向《アフムケ》ニ板ノ間ニ寝サセ、皆ノ見テ居ル前デ、種々慰《ナグサ》ミ半分ノ折檻ヲシタノデス。私ハ恥シイヤラ、苦シイヤラデシタ」

このようなことが重なるうちに、工女の方でも、初五郎の心を読み出していた。

「何ンデモ若旦那ハ昼ノ間始終折檻ノ方法ヲ工夫シ、半分ハ面白ヅクデモアルヨウニ、種々方法ヲ考ヘタモノトシカ思ハレマセン」

そして被害者も馴らされ、倒錯者に仕立てられていく。

「所ガ慣レルト云フモノハ酷イモノデ、裸ニサレルノハ初メコソ誰モ恥シガッテ居リマシタガ、幾度モヤラレルニツレテ、終ニハ大方ノ諦メモツキ、終ニハカナシクモ思ワナイヤウニナリ、中ニハ捨鉢ニナッテクスクス笑ヒ出スモノモアリマシタ」

また、初五郎は工女の中で容姿の良い者を、つぎつぎと工女兼の妾にしていった。

「二人ノ妾ガ……面白イコトニハ、毎日嫉《ネタ》ミ合ヒノ喧嘩ヲスル」までの状態になっていった。

小暗い樹林の埼玉の邸内で、隠微にたちこめたサディズムの世界で、工女たちのあけくれが重ねられていった。

ちょうどこの本の一章の夏代が密行した明治三十六年（一九〇三）二月十四日、黒須に重禁固二月、罰金三円、一月おくれた三月十四日に、重禁固二年、罰金三十円の判決が下りた。

この後四年して、さしも広まったこの地方のコールテンも、大手産業へと徐々に吸われていくために消える段階にあった。この「丸ヶ崎五百三十六番地」の金子工場は、いまや跡方もなく消え失せてしまっている。

機台十九台、機台八台を設置した、奥行き三間、間口十一間、ほかに間口七間、奥行き三間のその工場は、麦の穂畑の中に、次は住宅地にと消えてしまったのである。彼は敗戦後、浦和で没したという。

これらの記事は、都内北区の金属加工業・須藤欣二が、はじめに踏査に踏み切った。「長金花」の花魁春駒によれば、花魁の中の工女出を調べるような遊客もあったという。ひょっとして学生時代の須藤氏でもあったかと思われてならない。

女にとって嘆かわしい二十世紀は、まだまだ続くのだった。

森光子の初見世日記

×月×日
熊谷の周旋屋が話を決めて行った。この家の借金苦を救うのには、これよりほかに道が無い。金は千円以上借りられるとのこと。今の借金には多すぎるが、借りられるのなら借りなくては損だと言う。それなら、小川の隣のおばさん（手引人）が言ったように、母の死に金を取っておこう。それにしても、一体あの吉原というところは、どんなところだろうか。何も知らない自分が、そんなところで勤まるかしら？
周旋屋が言ったように、「怖《こわ》いことなんか、ちっともありませんよ。客は幾人も相手にするけれど、騒いで酒のお酌でもしていればよいのだから。食い物だって東京の腕利きの御馳走ばかり。部屋なんかも、とても立派でね。まるで御殿のようなものですよ。お金にも不自由しないし、着物はきられるし、二、三年もたてば、立派になって帰って来られるのだから」

仕事とは、そんなものかしら？

しかし、たとえそんな楽にせよ、お酌でもしていればよいというものの……そんなことを考えると、また心細く不安になってくる。けれどそんなことを云っていられる場合ではない。御主人に、内密にあの急場を救って頂いたその金も、もうせっぱつまって終《しま》った。どうせ一度、犠牲になると決心した私だ。

彼女は父を亡くした後に兄の不身持から、母と妹の暮らしが、借金苦を負わされ苦しんでいたのだ。そんな一家に隣の手引き婆さんの口で、熊谷の周旋人が現われた。

「あの人は決して悪いことはしないよ。悪いところなら、かえって止めて下さるよ。その人の息子たちは、早稲田の大学も出ている。そんな息子を持っている周旋人だから、悪いことはしないだろうよ」

と、母は安心しきって、周旋人に任せたふうである。だが、後年彼女はその母を「本当は自分の親は、廓《くるわ》のことを知っていたのかも知れない」と、ちらっと疑心を持ったりしている。彼女の純な心も体もむしばむ廓とは、いったいどんなところか、彼女の日記を追おう。

いずれにせよ、もう決まってしまったのだ。今になって、いやとも云われない。運命の神様にすべてをお願いしよう。

×月×日

周旋屋が内金として五百円持ってきてくれた。三百円はすぐ××さんに返した。……

迎えに周旋屋が車をひかせてきた。車上で母の顔を見ないようにして別れた。古い歌ではあるが、昔、貧しい家の娘がやっぱり親兄弟に別れて、遠いところに売られていく、

籠で行くのはおかるじゃないか
妾《わた》しゃ売られて行くわいな

父さん御無事で又母さんも……

の歌と自分を重ね、新しい悲しみに襲われた。……汽車は動き出した。朝な夕なに慈《いつく》しんでくれた観音山よ！　烏川よ！　さらば私は行くのだ。涙顔の私に彼は、商売のことを語りだした。

「何でも男に欺《だま》されないようにして、こっちからうまく欺すようにしなければ駄目だ」

彼の顔にはずる賢い、そして野卑な色が出ていた。男に接することなどできないと拒みながら、彼女はなすすべなく足を向けている。

女郎屋の総本山まで、自動車で運ばれた。大門を入ると仲の町、この大通りは吉原公園まで通っている。この仲の町から左江戸町二丁目、角町、京町二丁目、右側江戸町一丁目揚屋町、京町一丁目、櫛のように妓楼が立ち並んでいた。

彼女は大門の中に霜枯れた植木を見ているから、十二月である。

大きな妓楼「長金花」の床の間つきの居間で、主人に「懸命に働いてください」といわれた。働くということは、稼ぐ獣になれということだった。そのうち遣手《やりて》の婆さんが、家の案内に立った。まず〝かん部屋〟を見せてくれた。まわし部屋は、女にとって最悪の性奴隷を認知さす場だったが、婆さんは彼女にまだ中身を語っていない。

次は化粧室、フロ場、二階へ連れていかれ、タンス、火鉢、鏡台をおいた花魁の本部屋や長い廊

下を伝って食堂に行くと、「ここは引付と云って、客と始めて逢った時に、時間を決めたり、費用をまとめたりする所です」という。
おしまいは裏梯子をおりて便所へと連れ出し、フロ場の後の方へ（一行伏字）。何のために洗うのか、洗うところだという。
寝るところはかん部屋とされ、その夜は疲れているだろうと、早く休ませてくれたが、彼女は今までのことを振り返ったりして寝つけなかった。私だけじゃあない、ここの花魁《おいらん》たちはみな、そうなのだと思い直したりした。十二時をすぎているのに、二階のやかましい音はやまず、花魁たちは、彼女の寝所を通って、しきりにフロ場の方へ、何をしに行くのか不思議だった。

×月×日
金六百円が楼主から家へ送られる。前に内金五百円と都合千百円しか家には入らない。だが、証文は千三百五十円。二百五十円は、周旋屋が取ったことになる。あんまり酷すぎる。どうしてそんなに取るのか、不思議でならない。

×月×日
戸籍謄《とう》本をもって、娼妓とどけに警察に出向く。来て十日目に病院へ連れていかれる。局所を見られ、顔から火が出るような思いで見てもらった。

×月×日
見世へ出る仕度をしろという。とうとう花魁たちと働かねばならない。色々な男を考えたら恐ろしい気がする。源氏名は春駒。私の光子よ、さらば、さらば、お前と別れねばならない。お前よ、光子よ、待っていておくれ。私はきっともとの光子に帰ってくるから、きっと……。

髪を結われ、化粧をほどこされ、しかけをおばさんから着せられた。張り店には四角の火鉢が二つあって、花魁たちが手をかざしている。

店では「初見世、春駒」を大きく書いて張り出した。縁起の切火も背に打たれた。

「お客様！」の声に、体が熱湯に突き落とされた感じがした。「お順すみません」と、他の花魁への言葉かけも教わり、階段を昇ると、店番が「おめでとう……」をいうのだが、何がおめでたなのかと、うつむいて聞いた。婆さんは客に、

「この花魁は今晩が初見世で、まだ男を知らないのですから、どうぞお手やわらかに、名は春駒と申します。精々ごひいきを」といい、その日、婆さんの彼女への注意はこうであった。

「この家にきたからには、懸命に働いて、借金を返さねばなりません。他の花魁に負けんように、客を上手に扱うこと……。この家業は楽だと思ったなら間違ってます。金を取って、この渡世で御飯をたべて行こうとしたら、容易ではない……。客をうまく機嫌をとり、第一、花魁は客に惚れないこと。身を亡ぼす元だから。親切ごかしには、腹ん中で何いってるぐらいに思ってちょうどですよ。うまくあしらって、客を通わすこと。すると、借金はすぐ減りますから、うまく附き合うこと。初めて今夜、客へ出るのだから、客を大切にね。客の要求に嫌だと云っては、いけませんよ。早く一緒に休みなさい」

彼女は、婆さんの話を聞いて驚いた。どんなことをするのかも知らずに来た私に、客の要求通りになれ、どんな無理もきけ、何をされても嫌と思うな、なんと馬鹿にした言葉だろう。いままで周旋屋の云ったことが、みんな嘘で、私は欺されて来てしまったと思うと、くやしさで胸がかきむし

られるようで、泣かずにいられなかった。

その夜、彼女は、「まるで強姦同様のことをして、得意がっている。いくら泣いてももがいても、離してはくれない……。そうした獣同様な人に、私は一時間以上も苦しめられ、泣きながら遣手婆さんの部屋へ行った」。だが、逆におばさんには、冷たい言葉を浴びせられた。

そうして彼女は、周旋屋を呪った。無知のものを陥れて、自分の腹を肥やす彼こそ、呪って呪ってもあきたりない。

私は、この一週間苦しみ通しだった。死のうとして、遺書をどれほど書いたことか。しかし、死んでどうするか。新聞の三面を汚すことと、楼主とか婆とかの鬼どもに、自分のむくろを散々に虐《しいた》げられることと、母、妹に心配をかけることとが残るのみではないか。もっと情けないのは、周旋屋、楼主に何の復讐もなし得ず、悔いと、恨みの心にさいなまれつつ逝く、その死後の自分を見ることである。

死ぬものか！　どうして、このままで死なれよう。もう泣くまい、悲しむまい。幾年かかっても、出られる時がきたら、自分のなすべきことをしよう。自分の仕事をなし得るのは、自分を殺すところより生まれる。妾は再生した。……復讐の第一歩として、人知れず日記を書こう。

私の友の、師の、神の、日記よ！　私はあなたと清く高く生きよう！

×月×日

大勢の花魁たちは、後四、五日に迫ったお正月の心配をしている。お正月には三ヶ日、七草、十五、十六日は、しまい日といって、馴染み客を呼んで、玉抜き、あるいはしまい玉《ぎょく》といって、客と全夜の玉（十二円）を二本（二十四円）つけさせ、そのうえ遣手婆さんに、祝儀を出させるとのこと。その時は芸者を上げさせるのだそうだ。その玉ぬきができない花魁は、一日で二円の罰金を取られるという。

「そんな的《あて》の客がないわ。あの親爺、どうしてこんなんだろう。つねに儲《もう》けて花魁を苦しめておいて、正月に楽させるならともかくね」

「三月三日、五月の五日、それに六月五日の移り香、十月の移り香、みんな客を引きつけないと、その度の罰金でしょう。やり切れないわ。借金に追われ通しじゃない」

×月×日

お職花魁《おいらん》とは、月に六百円も働く人を云うという。ここでは客に出る時、上席は多く初会客がとれ、稼ぎ高が多いという。一度さがると、仲間から馬鹿にされ、主人やおばさんから、どしどし叱られるし辛いという。

×月×日

玉割を十一円くれた。客の遊び金を玉というのだという。その玉の分け前が、玉割というのだと聞いた。その勘定は、十円客からの収入があれば、七割五分が楼主、二割五分の収入のうち、一割五分が借金に入り、一割が娼妓に渡るという。客よりの十円の収入のうち、娼妓の手取りは一円五十銭しかない。証文を見たとき、娼妓をして返済とのみ書いてあって、どう計算するかは知らなかったが、勘定のことを知った。

×月×日

正月七草粥《かゆ》まで、八円も罰金をとられた弥生もいた。私も十円も納めた。その日の除隊客は、「除隊後一緒になろうと約束して別れたのに、二年軍務を終えて帰ったら、その時の花魁は元の優しい女でなかった。失意のあまり放蕩男になった。女心と秋の空とはよく云ったものだ」と、その彼が前の花魁と似ているると泣いた。

遣手婆さんたちは、「今夜は客種がこまかい」と玉《ぎよくちよう》帳を見ている。客八人、三円一人、二円二人、五円二人、六円一人、十円二人、彼女は、罰金を書記から借りて払っている。指輪や着物を質屋に運んで、払っている花魁もいた。

しかも、罰金はほかにもある。古くは年に二百余日もあり、月七、八回は詐欺的な楼主の搾取が待っていた。紋日のほかに体調を崩して休めば、自分で自分を買う「身揚がり」という制度もあったが、彼女はそのことには触れていない。

×月×日

客が上がると、出る花魁を決め、次に遊興費を前金で取る。それには時間遊びと全夜遊びとあり、時間は二円、四時間六円、乙が五円、通しは宵六時から朝八時まで甲が十二円、乙が十円であり、税は一円につき五銭取る。遊ぶ費用で夜具も異なる。挑発的な派手さでも、羽二重、綾子《りんず》、塩瀬《しおぜ》など、一時間客は木綿である。そして、廻し部屋へと入れる。

×月×日

自分と同じ仲間の辿った道は、こうである。

——花里さんは小さい時に両親に別れ、兄弟は奉公に出され、彼女は伯母さんに引き取られ、少女のとき酌婦に売られ、年頃にここへ売られた。伯母はなお飽きたらず、彼女の妹まで売ろうとし、彼女は自分で妹をここに呼ぶと、雇人にさせてもらっているという。

——若緑さんは良い兄がいたが、何の拍子でか急に不身持になり、姿を消してしまい、仕方なしに身を売ったのだという。

——羽衣さんの父は、大酒飲みで借金を造り、羽衣さんを売った。父親はその後も酒代をせびりに来るとか。仲間は鬼のような親だといっている。

——清川さんは、小さいとき母親に死別し、父親の手で育っていたが、年頃に異性を知り、カフエーに入ってその男に学資を貢いでいたが、足りなくて、遂にここへ身を投じたという。だが、その男は清川さんがここに入るや、姿を見せなくなった。

——紫君は、信州の山の中、中農に生まれ不幸な人でなかった。人一倍、早熟だったのと、持って生まれた我がままがもとで、十七歳の春、男を追って家出をした。一徹に男との愛に生きようとし、家に戻らなかった。結局、その男のために酌婦に売られた。紫君は逃亡も企てたが、生活苦が牙をむいて待ちかまえ、しかも男の姿はどこにもなかった。

桂庵に飛び込んだら、またも酌婦に売られた。苦界をさまよっているうちに、ある中毒に罹《かか》って、永久に昔の強健な体を失ってしまい、流れ流れて吉原にたどりついたという。

紫君は、「仕方ない、何事も運命だ。自分が悪い、我慢しよう」と、一見して思えるが、彼女は今あらゆる過去半生に、復讐しようとしている。

——弥生さんは、秋田の山の中の出。周旋屋が来て、

「あなた方の一番よい着物でも、東京の廓へ行けば寝巻にもならない。五円、十円、いつでも小遣いに持っていられる。家へも送れるし、初めは千円以上も借りられるし、仕事だって、客にお酌でもして騒いでいればよい。借り分を払うまで、当分自由はないが、二年ぐらいで返せるし、運が悪くて三年かな。そのうち良い客に身請けされると、女は『氏なくして玉の輿』といって、立派な暮らしができる。兄弟だって、大学にも通わせられるし……」
など、良いことずくめに騙《だま》されたらしい。

秋田では、後年も県外への出稼ぎは延々と続いた。この時より十年後、娼妓八百七十六、酌婦千十五、芸妓四百三十八、女給八百四、女工三千十三、女中三千八百九十四であり、凶作、貧困出が、このうちの八千五百人を占めた。
ある客が「長金花」の仲間のことをただすと、
両親のある者　四人
両親の無い者　七人
片親のみ　　　二人
しかも親はあっても、一人は大酒飲み、一人の父親は盲目で兄弟もたくさんおり、もう一人の仲間も兄弟が多いと答えている。彼女は、こまめに仲間が堕ちたわけを、
男のため　　二人
家のため　　十人
伯母のため　一人
などのほかに、仲間の前身まで分類していた。それによると、

料理奉公（酌婦）　六人
芸者　　　　　　　一人
女工　　　　　　　三人（これは後で数字を改めている）
素人　　　　　　　一人

その客は喜んで、これからも書き続けるよう励ましてくれた。

花山が逃亡した。吉田なる客に惚れ、金の工面に忙しかった。三番とくだらない売れっ子だったため、御内所は大騒ぎ、一銭でも惜しむ主人は気狂いのように騒ぎ、まわりの者も叱りとばし、占い師を呼んで卦をたてさせた……。

彼女は「心中などしないで生きていて」と日記に書き、「考えきれない大きなものを、花山は私の胸に投げつけて消えた」とも記した。

×月×日

彼女は下腹が病みだし、仲の町の吉原病院に入院した。モルタル塗りの三階建てだった。

こしけがひどいとか、傷ができたり、子宮の悪い人ばかりの中にはよこねを切る人も八、九人もいた。病院にも遣手のおばさんがいて、女郎の銭を吸い上げた。飯は南京飯である。医師は楼主からの賄賂で、花魁を早く退院させるという。

手術室には怖い噂がある。夜中の一時頃になると、綺麗《きれい》な花魁が、「綿をください」と出てくるので、だれも手術室で寝る者はないそうである。多分、そこで手術をして、苦しめられた人の恨みが残ったのだろう。

×月×日

年長者の紫君が突然、怒鳴りだした。

「なに、好き勝手で寝てるんじゃないんだ。体が悪んなけりゃ誰が寝てるもんか。何を云っているんだェ」

彼女は二度も、主人と争っていた。来てから常に体が悪く、余り働かないで、医者にかかり続けだった。何かの中毒で、注射を続けていた。その注射の気が抜けると、体中が痛むのだそうで、日に二本ずつ注射していた。そのせいか強いヒステリー症だった。三十一にもなって、娼妓になった人だった。こんな人を、海に千年山に千年というのだろう。

仲間たちには同情があって、自分の妹のように可愛がる人だった。彼女はあらゆる下積みになって荒《すさ》み、虐げられきったものの、奈落の底の反抗は、私にもその気持ちが解ってきた。

×月×日

今夜は客は十人。そのうち初会三人、三円一人、四円二人、馴染み七人、五円三人、六円一人、十円二人、十一円一人、計算して六十三円も働いた。だが、楼主は四十七円二十五銭も取ってしまう。そして十五円七十五銭が自分の収入というが、娼妓の日常として取れるのは、一割の六円三十銭、残り九円三十五銭は自分の借金に入る。

こんなに稼げるのなら、借金はすぐに終わりそうなものだが、どうしてだれも六年もいるのだろう。

お職の中将さんは、今月も最高で、六百幾十円の稼ぎ高だった。なのに、六年もいる。稼ぎ高六百円のうち、借金に入るのは一割五分の九十円だから、二千円の借金は二年ですむ訳なのに、私は不思議でならない……。
　廓は身代金で縛りつけ、しかも月に二割の高利をむさぼるのに、彼女は気づいていないのだろうか。廓の落としわなは、身抜きできないよう、借銭をあの手この手でつぎつぎと負わすことだった。

　×月×日
あの周旋屋に復讐と、死への決心さえ翻《ひるがえ》したのだ。どうせ汚れた、死んだ、この身。どんなこともできる。文を書くように勉強して復讐してやる。楼主も、男も憎む。世も呪いたくなる。……季節の移り替りに、二円の罰金はひどい。髪結だけでも、月通して八円はかかる。
　誰がために　この髪結うぞ
　　悲しくも、　夜毎と変わる　仇し男のため

　×月×日
稼ぎ高につける賞与が、張り店に掲示された。
三百円以上、一円から千円以上まで八円の数字が並んだ。皮肉である。こんなに働けやしまいし、あの親爺、お互いに競争さすつもりで、子供欺《だま》しのようなことを。花魁を馬鹿にしている。

　×月×日
　小染さんは、嫌な男が登楼しないよう、鏡にツバを三度かけて伏せるそうだ。……小染さんが、
「ねえ考えると、可笑《おか》しくなるじゃないの。私たちいったい、何を待っているんだろう」

店で番頭が「〇〇」といって、皆が一度に笑いだした。

男と女のそうしたことをするのは、恥ずかしいことである。そんな醜いことをかくすところが人間なのに、ここでは立派に看板かけて、お上で許してあるんだから、変なもんだ。

吉原では大門から来る人が、宵のうちでも二千人近くあるといわれている。廓だけ文明開化から取り残されたことを、花魁花駒は知っている。

×月×日

「あたし、いくら取っても足りゃしないわ」

「だれだってそうよ。……この不景気に十日目、十日目に三円、四円取るなんてひどすぎるよ。いくら働いたって、足りないわ……」

その日、玉割り十二円を貰《もら》ったが、湯銭二十銭、月賦四円を引かれ、残りを仲どんに二円、おばさんに一円、書記に借金三円払ったら、もうどこへも払えない。

張り店には紙屋、小間物屋、呉服屋、下駄屋、名刺屋、名かけ屋、陶器屋、洋品屋、洋食屋、そばや、弁当屋、菓子屋、薬屋、花屋、茶屋、洗濯屋、床屋が押し掛けている。その人たちに会うのも恐ろしい。

×月×日

今月のかかり――

六円　　客用菓子

四円七十銭　髪結費
二円五十銭　元結、油、花がけ
三円　白粉、化粧品
六十銭　石鹼（客用）
六十銭　楊子、歯磨粉（客用）
六十銭　湯銭（楼《みせ》の風呂代）
三円　花代
三円　茶代
六円　紙代
三円　洗濯代
十五円　弁当、おかず、間食（自分用）
一円五十銭　電話料
二円　手紙料
五円　医者掛代
四十銭　洗い用薬
一円三十銭　顔そり
十二円　月賦
七十銭　足袋

彼女はこの日、花里の幽霊を記している。震災で亡くなったようだが、彼女は、前年に「長金花」に来て、年余を過ごしたのに、×月×日に震災の模様の記録はない。

×月×日

何という蒸し暑さ、引付《ひきつけ》（座敷）でうずくまって空を見ていた。星一つない。あっちからもこっちからも、花魁たちが暑いと出てきた。その一人が眉をひそめながら、

「私、五番の部屋でうなされたわ。手がしびれて、体が動かないのよ。あの窓のところから、やっぱりあのきれいな花魁が、しかけを着て、窓から首を出すのでしょう。きれいな花魁と思ったけど……。怖くなって起きようとしても、駄目なの。ほんとうに不思議だわ」

「あの五番だけじゃないわ。十六番、十一番だってうなされてよ。例の問題の十五番は客だって、うなされたもの」

「私、十一番と十六番、十三番、五番の部屋は避けたいの。うなされる時って、いやに眠い晩よ。だけど、みんなうなされるってお怪《か》しいね。十三番ときたら、陰気臭い部屋だもの。足の見えない花魁が出てきて、スウスウふとんを引かれてごらんなさいよ。ああ怖い！」

「家であっちでもこっちでも、うなされるのは、去年かん部屋で死んだ力弥さんね。それから、震災で死んだ花里さんね。二人が祟《たた》ってるって、皆云ってるわ。あの二人死んでも、死にきれなかったのよ……」

「力弥さんは、親爺が残酷《みじめ》にしたからね。床について一ヶ月のうちに、梅毒が肺に来てね。親爺はだれが頼んでも、ほかの病院に入れなかったじゃない。お粥《かゆ》だってろくにくれずに、みかねて私、お粥を煮てやったり、食べたい物を買ったりしてやったわ。こんなところで病気したら、こんなみじめなことってないわ。力弥さんは、旦那があんなだから治らないと云って、ふとんに顔をつっぷ

して、おいおいと泣くのよ。若いのに病気に負けてどうするのと云ったけど、もうやせ細ってね。『姉さんの恩は死んでも忘れないわ、丈夫になりたくても、こんどばかりは……。死んでも、あの親爺あのままでおかないわ。この思いで付きまとってやるから、呪ってやるから』って歯切しりをして、側にいて気味悪くて、体がブルブルしたの。よくよく悪くなって、親爺は野田病院に入れたけど、夕方、死んだ知らせがあったわね。入院して安心して死んだのね」

「まだ二十というのに、いくらも働かないうちにあんなになって、死に切れやしないわ。……人事じゃないわね」

「親爺は情け知らずよ。私、仕事師の頭《かしら》に震災のことを聞いちまったの。あのおかんばん（湯を沸かすところ）が一番先に潰れて、そこにいた八、九人の花魁がみんな死んじまったそうだけど、そのうち三階が崩れてきて、親爺もかみさんも帳場にいたそうね。親爺は金庫にかじりついて助かってさ。その時、かみさんも子供も、勧誘の保険屋も死んだそうよ。

頭が中庭にまわったら、崩れた壁の中から唸って手だけ出してるのが花里さんなんだわ。頭《かしら》がそれを助けようとすると、親爺が「女なんか少し損すりゃいいんだ……俺を助けろ。金はいくらでも出すって言ったたって。江戸っ子気質の頭は、花里さんを先に助けたものの、目は潰れ、もう虫の息だったそうよ。……まもなく死んじまったそうで」

「きっと、力弥さんと花里さんが祟ってるのよ。頭も、花里さんは可哀相だって言ってるの」

×月×日
総《すべ》ての神々よ
私は

私の嘆息で窒息しそうです
決して私は尊いあなた方の御力を否定は致しませぬ
「心貧しき者は幸なり」
私は私のかぼそい咽に
幾度わななく手を支へて
私の小さな神に呼びかけた事でしょう
だけど、だけど
私の疲れ切ったからだは
くされ果てた魚のようです
忍従のかひなは
糸こんにゃくのように力を失ってます
総ての神々よ
聖く閉ざされたこの密室に
私は
私の嘆息で窒息しそうです

彼女のところには、廃娼家、クリスチャン、記者、労働研究家などインテリの客も多かった。彼女の売り上げは三番三百七十円余になっていた。楼主は客が来れば喜ぶ。そして、取り高の四分の三は楼主の懐《ふところ》に入る。客寄せの電話代も女たちに払わせる。

昨夜の客に、ここの十四人の花魁中、工女上がりはよく考えると、六人はあると答えた。

「女工は酷《ひど》いそうだ。着物なし、昼夜働かされて疲れるし、そこへいくと、君なんかいい着物も、性欲にも不自由なし、女工が羨んで入ってくるのも当然さ」

「こちら牢人と同じよ。五年も六年も出られない牢獄の人よ。牢屋なら、まだ説教師もいて、運動もさせ、お祝いする日もあるってね。私たちちょっと出るにも、看守人つき、本もかくれてしか読めないし、親兄弟の命日にも行けないわ。客で人間性を麻痺させられ、罪人よりひどいわ。いいなりをしたって、嬉しかないですよ。……性欲に不自由ないなんて、蝮や毛虫を相手に、性欲は満足できないでしょう。私は女工になれて、婦人運動の中にでも入れて貰って、うんと働きたい。呪わしい世の中ね」と言った。

「君はなかなかの雄弁家だね。だれにそんな理屈を教わったんだ」

×月×日

××楼の花魁が、自由廃業したという。小紫さんは、「そそのかして喰い物にされるより、務めあげて出た方がええ」という。

こんなに苦しんで義理なんかあるもんかと、私は思う。おばさんたちは、「自廃でもしようもんなら、見つかれば半殺し」とおどかす。だが自廃の話を聞く時の、彼女たちの憧れ！　眼のなんという輝き。

この間、村田さんが、救世軍の山室さんの娼妓の御話を、してくださった。私は一言洩らさじと聞いた。なんと希望のあるお話よ。……私がここに投げ込まれたのは、神の深いお思召からではあるまいか。

私はここに入ってから初めて、晴々とした心持になれた。希望を持つことができたのは、今日が初めてだ。

村田さんの御話によれば、救世軍の伊藤さんは、娼妓を三百幾人自廃させたとのこと。あらゆる迫害をものともせず、死線を越えて！　お！　自分は感激する。身顫《ぶる》いがとめどなくする。神よ、神よ、天国に逝かれた伊藤様に御恵みを与え給え。伊藤様！（「光明に芽ぐむ日」森光子）

彼女は自分を虐《しいた》げたあらゆるものに対する復讐の首途《かどで》として、廓の脱出をやりのけた。堕《おと》された彼女が、一冊の日記を抱え、唯一の森光子に戻れたのだった。

日本の嘆かわしい制度の許で、親、家のためと押し込められた性囚の内部を、日記は告発している。

「長金花」楼からは、引き続いて千代駒、清川が脱出に成功した。彼女は、「血にまみれ、道々失ってしまった健《すこや》かな体と、平和な心をひろい集めたい。今は当時の私に触れたくないことも……」と、あとがきに記していた。

彼女の脱出期の大正十三年（一九二四）頃は、国内娼妓なみのからゆきが、人売網によって、遠い異域で生死をくりかえしていた。しかも女は、その後の二十世紀半ばまで、搾取と詐偽の構造暴力にさらされたままだった。

覇権期の軍用婦の大女衒王は、右翼と軍権といえる。「国家公用公務員」の表レッテルを貼られた私娼街、公娼街の娼妓は、こんどは軍用婦として、初戦にいち早く押し出されていった。

敗戦時の占領軍用の慰安婦も、右翼と内務省（警視庁警保局）の密事での誕生であった。

女の性と人権が圧された二十世紀は、女性史にとってみれば、かつてなかった権圧の酷い時代であったといえよう。

みちのくのさんぶっこ

東北における苦界の遊女のことは、民話の採話に携わった会津の竹内美恵子氏が、お登代さんという老いた遊女を通し、廓女たちの生きざまの心を拾われている。

——農山村の貧しさの中で、娘を金に代えた親たちの居た時代があったことなど、埋もれた女親が、どんなに地の底で、怨詛の叫びを上げたとて、聞きとめる者もいないだろう。その人たちを土台に現在の我々があることを、決して忘れてはならないとは竹内氏の想いである。

会津士族の女性たちは、戊辰戦争のおり西軍によって、膨大な凌辱を受けた。もっとも全国には士族出の遊女が、二万余も輩出した時代、会津の汚された女性の中には、北米のサクラメントのおくりにあるゴールドヒルへと、奥羽藩の兵器御用商人であるスネルに連れられ、移民として渡航した者もいた。

しかし、不毛の水無しの丘は、茶木も桑樹も立枯れをし、女たちはアメリカの戸籍簿に載らぬまま、瓦解した会津コロニーから姿を消している。

私も後追いをし、現地に向かったが、若くして死没したおけいの墓が丘に一つあるだけ。他の女性の行方は、サンフランシスコの庶民資料館にも、一行とて載ってはいなかった。

私の祖母おえつは、伊達末藩家老の妻として、本藩の腰元たちも凌辱され、自害者を多く生んでいただけに、隣藩会津の受難に胸を痛めたという。

会津士族は、おえつの住む西の道を歩んで、斗南へと移住したのだが、慣れぬ百姓仕事とあって、最後の手だてに遊廓に売られた娘たちの話を伝え聞いていたのだ。

——八人の遊女の一人である綾女は、開拓地斗南で、実りの少ない百姓に疲れた祖父母を亡くし、病む父のため身を売った。

彼女は自分が犠牲になることは親孝行と、平静なふりをして親と別れた。北の廓街で客と寝た日、綾は十六歳であり、その後、廓を一生出ずに、昭和二年、七十五歳で逝ったという。

姉遊女の綾が、会津の「鳥っこかぞえうた」を、三階から遠くを眺めて唄うと、幼い遊女たちはせくりあげて泣いたとお登世さんは、語った。

ひいとつ　ひばり
ふたあつ　ふくろ
みいいつ　みみづく
よっつ　よたか
いっつ　いすか
ななあつ　ななさぎ
やあつ　やまどり
ここのつ　こまどり
とおで　とんびにさらわれた

廓外を出た女たちは、みせかけの同情や侮蔑の目を読みとった。——人を騙《だま》し、我が身で稼いだ卑しい女と、人の眼は語っていた。だから、人に甘えたりせず、みのむしのように、木の葉の衣のように昔廓の風を衣にまいて、仲間うちで助け合って生きている。親兄弟に知らん顔をされ、心に傷を負った。まるで手負いの獣が、互いに傷をなめあっていたわるようなもので、この哀しさは、その身にならぬと分からぬことで……。だから、仲間のつながりは、太陽のように強いんでしょう。

相手から見下されることが続くと、自分がみじめになって、笑いも忘れ、人嫌いの無口となって、固いだんまり虫になり、親も廓も怨み、自分まで怨み、しまいには哀しくなって、オンオン泣いたり……。そんな哀しみややるせなさは、並の人になりたくても、消したり忘れたりならぬものとさみしく生きている。綾が廓外で老いを送れなかったのも、鮭は生まれたところを恋うて帰るが、私は戻れないという廓出の女の想いを持っていたのだった。


女衒に買い取られた富さんは、母は肺を病み、母の実家に戻されて祖母に育てられた。十歳で女衒のおんじの家に売られた。その家には、青森、盛岡在の百姓娘が躾《しつけ》をうけ、美人は越後の色街に飛ばされ、越後の訳あり娘は、東北にとおんじが連れ出し、こちらの色街へと売った。

彼女は母を助けるでなく、祖母さんのための身売りと思った。彼女は廓内で肺を患い、一年も入院をして借財を負った。その分、永務めをし、ある日、鏡を見たら、目の前に祖母さんがいて魂消《たまげ》たが、よく見たら自分だったと言った。

彼女はいっとき在にいたのも、野火の匂いにいろりの匂いを感じ、イブ臭い祖母に想いを湧かしたせいだった。彼女を見た廓女の加津は、その富さんを、「自分の後半生も、曇り日の野焼きの残り火みたいだネ、いじましく、まだ永らえていることよ」と語った。

——弟を弁護士にした姉遊女がいた。ところが、弟は姉の身を恥じ、さっさと籍を抜いて、弁護士の養子になってしまった。

「さむしい気もしましたが、仕方ありませんもの。老いてくりゃあ、心のどっかで私のことは残っているものでしょう。弟のため廓生活八年も延びました。『いつか恩返しをする』と、真っ赤な顔で、ポソッと言いました。ただそれだけの言葉で、私ゃ嬉しかったですものネ」

――ヤスの母は貧しい山家に生まれた。貧しい男と夫婦になり、ただ子を産《な》しただけで、みじめな生活の繰り返しで、「世の中には殿様もおれば、ホイド（乞食）もいる。おてんとうさまは、世の中万べんなく照らさるが、おらどこさは、そのぬくもりも一生できずじまいだ」と、ヤスはぐちった。

遊女に売られたヤスは、「いつか金貯めて、おがちゃさ、庄屋のおかたさまみてえな衣物着せ、米の飯いっぺい炊いて、魚を焼いて食わせてやるわな」

七つの時、ヤスは母にそう言い、廓に来てから念願の田を、一反買ってやった。村の者はそねんで、その畑をゲス畑と悪口を言った。ヤスは昭和三十九年に廓務めをすませ、母亡き里に戻り、その畑を耕して死んだ。

――お志野は、廓で「嘆き木挽き唄」をうたっていた。哀調の節まわしは、銭をふところに揚がった客が、こころの中の良心をツンと痛めるほど哀しい。

はねる馬は死ぬまではねるとナー
売られ娘はヨオ
死ぬまで身を売るトナー
村で娘を売る年はヨオ

稲も実らず畑も枯れてナア
女衒さ女衒さで村まつりトナー
廓女郎衆は哀しいものサナー
年季明けても行く家もなく
助けた親に捨てられるトナー
金木にはヨオ
金の成る木が有るとはいうがサエー
そりあ娘がことよなォ
娘ゃ身を売り田を買ってヨ
稲が咲いて倉建てた
ヨートナイイモンダー
木挽き節やら嘆きぶし
ハーアワレナモンダイナー

捨てた故郷、戻れぬ故郷ゆえ、いっそう想いも悲しくなる。廓に売られる娘は、どれも貧家である。故郷恋しながら、故郷は妓を拒む。家族が拒む。「故郷未練地獄」の心のまま死ぬ。煩悩から抜け出たのは、三十五歳を過ぎてから。並なら女盛りなのに、もう体は馬鹿になって。だから良かったの。平気で六人、七人を一夜に乗せたのっしゃ。腰ダコもできたのも、遊女のせいです。

――栄子の客は、えぞ地からの漁師であった。塩釜港に着いた漁船衆が、いったん三階でにぎやかな酒盛りをした。栄子は喋《しゃべ》れば訳の聞きとれぬなまりで、酔客の酒の肴とされ、物言わぬ妓になっていた。

その日の客は、赤銅色に光る体と、海の波底を思わす大きな澄んだ眼をした漁師だった。彼は、「お前の生まれは青森の方だナ。ここに来るには、それなりのわけが有ったべえに、早く自由になれよ」と、次の朝、いったん廓を出てから、戻るなり小さな土人形を彼女にくれて去った。

人を恋したことのない栄子が、一夜大尽のその若者を恋うた。

来るのを二年待った頃、北海道の船主が栄子の女郎屋をたずねた。

「前に栄子とすごした男、よく働くで、おらの婿にしようとしたが、ヤンダと抜かした。金貯めて栄子ば請けだすと言いおった。男気のある男じゃあと思ったが、この前のスペイン風で死んだ」といい、栄子の借金の足しにと、男の給金をおかみに渡した。

栄子はその後、廓を出た。青森に戻らず、おかみのところで台所働きをした。まもなく石巻の漁師の妻になった。土人形は白い晒《さらし》に包まれて、タンスに残されていた。

――照葉の弟孝行は、こうである。彼女は年季をすませたら、芸者屋を持つと言った。おかみは、せいぜい妾奉公、前身が遊女の芸者の置屋なんてつまみだされると。

彼女は稼いだ。ところが、弟がブリキ屋をしたいと、土地、建物で彼女の金は消えた。両親の墓を見てくれるなら、生きた金を使ったと自分に言い聞かせた。

四十二歳まで廓で働いた。弟の世話になるといったが、中働きの女が弟の家を訪ねたら、姉の消息は知らんと、冷たい弟夫婦のあしらいだった。

――「おら、やばちい、さんぶっこ（淫売婦）じゃあ」

富丸は、青森県津軽蔵館生まれ。仲間といざこざあれば酒を飲み、大津絵節を唄っては、「やばちい、さんぶっこ」と、大声で泣いたという。

津軽づくしの大津絵「あだねす、こだねす、どせばよごえすば、おらやばちく(きたない)て、じゃっき(まったく)こまされネ、てこな(蝶々)にちゃっぺ(猫)に、べココ(牛)、だんぶりコ(トンボ)、そしてやくど(嘘)に、いかないす(だめです)

富丸はおかみの猫を愛し、猫は富丸ちゃっぺと呼ばれた。彼女の家は指折りの旧家で、米蔵には米守りの白、黒、三毛と数匹のちゃっぺがいた。

家が丸焼けになり、村の預り米まで焼いた火事で、父は焼死、母は身重で発狂し、彼女はブチ猫を抱えて、助かった富丸はやがて廓へと来た。廓で富丸が悲しむと、三毛のちゃっぺも側から離れなかった。

——小梅の生涯は、他の遊女からは、紅の橋を渡るほど羨ましい夢物語であった。

遊女家業の戒めに、「客に惚れさせても、客に心動かしてはならぬもの」があった。

廓で初見世といつわり、初顔の金持に小梅を久しく出しては、米六俵だ、四俵代だと巻きたてた。

緋色の地に白梅を散らした長襦袢で、小梅は半年間その役で稼がせられ、廓一の稼ぎ高となった。

床稼ぎが上手とあって、二十五歳で金沢の廓に乞われ、三十五歳で和倉の廓街のおかみになったという。

——弥陀ヶ原で心中し果てたちやがいた。二十八歳のちやは、廓の闇に十年も生きた。日毎の客は、束の間の肉の悦びを求めてくる。ちやは情無し、ひねくれ者とあきられ、

「この世に神や仏があったら、なんで色地獄に堕ちる。堕ちねばならぬ娘を、なんで神仏は救わんのや、頼んで貧乏キコリの家に生まれたでねえ。このこと分からんところを、教えてくれる者あらば、私はその人をカミにあがめますのや」

「客にひらくはお裾だけ、心ひらくな」と、廓で叩きこまれたちやの女心が、十年目に目覚めた。相手客の学生は、「なぜ廓女になった」と聞き、通い続けた。遣手婆さんは、ちやが相手の出世を摘《つ》むと、学生を足止めにした。その二人が半月後に、弥陀ヶ原で死んだ。ちやの故郷に近い里、その先に月山があった。この廓で、廓女の死は二人目だった。

ちやは学生に、求めていたカミを見たのだった。それは恋であり、愛であり、苦界では極楽と見たあの世でしか巣を構えることはできなかった。当時の越えられぬ差別もあった。

北の廓の女たちも、関東や国内のお女郎衆とかわりはなく、親の不始末や貧乏で、永年季奉公となったり、前借、つづく追借金で苦しむのも同じであった。衣裳だ、紋日だと追借金が増え、他の妓の客をとって、姉さん女郎から折檻されたり、十五年も廓にいる間に、狂人になった妓、労咳《ろうがい》(結核)で忌まれて死んだ妓、子堕《おろ》しの失敗で出血が止まらず死んだ妓もいた。(「昭和遊女考抄」竹内美恵子。ふるさと文学館、第五巻に収録)

中世以前の河辺や交通の要衝に見られた遊里は、公娼地としての集中策がとられた。京島原ができたのは、天正七年(一五七九)である。江戸吉原は元和三年(一六一七)で、一面で参勤武士団の慰安所の役もあったといえる。

明治に入っても、日本の公娼制度が崩されはしなかったことは、アジア覇権という政治上の思惑もあってのことだろう。

しかし、異国版お女郎であるからゆきの場合は、渡世先の北米、南米の黒人解放、イギリスの公娼廃止などに照らし合わせられ、明治初期より忌まれだしていった。

北の廓の中で、世界の人権の状況など、知るよしもない廓女たちは、「年ふれど恥なお重し昔女郎」と、雪江のような句も残し、ちやのように我のカミを求めもして心中にも疾《はし》った。

女の人権を省みない日本では、貧苦とあれば自らもまた、親にも夫にも廓にも売られ、飛べる翼を毟《むし》られもし、歩めても塀のある曲がり角だらけの道であった。

第八章——天涯《てんがい》の女たち〈還らざるパスポート〉

セーシル、モーリシャス

セーシルのマヘキー・ノース港に着いたのは、夜明けだった。船窓から見える港に迫った緑の山は、まるでサイパンに来た感じを与える。港湾の明るい浅黄色の水にも、それを感じた。

小さな町は日曜日であるので、植物園を除いて開いておらず、そこから山をひとめぐりして、時計台のあるビクトリアの閉まった町を散策して帰港というコースを選んだ。この港には一八九三年（明治二十六年）、大橋申広という写真家が、旅人に確かめられている。彼の時計台の絵はがきは、今でも売られていた。

中央インド洋海嶺に浮かぶセーシル、モーリシャス海台は、浅瀬続きが地図にも白く浮き立っている。それが山上から海をみやって、一層その感を受ける。汀の白砂が、島のまわりの海域にも浮き出て見えている。

シンガポールのからゆきなどは、マラッカ海峡を抜け、陸続きのタイ、ビルマ、インドのカルカッタ、ボンベイに渡った話は、足でも採録してきたが、ボンベイからさらにインド洋上のセーシル、コモロ、マダガスカル、モーリシャス、アフリカ大陸側のケニアのモンバサ、タンザニアのザンジバル、ダルエスサラーム、モザンビークのベイラ、南アフリカのダーバン、ケープタウンに、彼女たちの足跡が見られるのだった。

サイパンで南洋桜と呼ばれた火焔樹は、この土地ではネーテプレヤフと呼んでいるという。全身焔のような赤い花で包まれているこの樹を見ていると、血まみれの無限の悲哀と痛苦のからゆきが想われるのだった。

小鳥の声に満たされた植物園には、小型の象亀が屯《たむろ》しており、偽《にせ》亀がところどころに置いてあった。

写真を取る時、知人が亀の口に、ネーテプレヤフから落ちるさいかちのような実を、二枚はさんだら、二枚舌がこの島でも通用するのか、土地の運転手が笑い声をたてた。

こうもりは昼眠っていると思っていたのに、さかんに山腹の繁みを往返していた。池の水蓮が、紫の小ぶりな花をつけ、私たちの目を奪った。その池上のコーヒー店も閉まっており、そこから下って、次は山上に向かった。

運転手は、シナモンの広い葉と、香りのする皮をはがして説明してくれた。道端の葦に似た草を、除虫用に用いると、手折って香りをかがしてくれた。化学品が入りこんでも、貧しい庶民には、山野の薬草や香草はまだまだ生活に密着している感じがする。山の中腹のいたるところに、紅茶が植え付けてあった。

この島に、いっとき寄留したからゆきはあったが、それは港口で過ごしたと思える。花まがいのブーゲンビリアの紫、白、ピンクと美しい港だが、わけてもセグレットの美しさに、彼女たちも息を呑んだに違いない。

セーシル島より海台の南端モーリシャスには、言証さん帰国の翌明治四十三年（一九一〇）、日本軍艦「生駒」が、アルゼンチン建国百年祭への参加で、ポートルイスに寄港した。その時、同乗の大阪毎日の記者鈴木天眼、大庭柯公が、からゆきたちと会っている。

鈴木は、「彼女らの家は、馬小屋のような茶館なり。女は三名いた。一人は和歌山、二人は島原と諫早《いさはや》と、いずれも長崎県の女で、ヤクザが一人ついていた」と記し、大庭は、

「モーリシャス島人口三十七万余、そのうち邦人五人のうち男一人、二十二、三歳の娘四人、相当の送金をしているという。二基の墓石をポートルイス郊外の、菩提樹の下に残せり。彼らの仲間の二人なそうだ。外務当局の思慮に欠けるこの問題に、一定の方針を有せず……。

南洋にありて木曜島より、喜望峰にひろがり、北亜におりて黒龍江沿道より、バイカル湖畔に及ぶ天草婦人の雄心は……三億のインドに現に一千のからゆきおり、シンガポールだけで七百の姉妹あり。明治来、アフリカへ、かくもはぐれ者流れ者の日本代表を海外に示す、日本の持つ社会が憂えられる」と述べている。

モンバサ

船は三港のうちのキリンディィゴ港に着いた。マクバ入江とムバラキ入江の中間点である。

降り口に、ずらり木彫りの動物を並べた商人の前を右手にと回り、タクシーを拾うと、象牙のアーチをくぐり、郵便局や税務署のある中央街を抜け、フォート・ジーザスの砦へと向かった。

モンバサの旧名は、古くから「戦いの島」の意味があると聞かされてきた。それを象徴するのが、海からの侵入を防ぐための砦フォート・ジーザスである。頑丈な石壁で、道路よりの登り口には、いかめしい鉄鋲付きの黒扉を抜けて砦へと上った。

私はセラウエシ島マカッサル（現ウンジュパンダン）のフォート・ローテルダムの砦に戦中いた

ことがある。

そこは、硬質の巨大な自然石で亀甲型の砦が築かれ、入口の厚い木門には、やはり似たようないかめしい鉄鋲の扉があった。一六三七年（寛永十四）には十名ほどの日本人が、オランダ総督での傭兵として出向いていた。

ジーザス砦は、一五九三年（文禄二）、ポルトガル人の手で築かれたが、その後、英の支配時代は、植民地政庁の刑務所に使われたという。戦いの島というからには、支配権争いがアラブとの間にその後あったということなのだろうか。

奴隷貿易の拠点であろう砦は、今なおモンバサの街とインド洋を見下ろしている。奴隷を押しこめたのは、砦の下にある石倉であろうかと、思えてならなかった。観光客には、上部構造部しか解放していない感じがした。

その昔、象牙と奴隷の積出で活気のある港は、オールド・ボートの象牙のアーチをくぐらすのに、ザンジバルと違って奴隷倉も積出港も、あまり表には出していない。

十八世紀、東アフリカで本格化した奴隷貿易の支配者はアラブであり、内陸部から集めた黒人を、西アジアなどに送ったのだと言われている。その港は、アラブ風帆船ダウの専用港に、今なっているところだという。

私は砦の望楼や兵舎をひとめぐりしてから、砦下に続くデイゴ・ロードや、オールド・タウンの街を裏通りまで歩いてみた。

オールド・タウンは、イスラムの香りに満ちている。女たちは黒いブイブイを身につけ、男はコフィアという回教帽と白い回教服といういでたちで、隣には小振りなモスクが多く、アラブ風の家々が並んでいた。

私はからゆきたちが開いていたコーヒー店がどの辺りなのかと、うろつくのだが、臭いすら嗅ぎだすことは不可能といえた。

モンバサの中心は、モンバサ島といわれる十三キロの島の中とされているが、キリンディゴ港からは、大陸への道もつながっていて、島という感じは、街の両翼に見られるリコニとムトングゥエや、右手にも見られるフェリー乗り場があることである。

かつてこの地域を、明治三十四年（一九〇一）八月、無銭旅行の世界めぐりをした中村直吉がたずねている。また、この時期にスパイとして、南アフリカのボーア戦争に乗り出した平岡八郎大尉もあった。

中村がモンバサで見たのは、「日本人ばかり八人いた。うち五人は醜業婦だ。三人の男は写真屋と料理人で、別に吹聴するほどの仕事はやっていない」という状況である。

その時、この街には、写真師の邦人と、五人のからゆきと楼主、ほかにも料理人が数えられている。

領事館を訪ねたところで、惨野の渡海者など、住んだ町区も、その存在すら否定されるだけである。私は砦近くの小店を、行きつ戻りつしてみた。見つかりっこなぞないのにである。

スワヒリ語で「熟したマンゴーの木」というマーケット跡は、大陸に移り、残りの人々の営業地には、スリが根をおろしているといわれていた。かつてからゆきも買物したであろう市場は見に行けなかった。

大正四年（一九一五）、第一次大戦後、産業革命期に入った日本は、対アフリカ輸出も売り上げを伸ばした。日綿が、ボンベイの社員五十名中、この街にも社員を向けたのが大正六年（一九一七）であり、取引を始めだした。製綿を売るかわりに、ウガンダの綿花輸入を増加し、大阪商船の就航も実現していった。

ザンジバル

隣国タンザニアの海辺に見られるザンジバルには、二人の洋妾《ラシャ》からゆきを含め、十人のからゆきが、当時の旅人に採録されていた。

ここもアラビア先端のオーマン王が力を伸ばし、宮殿をザンジバルに移した。東岸の主権を握った王は、奴隷貿易を盛んにやったという。その奴隷を売買した島に、性囚として渡世に出向かされたからゆきがいたのだ。

スイス領事のロベール・リンドウは、日本の廓街のお女郎を見たおり、黒人奴隷の競売を思ったと記している。

「そこには八人の若い少女が、ぜいたくな布地で作った長い衣裳、豪華な装いをして、日本風にうずくまっていた。その光った目が少しも動かないので、彼女たちがなんらの興味を抱いているのでもなく、観察しているのでもないことがわかる……。

中には目立って美しい女もいたが、どの顔にも若い女としては、見るも哀れな忍従と無関心の表情が浮かんでいた。見世物の動物のように曝《さら》され、誰にでもしげしげ見られ、品定めされたうえ、最初に価をつけた者に買われる。この不しあわせな生き物たちを見て、悲惨な印象を受けた」(「明治の東京」)

今回の船はザンジバルに寄港しないので、前回に立ち寄った人々から、奴隷市場を採訪した。

「奴隷市の禁止は、一八七三年と聞いた。競《せり》市のところに、カテドラル・チャーチが四年後に建った。ゴシック風の教会でね。奴隷の収容には、地下室を残していた。東アフリカ全域から捕らえてきた者を入れたらしい。奴隷市場というロング・ハウスで、夕方の四時に競《せり》にかけたという。ロング・ハウスが馬鹿でかいのも、買い手五、六百人が集まるからだと聞いた。奴隷船でアメリカに千五百万人着いたが、途中でその五、六倍が死んでいる話を聞いたね」

奴隷市の女は、スイス領事の見たように、生きている人間の望みが剝かれ、もぎとられた表情があったとしたら、それは内地のお女郎ならず、当時のからゆきにも見られた表情であろう。

奴隷市の話を聞いたであろうからゆきたちは、自国の女たちにも思い到るところはなかったのだろうか。

ちなみに、中村直吉の見たザンジバルのからゆきはこうである。

「日本人が十二人、うち二人は男、十人は女、いうまでもなく女は醜業婦だ。もっとも、中に二人ばかり白人の洋妾《ラシャ》になっていた奴があると聞いたが、いずれにしたところで、五十歩百歩で、日本帝国の面目からいったら困ったものである」(西野熊太郎記録)

中村の眼は、かくあるからゆきたちの根を、見極めてはいない。

列強は、建前に人権上の禁止を持ち出して奴隷市を閉鎖させても、この七年後にもっと恐ろしい領地ぐるみの強奪を、アフリカに展開したのだ。

弱小国の人々にも、石塊の川流れ同様の運命があった。アフリカ進出を狙う列強は、建前の奴隷禁止をうたって割り込んだ。ザンジバルには天保七年(一八三六)に米国が、その三年後には英国までが、奴隷貿易に介入して悲惨を加え、残虐なものになした時期もあった。

宣教師のリビングストーンや、大陸横断のスタンレー、ナイル水源調査のバートンのスピーク、ニジール川遂行のマンゴ・バーフなど、各国探検の勝手な調査と売り込みの暗躍もなるや、十指に満たない列強は、明治十八年(一八八五)は、ベルリンに集まって、寄ってたかってアフリカを線引きし、切り裂いてしまった。後年の日本のアジア覇征にも、これら列強のやり口が重ねられていたのでなかろうか。

大阪商船の日本からボンベイまでの通船は、明治二十六年（一八九三）で、日本郵船が日本からボンベイ間の航路を開いたのは、明治二十九年（一八九六）である。

なお、大阪商船は大正十五年（一九二六）、かなだ丸を、アフリカ東岸線開発として就航させている。逓信省の命による航路で、政府の補助もあった。月一回の定期とし、かなだ丸、めきしこ丸、志かご丸、パナマ丸が就航した。

日本とアフリカの貿易では赤字が続いたが、昭和十二年（一九三七）、黒字の四億五千万を得たという。

航路は門司、香港、シンガポール、コロンボ、モンバサ、ザンジバル、その近くのタンザニア領ダルエスサラーム、モザンビークのベイラ、ダーバンなどなどである。

大正期、東アフリカのウガンダで農業経営をした山野辺義昭氏は、一九二一年（大正十）、東ア在住の男子六名、からゆき二十名を外務省に提出した。

一九八六年八月二十九日、「読売新聞夕刊」に出たその名前は、こうである。

○ザンジバル＝かね（長崎県天草）、こと（長崎県長崎市）、きく（長崎県長崎市）、きみ（長崎県島原）、とめ（長崎県出、洋妾《ラシャ》）、つえ（長崎県島原）、つも（長崎県長崎市）、ゆき（長崎県長崎市）

○ナイロビ＝あき（長崎県出、魚商）、さく（長崎県）、はる（長崎県）

○ダルエスサラーム＝きくえ（鳥取出）、ひき（横浜市出）

○タンガ＝ちま（長崎県諫早）

○マハザンガ＝うめ（長崎県島原）

○トウマシナ＝きよ（長崎県島原、精神病院入院中）
○マブト＝ちと（長崎県出）
ほか二名はマダガスカル島赤垣の妻と、ザンジバル渡広某の妻である。英領ザンジバルでは十年代から、からゆき墓地を接収されているからには、ほかにもからゆき死者があったといえる。

大正十五年（一九二六）、大阪朝日記者の白川威海が、ザンジバルで会ったからゆきで、五十歳を越した年長者がいた
――十五歳で天草からボンベイに売られた。二十三歳の時、インド人の手でモーリシャスに飛ばされた。次にマダガスカル島を転々とした。ザンジバルには日清戦役（一八九四）の時に来た。私の生まれは明治七年なのです。

「彼女らの一人一人の身の上は、涙と血で綴られたローマンスならざるはない。今後の幸福を祈ると共に、国の体面上、早く故国に帰るよう念じながら、彼女たちと別れを告げた」と、白川は結んでいる。

その翌年、元サンフランシスコの領事大山卯三郎が、アフリカ調査に赴き、モンバサを経て十二月、ザンジバルへ、そして前者、白川威海の見たからゆきのおまきさんと会っている。

日本政府が経済使節団として派遣したのだ。すでに日綿がウガンダに綿工場を持ち、東綿も進出しだしていた。

「ジャパニーズ・バーをやっている五十歳のからゆきがいた。コーヒー店の共同経営は三十歳前後の古強者で、島原生まれのその女性はシンガポールに出稼ぎをし、この地へ転職したというが、金は相当持っていた。商売気を離れ、洗濯のはてまで気を配ってくれ、旅行中、一番嬉しかった」

（「亜弗利加土産」大山卯三郎）

このザンジバル島の、コーヒー店二戸のからゆき九人は、そのように採録されていた。

娼売に立つ彼女たちの表情には、あの張り店の花魁《おいらん》や、競り出されたマプール競売の奴隷に張り付いた忍従と、無関心の翳《かげ》りは無かったのだろうか。

マダガスカル島ノシベ㈠

血をしたたらせた女の海道は、モーリシャス、モンバサ、ザンジバル、そしてこのマダガスカル島にも続いていた。

船はノシベに碇をおろした。窓から本島のマダガスカルの島影が見える。かつてこの海域いっぱいに、露艦が二ヶ月も寄港した。日露戦役に出向く露艦約四十数隻が、ノシベにいっせいに碇をおろしたのだから、本島人もノシベの村人も、たいそうな驚きであったろう。

露艦のこの通報を、本島のデイゴスアレスのフランス兵舎前で食堂を営んでいた天草高浜出の赤崎伝三郎は、さっそくボンベイ領事に通報をした。彼は明治四年秋、天草高浜焼の皿山の庄屋に生まれた。

「南部マダガスカルに滞留三十余年、三十数万円の富を得て故国に帰った」ことは、昭和六年「実業之日本」十四号にも、モダン浦島として紹介されたが、帰国は昭和四年である。彼の店には大連の万国丸から、脱出をはかった桜井岩吉が赤崎の店をついだ。

赤崎に帰国という里心を湧かせたのは、昭和二年（一九二七）、外務省派遣アフリカ調査団長、法学博士の大山卯三郎との出会いによるらしい。

彼は六歳で母を亡くし、上田氏の分家で育ち、父の林次の許に戻ると、平戸、波佐見、長子、三彩の技を導入し、高浜焼の名もあげたのだが、日清戦役後の不況で借財三千円を作った。

「どがんしても、払いきらん」——彼は明治十二年（一八七九）の暮れ、三千円の借財を背に、冷たいアナゼの風に肩をつぼめて、長崎へと向かった。彼二十九歳、妻トヨ同歳であった。

彼は職を転々とし、やがて長崎ホテルのコックになった。ホテルはトーマス・グラバーが株主であり、貿易商フレデリック・リンガーが、仏人に設計させ、オープンしたばかりの立派なホテルだった。

ホテルが大繁昌を見たのは、フィリピンをめぐる米とスペインの戦争で、米軍が長崎港を兵站港にしたせいだった。

彼の月給が、一年もすると倍の十五円、二年目には二十円を得たのも、高浜焼で身につけた美意識が、容器、盛りつけに生かせたからだと思える。

彼は海外で一旗あげたいのだが、妻の母は娘との別離を好まず、ついに離婚に踏み切り、初章の夏代の船より一年早くの明治三十五年（一九〇二）五月十五日、単身で、インドシナへと向かい、同郷の森岡五郎宅の食客となった。

離婚で力を削がれていた彼は、酷暑で病む身となり、森岡家の娘チカ子の看病で立ち直れた。彼は、やがて彼女を伴侶として、シンガポールを経て、ボンベイへと向かった。

その頃は、シンガポールは、花街《ステレツ》も料亭も最盛期とあって、彼は取り入ることをあきらめると、ボンベイへと向かい、同郷の山崎金松から千円を借りると、さらにインド洋を西進した。

紅海先端のジブテイを経て、アフリカ大陸東岸のザンジバル島にも一ヶ月いたが、彼の腰は落ち着かなかった。彼は仏領植民地マダガスカル島の北端、デイゴスアレスに、明治三十七年一月二日に着いた。

この島は一八八五年（明治十八）、仏が強引に従属させたばかりの島で、フランス軍の出入りも多かった。

このマダガスカル島は、フランス侵略軍が同島のホヴァ女王国軍を破って侵攻したが、抵抗運動も起こり、本国より仏軍の出入りも多く、商売にはもってこいという勘を働かせた。ホヴァ王国が手をあげての降参は、一八九六年（明治二十九）のことであった。

彼は長崎でのホテルが、比島侵攻の米軍で利をあげたように、思いきって仏兵舎の前に借家を借りると、粗末な椅子十二脚を据え、食事も出すバーを作った。

この海域では、カニもロブスターも、カキも、鯛も豊富な素材があった。それに、港には月二回マルセイユからの定期船や、英からの寄港船もあった。

広さが日本の一・六倍もあるといわれたこの島の人口は、当時三百万、人種は二十もあり、なかでもウーブ族の優秀な人材は、フランス軍も、また赤崎自身も用いた。

デイゴの町は、人口が当時一・四万であった。彼が上陸してまもなくの二月十日、日露戦が始まった。

露船の兵士が見える前に、開店したばかりの赤崎の店は、すでに千円の利をあげていた。

そこへ十二月二十九日、喜望峰まわりの露艦隊が、デイゴに石炭その他の補給で立ち寄り、乗組員の保養にはノシベ島が提供された。

ノシベの海域には、戦艦八、巡洋艦九、装甲海防艦三、駆逐艦九、運送船、病院船、特務艦九隻など、計三十八隻の大艦隊が、二月十七日まで、まるまる二ヶ月余も滞在した。

赤崎は、すぐにボンベイ領事館の武官である砲兵少佐東乙彦に、符牒で電信を送ったという。電信局を出たとき、ばれはしまいかと恐怖に襲われたことを、帰国後にも話題に持ち出している。

その彼が、官憲の取り調べを受けたが、実害はあるまいと見逃しをされた。店には露兵も客になり、港の物価はいちどきにあがって景気が良かった。このバルチック艦の碇泊で、彼の店も予想外の高利をあげた。

この時、露提督のロジェストヴェンスキーの旗艦甲板には、食用牛が生きたまま繋がれ、フランス兵士の格好の話題となった。

艦隊の出た後をみはからったように、ボンベイ領事館武官東乙彦砲兵少佐から赤崎宛にきていた差し止めの手紙を、フランスの官憲が手渡してくれた。

——拝啓、正ニ御健祥賀シ奉リ候

赤崎は、この差出人の領事武官と、すでにボンベイで打ち合わせしていたとみるべきである。二月八日付の東少佐の手紙は、こう続く。

——マダガスカル島における露艦の動静を聞いた。なお細大もらさず通報をくれるように。

一、艦隊のすべて、出帆日
二、一部出帆もその艦数、種類、戦闘艦とか巡洋艦とかなど
三、艦隊の随《したが》えた石炭船の数
四、艦隊の所在数
五、大小にかかわらず、何にても御報知を乞う

彼は二月十七日、出動した露艦を、モールス符合で発信していた。

明治三十八年（一九〇五）五月二十七日、日本海海戦は、東郷元帥の完勝となった。彼の店で陽気に騒いでいた露艦水兵たちのうち、死者と捕虜は一万数千人と知り、赤崎の胸は痛んだ。（「新天草学」「実業之日本」）

軍偵はこの三年前に、ボーア戦争の際にも陸軍参謀本部の平岡八郎大尉が、南アに出向いている。

シンガポール、インドシナなどの楼主になりすました密偵も多かった。

日本は維新以来、政界人すら盛んに密偵を用いた。神戸の港で品川政蔵という代言人は、出入船の港内を夜間にひとまわりしては、舷燈の色ガラスの違いをみつけ、密告によって高金の収入を得ていた。輸出入業者も密偵を用いていた。

政府も渡し守と楼主には、怪しき者はお上に密告すべしの任務を負わせてあった。女の密偵も、明治初期から用いだしていた。

露艦が去って三年目、同市のコルベール通りに、赤崎はホテル・ドウ・ジャポーを建て、バー、レストラン、ホテルとすべて盛業とあり、貸家も一戸持ち、映画館も作った。

当時、西部の要港マジュンガに明治三十七年（一九〇四）、二人のからゆきの存在を赤崎は聞いていたが、六百キロ離れているので、会わず仕舞いだったという。

東海岸の港町タマタブにも、二、三のからゆきがいた。落魄の身とはいえ、なぜ海の果ての島に立ち現われたのだろう。万里の波濤を越えた島に、どんなかかわりあいでやって来たのか、彼女たちの消息は、赤崎によって語られてはいない。

私は本島の見えるノシベで、本船からテンダーボートで小さなノシベ島の港口に上陸をしてみた。島民のニッパ葺《ふ》きのちいさな小屋が、マンゴーやバナナの樹蔭の中に、埋もれるように建っている。江戸期から時間がとまったような錆《さび》色の島には、どんな従属の仕組みが遺され生き続けているのだろう。

それに、どの家の庭先にも、モンスーンの季節というのに青い蔬菜《そさい》一つ見出せない。島民の中には、道端の「ランタナ」の花を摘《つ》んで熱さましの薬にするように、食べられる野草も原野に求めることができるのであろうかと、不思議でならなかった。

市場には目ん玉のようなじゃが芋、トマト、ピーマン、インドネシアでカンコンというさつまの葉に似た蔓草《つる》、タカノツメの唐がらしなどが見られる。鶏を放し飼いにして、庭の端にタカノツメやオクラ、虫のつかない「ゴーヤ」ぐらいの種がまけないのだろうかと思った。

本島マダガスカルとて、失業率も七十パーセントと高いと聞くが、村落はこのような暮らしに思えてならなかった。ただ、ノシベの段丘の村と違って、本島では米が三毛作も成り立つ地域もあるとかで、失業しても塩汁のぶっかけ飯で飢えがしのげるとは聞いた。

かつて本島の東、西の要港に渡りついたからゆきにも、祖国を思わせる貧困を、樹海の村落に見たてであろう。もっとも彼女たちの渡世は、外国兵士や船員の立ち寄る港であった。

私はノシベの小学校をのぞいた。小学校は、さとうきびの青い波立つ耕地の先にあった。耕地のへりに、球型のコンクリート作りの家を見た。

エルサルバドル（中南米）で見た先住民のお祈りの家とそっくりで、宗教的な家かと思ったら、この辺りのさとうきびの収穫は、畑地に火を放って葉を焼き落として肥料にし、茎だけ刈りとる方法のため、その際、貰い火で家を焼かないための球型コンクリート作りだということだった。「旅人の木」というミクロネシアと同じ呼び名の木は、アタップがわりに屋根材に用いているという。

さとうきびの耕地つづきに、マンゴーや綿の木、バナナ、パパイアの樹立に囲まれた小さな村の中に、小学校があった。二十坪ほどの二棟建の小学校で、トイレは椰子の葉で囲った屋根なしであった。

子たちは目を合わせると、えもいわれぬつましい微笑を見せ、私をなごませてくれた。それが帰船のテンダーボートに乗るため、町をすぎて港口に来たとき、日蔭に屯する三人の少女を見て驚いた。

初老の同船者を、弱年の子が誘い、二十二歳と自称する娘が、二時間で四十ドル、ハイヤ往復で二ドル、サック五本で一ドルの交渉をしている。弱年の十二歳の子にも、年かさの二人にも、あのえもいわれぬつましい微笑は消えている。

「還らざる旅」のパスポートを入手した、あの投げやり、悲哀、無関心こもごものまなざしに、私の胸は潰れる想いだった。ノシベの女も、貧困からくる血まみれの、絶望の旅から始まっているのかと……。

マダガスカル島ノシベ(二)

在船しているノシベの海から、マダガスカル島の北部が見える。私はノシベからマダガスカル島の東部タマタブへ、出港までの二日間で往返できないかと、ツアーの係にただした。

「無理ですね。前にも原猿のインドリや、キツネ猿の研究をしている方が、タマタブ行きを望まれましたが、二日の日程では無理です。タマタブから北のマナナラまでだって、路は流れで寸断されています。橋もない状態です。マナナラから北へも南へも、陸路は不可能なのです。両市をつなぐのは、月二回の船だけです」

私はだからデイゴスアレスで成功した赤崎が、同じ天草や島原娘のいる西岸マジュンガにも、東岸のマナナラにも行けなかったのだと納得した。

「どうしてマナナラにも、マナナラに、行きたいのですか」

「マナナラに、からゆきが行っていました。帰国を聞いていませんので、墓を捜しておまいりしたかったのです」

目の前の海は、日本へ続いていると思うと、からゆきで胸いっぱいの私は、感傷的になっていた。

「あそこはノシベよりカメレオンも、アバヒもにぎやかです。トンボは、樹上から慰めをもらっています」

「トンボもいるんですか」

「現地では、墓をトンボといっているんです」

なんでも直方体の石に、ミイラ状の遺体を納める墓だという。はたしてからゆきたちには、現地式の墓が建っているのだろうか。

「まさか明治末に、マダガスカル島に、それも二ヶ所にからゆきがいたなんて、私には初耳です。彼女たちが好んで『アバヒの女』を演じたのでなければ、墓域の樹にアバヒはとまらせたくないですね。白黒の小さなモズに、ヒー、ヒューと鳴いてもらう方がいいですね」

アバヒはフクロウに似た鳥で、昼は樹上の茂みで、つがいで抱き合っているという。「アバヒの女たち」という、くくりつけを悪いと思ったのか、

「今は雨期ですから、樹のウロで蛙がルリビタキのような美声で鳴きます」と、私を慰めた。

立ち遅れの法や風土の縁で、いわば二十世紀の人柱となったからゆきたちの、苦節の魂を、今はだれも知ることはできない。

南アフリカ

南アフリカのキンバリーで、からゆきを記憶にとどめている土地の人々が、かつてあったという。

インド洋上にはセーシル、コモロ、マダガスカル、レユニオン、モーリシャス、ザンジバルと、彼女たちの流浪もあれば、アフリカ大陸べりはモンバサ、ダルエスサラーム、ベイラ、ダーバン、

ケープタウンまで往返があった。

南ア内陸部キンバリーのからゆきに話を戻すと、外務官僚の見聞として、「当時、ボンベイ辺りにいた多数のからゆきが、まだ日本人が誰も行ったことのないキンバリーに、隊をなして出稼ぎに行った。今なお彼《か》の方面の故老の話によると、日本人の娘をよく知っている者がたくさんいる。とにかく日本の多数のからゆきが、あの方面に跋扈《ばっこ》して、アジア人排斥の一因をなしたことは事実らしい」と、今井忠道氏は記している。

慶応三年（一八六七）、キンバリーでダイヤがみつかった。明治十九年（一八八六）には、金が発見された。南アフリカはゴールドラッシュになり、からゆきが疾《はし》らせられたといえる。

伊兵次は、一八八九年（明治二十二年）以前に、南アフリカのトランスヴァールに、二度にわたって十八名、次十六名のからゆきを送り出した（村岡伊兵次自伝、南方社。一九六〇年）。キンバリーの金産出時と、彼の送出は似かよっている。

金鉱区は、女たちにとって、岸のない浮島なのだった。落魄《らくはく》と縁絶ちのできない呪われた地となったことでは、先例があった。

ゴールドヒルの会津からゆき

サンフランシスコ奥地のゴールドラッシュは、州人口がふくれ上がるほどの熱狂が、金が産出しなくても続いていた。金鉱区に続くゴールドヒルに、ボーア人のスネルが、戊辰《ぼしん》戦争で敗北した会津勢の凌辱された娘たちを芯に、移民の会津コロニーをうたい、明治の初めに向かった。

薩長の兵器調達がグラバーなら、奥州各藩はボーア人のスネル兄弟が当たった。いずれもアメリカの南北戦争で用いられた銃の売買を、維新戦争に持ち込んだのだった。

ところが、薩長に奥州勢は敗北し、スネルは兵器代が大半未収となり、彼はアメリカの金鉱区続きの丘に、凌辱女性を連れ出した。お茶や桑の何万本という苗木まで携《たず》さえての入植なのに、それらは育つ地ではなく、私が百年余も過ぎた後に取材に出向いても、丘は樹々も生えぬままの荒地であった。

金狂乱さめやらぬ谷あいには、資本を喰いつくしても金を手にできない荒れた人々が、時にはコロニーの女たちを襲った。作物も実らぬとあって、コロニーは解散となった。しかし、その前に谷あいで一人の華人が、会津侍に一刀のもとに殺されている。その話の真意は伝わっていないが、谷あいの資料館にも短くのっていた。侍はスネルと華人のからゆき取り引きを知っていたとしか思えない。

アメリカにおける地域の戸籍簿にも、会津女のすべての書き出しはのせていない。渡航人数をめぐって、四十数人説をとる人が多かった。女性で存在の確かなのは、ゴールドヒルの丘に眠る「おけい」の墓だけで、墓石の台座に、水晶がまるで涙の吹きこぼれたように供えてあったのを、筆者も見て泣かされたものだった。

スネルは帰国したとも、行方知れずともいわれたが、後日、ボーア人の聖書には——奴隷を得たら子孫の代まで用いよ、が神の名で説かれている一章を知らされた。

その後年、アラスカのゴールドラッシュにも、シアトルあたりの楼主が、白人用からゆきの「白人鳥」を、アラスカまで連れ出して稼がせている。

また、オーストラリアのゴールド騒ぎには、シンガポールの長野とめ子のように、犬一匹をお供に、金と聞いて疾った女性もあった。北海道の砂金区に駆けつけた酌婦は、遊び代金を金の粒で得たという話が伝わっている。

金の発見には、庶民も雑貨屋も、からゆきを従えた楼主も、スネルのように手練手管を用いる者も吸い寄せられるのだった。

キンバリーに出向いたからゆきは、一人二人ではないので、楼主やヤクザに引き立てられてきたとしか思えない。また、なかには無残な身を、そして堪えがたい苦痛を、同胞のいない地で終わりたいと考えた女もあったろう。

どれほどのからゆきが、キンバリーに向かったのか、たしかな数字は伝わっていない。乾期には、赤い砂塵が怒濤のように狂う道を、どんな慰めを自分にくれながら、からゆきたちは出向いたのだろう。

モザンビークのベイラには、男四人、女三人はからゆきで、ダーバンその他の港町を、からゆきは流浪したのだった。

このからゆきの瀬踏《せぶみ》時代をやりすごし、日本の資本主義の海外発展がなされると、「からゆきは日本を殺すもの」とされたが、彼女たちを殺した論理を立ち上げる人々はいなかったといえる。

それに、日本の産業革命がなされようと、製品の海外販路が開けようと、国内からして売られた廓の張り店から、花魁《おいらん》女郎の忍従と無関心の顔が消されたわけではない。

二十世紀の戦後も一九五五年（昭和三十）まで、女たちの枠が司法、風土、権圧がらみの仕繰《しくり》で、女は縛された世紀の人柱であったことを、忘れてはいけないと思う。

ケープタウン

甲板に出ると、テーブルマウンテンの前に開けた港街に、目を凝《こ》らした。かつてからゆきは、どの辺りに住んだのだろうかと、港の倉庫や入りくだった小路まで追っていた。

ケープタウンでからゆきを記録したのは、古谷駒吉という、同市で陶器経営をなした人物である。彼の見聞記には、明治三十一年（一八九八）としてあって、

「印度洋横断のとき、七、八人のうち、マダガスカルに上陸をした組と、残り三人でケープタウンに行った」

とあるが、その後のからゆきの消息は語られていなかった。

大正五年（一九一六）に農商務省は、「ケープタウン市の『ミカド』商会員五名、官吏一、洗濯職一、菓子職一、ケイプ州内カフェ店業一」としてある。カフェ店業一には、からゆきがいたのかいないのか、記されていない。

大正三年（一九一四）、日本はドイツに宣戦し、ドイツ領の南洋を手中にして、かつ貿易販路を拡げると共に、シンガポール政庁をして、英領マレーからからゆき男子楼主七十二名の退去命令を出した。そのような世情を反映して、からゆきが南アフリカをも指したのかわからないのだが。

甲板から、かつてマンデラ元首相が幽閉されたロベント島も見えていた。この島はからゆきのいた頃は、障害者も閉じ込めをされていたという。

下船して、道で会った同市にいた邦人官吏に、明治のミカド商会の所在地を聞くと、すぐに街区を教えてくれたが、からゆきについては知らなかった。

バスに乗り、カエリチアのスラム街を指した。ブーゲンビリアの美しい山裾をまわり、まずローズメモリアに立ち寄った。

丘の松が、ここではバオバブのような枝ぶりをしていて私を驚かせた。山鳩が鳴くローズメモリアに案内されたのは、二十世紀初期後に君臨したセシル・ローズ像の前で、南アフリカの植民政策を聞かせてくれるためだった。

キンバリーで、ダイヤのあとに金が発見された明治十九年に、アフリカの件で列強はベルリンに集まり、アフリカを地図の上で切り裂いて植民化をはかった。南アフリカにオランダ系移民のボーア人と、セシル・ローズの登場で、イギリスが支配権を握ろうと死闘がくりひろげられた。

南アフリカはマンデラにより独立を果たしたのに、山腹のローズメモリアに行くと、セシル・ローズの顔が市街を睥睨《へいげい》しているのは、新政府の意図が奈辺にあるのかと思えた。

初期の白人移住者を、コエ族が追い払おうとしたこと。またアパルトヘイトの差別の柱に、住み分けの区別、仕事の差別、アフリカ教育法の三つがあるという。

途中のバスのなかでも、混血の美人ガイドが、アフリカの過去と未来を語った。

「私はカラード（混血）です。同家族でも白人が頭に鉛筆をさし、落ちたら直毛で白人とし、縮れ毛だったらカラードの血が濃いとして、住み分けを命じました。違った人種との結婚も禁止でした。オランダ系の神父とカラードが恋をし、神父は地位を奪われ、家は焼き払われました。私は四十二年間、アパルトヘイトの中で暮らしました。一九九四年から変わりだし、一九九六年には黒人の義務教育も始まりました」

丘から、住み分けを強いられた街区を眺めた。あじさいやたんぽぽ、雑草の貧乏草まで、日本に似た草木の生えている丘から、バスは二百万もいるスラム街へと向かった。

ニアンガスラム区でも相当な驚きだったのに、破れトタン囲いの小屋が、十二キロ四方もあるというスタタミヤスラムには、胸が抉《えぐ》られる想いがした。

奥地でのどえらい生態系の崩れか、飢餓民に加えた政治難民の移動のためか、ガイドの説明はない。

アフリカは、もとは五十万都市など片手にも及ばないと聞いたが、ツアーの先乗りの人に聞くと、ナイジェリアのラゴスも、ケニアのナイロビも、エチオピアのアジスアベバも、タンザニアのダルエスサラームも、難民で爆発的な人口増だという。

私がからゆき取材で訪ねたインドのカルカッタも、十八世紀の初めは一万人の町が、もはや千三百倍であったし、路上は難民生活者がひしめいていた。

だが、カルカッタのスラム区より、ケープタウンのカエリチアのスラム街は、トタン屋根が海のように目路の涯まで続いているのだ。

ケニアでナイロビの友人を訪ねた映画監督のY氏が、おもてなしにクラブへ連れ出されたが、売春婦の六十パーセント弱がエイズと聞いてびっくりしたら、「隣のルワンダは九十パーセントに近い」と聞かされ、あわててクラブを逃げ出した話を聞いていた。

ケープタウンのスラム街でも、貧しければ娘たちは当然、体も売るだろうし、エイズ患者数も高率であろうが、会えた人の口から語られることはなかった。

スラムでは、七歳まで医療は無料ということだが、急増するエイズ患者は、どう扱われているのだろう。また、スラムでは六十歳になると一ヶ月五百五十ランドのお金が政府から出るが、適用老人の狭い家には、子や孫の世帯まで寄りついて、寄食している現状だった。

私は露店市場で、豆の小袋を二十三ランドで買わせられて、首をかしげた。あらためて十二キロのスラム区を歩いて、野菜やとうもろこしを植えている家は一軒しか見なかった。その家の付近で、垣から這いだしている南瓜《カボチャ》の蔓も見ている。

難民の援助資金は、国際機関の多様な動きがあるからこそ、都市への流民も続くのであろう。

私はケープタウンの土地も、表土の薄いことは見ていた。が、それでも南瓜の蔓も這うならば、二百万の共同トイレの糞尿を肥料にする工場をつくり、それに十二キロのスラム区にふさわしい耕土を与え、土を肥やせば、手あまりの人々で食べるものが生みだせそうな気がした。援助による災害もある。相手が基本的な自立となる援助でないかぎり、ドラ息子を作るようなことはしない方がいいと思う。

二百万のスラム区での産業で、私が見たのは民芸品の染や彫り物を造る建物であった。立ち寄った保育園の中では、親たちの織機が動いていた。この日、この保育園には、大阪の人々から手作りのカバンや、楽器などの援助物資が届けられた。ケープタウンに、からゆきが寄り着いた頃と、街は事情が様変わりしている。

一日半の日程では、この街にあるマレーの奴隷が住んだロング・ストリートに行けなかった。かつては奴隷輸出の帰り路に、また奴隷を連れて来たのだろうかなどと考えさせられもした。

スラム区には、いろんな問題があろう。しかし、ユーカリ樹の下で、TPPの青年たちが、地域を巡回し、犯罪をなくす活動や地域の悪化の対処に、組織を立ち上げたことを、熱い心で語りあってくれた。

まる一日、熱風の中を、泳ぐようにしてスラム区を歩いた。この街で働いたからゆきは、帰国の旅費を、はたして貯めて帰国できたのだろうか。それとも病いで、街区のどこかで鬼籍に入られたのだろうか。

寄るべない浮島のようなからゆきにとって、差別にあっていた黒人は、身近な親わしい人々であったに違いない。

二十世紀はからゆきにとって、絶望と悲哀の旅路だったことを心して、街に別れを告げた。

第九章——石の花に見た娼婦たち〈中南米、南米篇〉

ラ・ハポネッサ〈南米篇〉

チリから私と同県（宮城）の大宮可善衛門が、アンデス越えをした明治四十三年（一九一〇）、山麓のコロラド河を、独りで筏下りをした日本娘がいた。

中流のカルロス家が、一夜の宿と食事を提供し、勇敢な娘を「ラ・ハポネッサ」と、土地や橋の名に付した。

大宮は後に「日亜時報」の発刊もした。彼ならず他のアルゼンチンの邦人紙も、後々まで筏の娘の運命を、溺死か、または河口のパイマランカに着いたところで、末はからゆきかと案じた。

大宮は、ベルギーの会社がレールの上を馬車車両を走らせる路線作りに雇われての来亜で、仲間に石川県人の大野千代三もいた。彼は大宮よりも鉄道の仕事を八年も続け、十数年前に娘さんが父の足跡を訪ねて来亜したと、移民者が話してくれた。

アルゼンチンには、「エスタシオ・トウキョウ」など、大宮や大野の敷設した馬車鉄道の駅名が残っている。「ラ・ハポネッサ」も、現在地名に遺《のこ》ったことから、後続移民にいまだに語りつがれていた。「ラ・ハポネッサ」は日本娘の意である。

「ラ・ハポネッサ」が、一人でコロラド上流のアンデス山麓から筏下りをなすには、どんな事情があったのかと、当時の移民者の姿をたぐってみた。

「移民の生活の歴史」によると――、

「第一回移民笠戸丸のサントス入港は、明治四十一年（一九〇八）、これより一足早く、鹿児島出身の青年二人が、誘拐されたようにして、リオデジャネイロから船を乗りかえさせられ、アルゼンチンのブエノスアイレスに運ばれ、さらにラプラタ河をさかのぼり、パラグアイのアスシオンを経由、ボリビアの国境に近いパラグアイ河畔のボルト・エスペランサ（希望の港）に上陸、鉄道工事についた」

これがマット・グロッソの日系移民一号といわれている。

次の第一回ブラジル移民は、皇国植民合資会社の手にかかった契約移民七百八十一名であった。その中には、自費渡航十名も入っていた。総体の内訳は三百二十四名が沖縄、百七十二名の鹿児島、七十八名の熊本、福岡七十七、広島四十二、山口三十、愛媛三十一、高知十四、宮城、新潟十、東京三名である。

通訳の加藤順之助は、移民の家族構成について、こう記している。

――各県通じて農民は七分の一にすぎず、他は巡査、監守、村長、学生上がり、商売に失敗した小商人、網《あみ》なき漁夫、石炭の臭気失せざる炭鉱夫、鉄道工夫、教員、下級官吏、三百代言、株の零落者、田舎俳優のなれの果て、博徒、船員、酌婦上がりの女、田舎芸者、宿場女郎が世話女房に化けている者もいた。

この家族はみせかけとあって、娼売上がりの女は妻として多夫にまみえたりの風潮を、現地の白人や混血のカボクロ・インディオから疑われ、侮蔑を招いた。移民者の内実にも、もちろん家族としての和合も見られず、衝突も起こり、若者は逃亡してサンパウロやサントス港へと向かったという。

また、日系一号の二人の来亜より、じつは半年も先に、マゼラン海峡を経た英国船での渡伯者があった。

一行はアルゼンチンの鉄道敷設に招かれた鉄道建設会社の貨物船で、サントス寄港後、リオデジャネイロから船でブエノスアイレスに運ばれ、ラプラタ河をさかのぼり、二十六日目にマット・グロッソ州のボルト・エスペランサに寄りついた。

鉄道工夫の高賃金のニュースに、ブラジルやペルー、チリからも、アルゼンチンへと移民脱耕者が集まった。

ところが、マラリアその他の熱病での死亡者が多く出、火葬の煙が絶えなかったという。なかには、工夫同志の撃ち合いで死ぬ者もあった。「コルト44」の凶弾で即死した、日本の班長もあったという。

ブラジルと比べようがないほど、鉄道敷設が多かったアルゼンチンでは、長期にわたって工事が続いた。

鉄道は、コロラド河口から上流のネウケンより、もっとアンデス寄りの町まで敷設されることになった。その地方のローカル紙では、

「鉄道技師一行がコロラド河上流に住みついた。技師夫婦とほかに女中二人、三人の子守りに東洋人の娘一人の家族構成」だったとある。

仮に娘が単身での渡航者でなければ、撃ち殺された班長の娘とか、熱病で父や兄の工夫を失った者か、また鉄道建設会社の貨物船で迎えられた鉄道技師一家が、上海の租界地に住んだ頃から抱え込んだ日本娘の阿媽《あま》にも思える。

ローカル紙は、「辺鄙《へんぴ》な地に耐えられなかったかして」と載せているが、鉄道景気に吸い寄せられる者の中には、やくざ、博徒、カムイン屋などのあいまい宿もあり、切羽つまったことから逃れようとしての、筏下りに違いなかった。

賃金では身のよい鉄道人夫のほかは、移民者の大半は、契約農民という早朝五時頃からの奴隷労働であった。

アルゼンチンは、文化十三年（一八一六）、黒人奴隷をブラジルに売った。

サンパウロ人文科学研究所は、「米国の南北戦争（一八六〇～一八六五）後に、敗け組の白人がアマゾンサンタレムに入植し、黒人奴隷を酷使したが、ブラジルも明治十八年（一八八五）に奴隷解放に踏み切り、黒人をリオの丘などの不毛地に追いあげた」と。現在、ブラジル貧困のストリートチルドレンの問題の根に、この黒人問題が関わっていないだろうか。

日本人の契約移民が迎えられたのも、南米の労働状況の変化があってのことだった。

明治三十二年（一八九九）に始まったペルー移民は、大正十二年（一九二三）までに八十二船、一万七千人余の移民が迎えられている。ところが、酷な契約移民の脱耕者は、アンデス越えをし、鉄道敷設に参じた者が多かったと聞く。

ブエノスアイレスで、郊外の移民について取材のおりに聞いたのだが、――十回もの耕地を繰り返し、クリーニング屋で落ち着いた。首都の邦人職業といえば、そのクリーニング屋が九十パーセントもいる。機械はオフマン社製のK20が効率良く、ソルベンテの洗剤を使うと教えてくれた。

「ブラジルのたとえで、転がる石に苔は生えないと言います。十回もの転耕では、転がりの傷だらけですよ。それを洗濯で、人様の垢で傷を埋めました」

偽りのないクリーニング屋の言葉だった。また、もう一人の業者は、

「始めパラグアイの原始林に放り込まれ、次の転耕地は毒蛇や毒グモ、毒サソリも出れば、夜は豹も吼えてね。インディオでさえ逃げて住まわん開拓地で、数年目にはホイト（乞食）なみの暮らしでした。貧乏だから固い肉の豹も山猫も、ワニもトカゲも、蛇だって喰いました。それで首都へ落ちのび、幸い二人の娘たちが女中奉公に出て、助けてくれましたよ」と、打ち明け話をしてくれた。

私と同県の仙台出身の庄子作次郎さんは、父が昭和五年（一九三〇）、恐慌の年に、家族で渡伯し、サンパウロ州ペローバのコーヒー農場の契約労務者となったが、朝五時半からの労働に体を痛め、金を支払って義務契約を解消し、姉二人が女中奉公に出たという。

作次郎さんは、白人洋服師の徒弟となり、北パラナ州のコーヒー栽培で富をなした移民者の服を仕立て、父親は景気のよい綿作を奥地で始めたものの、うまくゆかず、農業を断念せざるを得なかったという。

作次郎さんは一人娘が医科大に合格したが、その頃、ガソリンスタンドを十二年、四十人もの使用人を得て経営した方だった。

二人の姉が女中奉公と聞いたとき、恐慌の日本だったら最愛の子を売る惨状もあったのに、まだ女中奉公で良かったと、私は思った。

二度目にあたる今回の世界一周では、ブラジルでもアルゼンチンでも、ひたすら移民者を訪ねた。通商局に寄せられた南米七ヶ所の領事、大使館に集計されたからゆきを確かめたかったのだ。

ブラジルでは十一ヶ所もの海外移住団があると聞いたが、従事者の移民からは、移民者の流浪や

構成家族の死没などで、からゆきに堕ちざるを得なかったことなどは、口を噤《つぐ》んで語ってくれなかった。

だが、数多い移民者の転耕と貧苦の中から、からゆき渡世はあり得たといえる。なによりもこの章で笠戸丸第一回ブラジル入植者のことを、通訳の見た目から記したように、俄《にわか》作りか、もしくは娼売を意図したものか、寄り合い家族の構築の中に、すでに女衒、楼主、遣手婆、やくざの姿が見えているからである。

「ラ・ハポネッサ」の娘も、大宮の「日亜時報」ならず、リオ・ネグロ州の邦人ローカル紙などが、その行く末を案じたのも無理のないことだと感じた。

エルサルバドルの更生施設〈中南米篇〉

パナマ運河をすぎた三日目に、寄港先のアカフトラから、バスで首都のサンサルバドルの娼婦の集会所兼更生施設「石の花」を目指した。この国はわずか十四家族が国の富と権力をにぎっており、沿道の家々もまるで鶏舎とまがう家が多く、慢性の飢えさえ感じとられた。

「石の花」で女性たちは、首飾りづくりなど自立をめざした手工業を身につけ、勉強もする。サルバ通りの尿のにおいのする道端にある「石の花」は、外壁に娼婦のペンキ画が見られた。娼婦たちが、昼食に招待してくれたのである。日本のNGOなどの援助へのお礼といえた。

館《やかた》の白い卓子《テーブル》には、羊の厚肉、味つけライス、パン、飲物が並べられた。会食のなかで美人で中背の娼婦クリスティーナが、「石の花」のうちわけを語りだした。彼女は自分も他の娼婦も、「性産業従事者」と表現をした。

クリスティーナは、性産業従事者がきちんと社会的に暮らすことについて、教育、性病・心の傷を治したいという。売春街サルバ通りは四百人の娼婦中、「石の花」の会員は百五十人。会員はグループで場所借りをし、五ドルを得たら二ドルを「石の花」に納める。

文盲二十八パーセントのうち、勉強したい者は八割強もおり、また六十一パーセントは向上したいという。十四パーセントは娼売を腰かけと思い、八十二パーセントはこれしか生きるすべがないとし、二十パーセントは娼婦からの脱出を望んでいる。寝る男性の四十パーセントは暴力的なこと、九十パーセントの女たちは家を支えるために働いており、五十八パーセントは娼婦を家族に秘しているという。

娼婦の二十二パーセントはしかも、六歳から十二歳の幼児売春であるということは、さらに驚きであった。私は、彼女たちが、世間に見えなくされ、政府からもかえりみられず、まるで「見えなくされた森にとじこめられた女」だということに気づかせられた。

私は食事に手がのびず、なんてつらいところに来たのだろうと思いながら、心のどこかで、二十世紀の日本の女の苦虐を未解決のままで、日本の国際援助が、海の涯《はて》まで配布をされていることに、先進国ぶる、自国への不信をつのらせていた。

私はたまりかねて、彼女たちに挨拶《あいさつ》をはじめた。

「今では先進国といわれもしている日本ですが、二十世紀初頭の女たちのなかには、からゆきとして海外に売春の渡世までして、家族に仕送りをした歴史を持っています。また、日本の女性は十五年戦争では、軍の娼婦として従軍させられた、哀《かな》しい性囚の歴史も持ちます。かつて踏みしだかれた女性たちの悼《いた》みさえなされていません。支え合える皆さんは、これからも女性の人権のために、権力とも闇ともたたかえることをいのります」

この中南米のエルサルバドルで、私は逆に日本女性のことを強く考えさせられたのである。日本政府は海外向けNGOとして、二〇〇〇年にあわせて二百三十七事業に十二億余の援助をおこなっている。

だが、女性の人権や、女性史の立場から、明治のからゆきを悼む史蹟の保存などについては、非常に消極的だ。死没した四十万余のからゆきや慰安婦の人権の復権も、断ち落としたままである。十五年戦争では覇権の及んだ国々の女性まで、慰安婦としてアジア諸国の侵略のために使ったそれら痛恨の女性たちもまた「見えなくされた森」に封じこめられている。

私は女の人権をはらむ「見えなくされた森」のインストラクターとして、多数の方々の手添えを欲している。


（二〇〇〇年一回目の世界一周で）

エンコメンダとからゆき〈南米篇〉

アルゼンチンのラプラタ河を上り、ブエノスアイレスに着く間、河口の海から真っ赤《か》な泥流を溯《そ》航《こう》した。乗船者は甲板にひしめいて、この異常な河水を眺めやっていた。

私はラプラタ河の上流は、ブラジル中央部やボリビア、パラグアイ両国にあるのだから、上流での大がかりな森林破壊に気づかせられ、胸が痛かった。

そういえば、ブラジルのリオデジャネイロの郊外にいる移民者を訪ねたおり、首都から郊外の段丘のほとんどが、「葦の砂漠」といいたいほど表土を失ったラテライト（赫土）の上は、牛も食わないチガヤで覆われた不毛の丘であったのだ。したがって、訪ねた移民者は、谷地にグァバの果樹などを栽培し、生計をたてていた。

ただならぬ河水の赫水は、南米の熱帯林が消失し、その表土が流失したからなのである。大がかりな収奪的農耕や放牧での焼畑などで、土を守っている要《かなめ》が崩れ、抉られた表土が流失したのだ。アフリカでは、かつての森林地帯で、大気に水気を呼ぶ森が失われた地帯の砂漠化を見た。モンバサの奥地にひろがるケニア野生動物園だって、細木の再生林であり、赫土の薄い表土には、草も生えていない箇所など、すでにガリ浸食の裂け目さえ見えたりしていた。

ブエノスアイレスのロンチャン地区の佐々木農場は、岩手県遠野出の移民者が、稲作も畑作もやっていて、首都に出荷されていた。この辺りはラプラタ河の下流で、運ばれた表土の堆積なのか、ブラジルで見かけたチガヤやラテライトの生える土ではなかった。

三十五町歩を耕作する一家は、七人の男子との法人で経営されていた。次男の嫁さんは、パラグアイの森林帯のへりでの、大豆農家出であった。

「蛇も食べました。皮を剝ぎとった蛇を、兄は調理役の妹の私に、投げてよこすんです。すると、生皮をはがれた蛇でも、腕がしびれて転げるほど強く、蛇は巻きつきます。移民者は良く蛇を食べました」

彼女たち移民村は、インディオの森を浸食した農耕地であった。森を追われたインディオの中には、都へ流れて女中、売春婦になるものが多かったという。

古くは白人の侵入者に追われ、虐殺もされ、逃げる森はブラジルでは、アマゾン地域からラプラタ川の上流であるマット・グロッソ台地が、先住民にとっての最後の砦であった。

ところが、昭和四十五年（一九七〇）より、移民者も入っての大豆生産で、世界二位に南米がのし上がった陰には、インディオが豊かな森を失う悲劇があったのである。

国連推定での先住民は、七ヶ国、三億といわれていたのが、有史以来二十世紀での絶滅が一番多かった。ブラジルでは、かつて白人入植前の十六分の一、百八十部族が、わずか三十万余、八十二部族に減ったとされる。

一九九二年六月のリオデジャネイロにおける「地球サミット」で、南米が米国に次ぐ大豆生産と平行して、インディオの若者の自殺の報告があった。若年では十四歳から、サミット開催年までに二百五十数名の縊死《いし》があったという。

たしかに地味の肥えたインディオの森を、初期の鉄道敷設に関わった沖縄移民などは、「秘密の森」を見出したと、コロニーを作って開拓した。「マッタ・デ・セグレート」は日本語で、「秘密の森」の意だという。

「でも自殺も気狂《ぐるい》も、インディオだけではなかったと思います。旦那に捨てられた妾の子のような普通の移民者は、『秘密の森』にも当たらず、捨ておかれましたから、生きているうちに、死人同様のうつけになったり、狂人も出ました」

同じような意見を、リオデジャネイロの移民者の集いで聞いていた。

「営利の事業団に、みごと騙《だま》されてきた人です。気狂した者は望郷のあまり、飛行機が迎えにきて家の真上を旋回しているとか、幻に仮託していました。家族は病んでいる家族の面倒にかまっていられず、出稼ぎに出ますでしょう。その辺りは『蟬蛇』という短尺の恐ろしい毒蛇がいるところでした。いっぱしの男でも、日本に置いてきた母を想い、つい母の息子を呼ぶ声を、幻で聞く人になっていました。私たち家族だって、農作物の換金がうまくいかなかったり、それに農薬を撒《ま》くたび、全員で寝込むようになって、薬害で青ぶくれの顔をし、耕地を捨ててリオにと脱出してきました」

　私は小声になると、

「労働の担い手の父や兄を失った一家から、からゆき渡世についた人も、いましたでしょうね」と、おずおずしながら念を押したら、

「迷惑がりますから、生々しいことは云えんですがね。でも『エンコメンダ』に娘が買われた話も、『エンコメンダ』を買った話もあったようです」という。私は驚いて聞き耳をたてた。

ペルーの移民者でも、奴隷労働に耐えられず、ボリビアのゴム採液にまわった人がいたという。ゴムはブラジル、ペルー、ボリビアなど、アマゾン流域に密生し、すでに日本の徳川中期には、消しゴムにも使われだしていた。

アメリカが車時代に入ると、日本人移民はゴム液採取にまわった。このゴム熱は、アマゾンを沸かしたが、明治九年（一八七六）、英国がゴムの実をひそかに持ち出し、シンガポールの現在ある植物園などで栽培に成功し、海峡植民地のゴム景気はアマゾンをしのいだ。

アマゾン二期のゴム液採取には、移民者二世なども馳せ参じたという。受け持ちの密林区に、ホイセという鎌を持ってバラバラに住み分け、幹に葉脈状の筋切りをし、受け手にブリキのコップをつけ、暗い夜明けから頭のカンテラを頼りに、受け持ち区のゴム液を、バケツに採取して歩くのだという。

「少しお金を持つと、親方が『エンコメンダ』という娼婦を世話するのです。食わせかねるときは、また親分を仲介に、売り飛ばすのですよ。日本の移民者が『エンコメンダ』を買ったら、貧苦の移

民者の娘だったという話も、伝わっているんです」

これらの人売は、南米型「からゆき」の一例でなくて何だろう。

「また、ボリビアに近いブラジルの、リオブランコ領の山地の町テベケンのあたりは、人を食うインディオがいて、めったに近づけないところですが、ダイヤ景気に沸いたおりも、『エンコメンダ』で送られた移民娘の噂がありました」

船内では、私が記した「ラ・ハポネッサ」の短文で、訪問を受けた。アマゾン河を遡行《そこう》したことのあるA氏である。

「筏の娘を、川魚のパワーやトウナレは食いつかなくとも、ワニや人を呑む水蛇のでかいスクリジューや、それに禿鷹のウルブーだって、筏の娘ぐらい襲いますぜ。ピラニアより恐ろしいカンジュロという泥鰌《どじょう》は、川水でもしゃくって呑もうとしたら、手の掌《ひら》に食いついて、穴をあけちまいますぜ。あの娘は河口の都市まで無事着いたのですかね」と、質《ただ》しにみえた。

「ラ・ハポネッサ」の娘の生死は、いまだに取り沙汰されている。マット・グロッソという大森林だった南米には、葦の荒地化が広がるにつれて、白人、黒人、インディオ、移民者やからゆきの語られざるドラマが、赫い台地に刷《す》りこまれていったのだった。

大正五年(一九一六)、外務省通商局発表の南米芸妓五、からゆき二千三百五十名を、三、四日という短時日の採訪で実体に触れることは、消えた大森林を捜しだすほど難しいことを、こと南米ではイヤというほど思い知らされた旅といえた。

おわりに

二十世紀の圧された同性の足取りを追った私が、衝撃を受けたのは東アフリカでだった。明治五年（一八七二）、黒人奴隷売買禁止地へ、からゆき輸出が盛んに行なわれたことにである。日本の鎖国時代に、列強やアラブなどは、二千万がらみの黒人奴隷を売買したが、リンカーンが奴隷解放した文久三年（一八六三）のアメリカに前後して、南米なども黒人奴隷の解放を行なった。

その事実に比べると、日本の人権意識の立ち遅れを感じながら、まず東アフリカを歩いた。しかし、列強の植民地奪取は、黒人解放後も盛大で、開国した日本がその刺激を受け、女の奴隷法をはずさぬまま、植民地の獲得に突入し、権圧でからめとった随軍慰安婦を、かつてのからゆき送出地のアジアに重ねたといえる。

帰国の太平洋航路上では、からゆき前後の問題について添えてみよう。日本では女人禁制がまだ熊野などにも見られるが、中世から近世まで定着した「つきごや」や、「うぶや」という血の忌《いみ》が、タブーと呼ばれ、白人侵入までのタヒチ島やポリネシア諸島、そしてメラネシアにもあったことである。男の支配権が確立されて生まれた忌の慣《なら》わしが、海続きの日本でも、何世紀かにわたって女性差別にも繋がっていた。

また、航路伝いにはあの戦争期、からゆき後の戦場慰安婦が露と化した島々があった。ガダルカナル沖では一九四二年（昭和十七）四月、海軍設営部隊に従軍させられた慰安婦が、攻勢の米軍に撃ち殺された。

戦時国際法のハーグ陸戦法規にも、ジュネーブ条約の交戦条文にも、認められていない慰安婦だけに、アメリカは日本軍に女兵士ありと報道した。日本から六千キロ離れた地に、軍需荷扱いの性囚が送り出されたのだ。

ラバウルへの侵攻は一九四二年一月二十三日で、南海支隊（歩兵百二十四連隊）が占領し、翌月に慰安所を開所したが、軍票と共に女たちは軍需荷として緒戦《しょせん》に運ばれていた。

船は旧名トラック島の春島（モエン島）に寄港した。私は過去に同島のホテルに泊まり、南隣りの夏島の取材をした。陸軍は金沢五十二師団のせいか、日本人慰安婦には関西女性が多かった。また、カナカ人セーナムの証言は、

「司令部の裏手にあるパァダ村で、大空襲の時、たくさんの女みんな、みんな見えなくなった。どうなったか解らない。朝鮮人だから……」と、私を哀しませた。

某海軍中佐は、「激化したソロモン戦のため、慰安婦、特用員三百三十名が島内に氾濫……」と語ったが、同島のSは、「多い時で八百名」と証《あか》した。

サイパンは、爆撃を受けた一九四四年六月一日、三百八十名の慰安婦が七十名のみ生き残った。ジャングルでの首吊り、マッピ岬での投身など、ライフ紙が報じた。

隣島テニアンも、百名中九十名が空爆死を遂げ、十名の生き残りの一人である水野イクは、戦後山谷で生を終えた。

小笠原の父島も採訪したおり、一九三九年（昭和十四）より、神楽坂芸者二十名が慰安婦として

在島し、また新島には吉原お女郎が、敗戦前の一月に三十名もが、軍命で向けられていた。（拙著「慰安婦たちの太平洋戦争」）

吉原の「憲兵詰所」は、兵士のほかに臨戦産業戦士の性欲管理をなした。ナチズムが外人労囚一千万の軍労務者に、女の基幹収容所であるラーヴィンスクリックに、プールしたユダヤやジプシーなど狩り集めていた女を配付したが、連帯した日本も属国女性をも拉致し、各戦域に配布したといえる。

昨秋から日本は、二十四年前来、北朝鮮に拉致《らち》された人々の人権を重んじ、終日マスコミやテレビでの発表をなした。拉致された御家族や本人への同情は禁じ得ないが、半世紀前まで何十万という属国における加虐拉致者に対する悼みと反省なしに、今回のように自国の国益での申しがかりだけでは、片手落ちを感じるのは私だけではないと意《おも》う。

私の許に外務省からお偉いさんが向けられたのは、一九九六年であり、そのとき、「強制は無かった」ことを主張され、私は「強制以上の強奪も、拉致もあった」と、具体例で応酬し、二時間の対峙をした。制度側の腹を読めた気がした私は、高野山に飛び込み、痛恨のアジアの軍娼の霊位に永代供養を許され、女人堂にて式典での祀りこみを頂いた。

中国などは戦後五年目には、〝淫獄の女たち〟を六十八ヶ所の教等所で心身の治療をし、かつ生活技術をつけて解放していただけに、日本の臭い物に蓋だけの政府側には、私なりの憤りがあった。

人は過去をもって足許を照らさねば、現在も、未来も見えはしない。性因を生みだした側がくれる黙《もだ》しという抑圧には、嘘と傲慢がひそめてあり、国力に優しみの力を増やせはしないだろうと意《おも》う。

国策売春の著書を戦中、戦後と世におくった私が、因縁の地下茎をと、終章にと旅もし、まとめたのが本書である。

私を久しく育ててくれた浅草かづさやさん、カッパ先生、野中さん、ロノ津白石氏、その他多数の友人、故郷の方々、長男や夫、またこの三月八日（国際婦人デー）に痛魂の二十世紀死没女性の碑を、土肥の栄源寺に建碑下さったあけぼの会の皆さん、供養を下さる高野山、島原大師堂、土肥の栄源寺さん、東松山の妙安寺さん、そして版元に紙上を借りてお礼申し上げます。

合掌

【参考資料】

「南洋及日本人社」一五〇号
「天草海外発展史」北野典夫
「天草の郷愁」北野典夫
「からゆきさんと経済進出」米窪満亮
「九州文学・ピナンの仏陀」宮崎康平
「在南三十五年」西山竹四郎
「邦人海外発展史」入江寅次
「新天草学」熊本新報
「島原のからゆき」池田強卒論原稿
「日本の南洋史観」矢野暢
「通商彙纂」三二号
「大下三郎記録集」
「村岡伊兵次自叙伝稿本」
「近世日本の人身売買の系譜」牧英正
「南洋諸島巡遊記」佐野実
「日本漁業経済史」羽原又吉
「南洋の五十年」
「明治の東京」
「真珠採貝出稼ぎ移民」久原修司
「週刊みくに」一九七七年五月十日号
「女学雑誌」四七二号・一八九九年
「東亜旅行談」戸水寛人
「満鉄調査部」草柳大蔵・朝日一九七九年
「北のからゆきさん」倉橋正直
「慰安婦たちの太平洋戦争」上巻・中巻目・山田盟子
「波よ語っておくれ――北米からゆき物語」山田盟子
「九州日日新聞」一九三二年二月六日
「東京新聞」一八九二年三月二日
「敵国横断記」潮野鉀之助
「八面観大連の二十年」竹内堤道
「外交資料」一九一三年三月十九日
「外務省通商局資料」
「日本とアジアの人々」後藤均平
「チベット探検」スウェン・ヘディン
「民族の研究」和田正平
「自然直営道」安藤昌益
「紅灯火の彼女の生活」伊藤秀吉
「板垣退助全集・上」

「女工墓」
「光明に芽ぐむ日」森光子
「昭和遊女考抄」竹内美恵子
「亜弗利加土産」大山卯三郎
「西野熊太郎記録」
「言証師メモ」
「予が半生の懺悔」二葉亭四迷
「長崎新聞」二〇〇二年五月二十七日
「熊本日日新聞」一九五五年七月十四日
「赤旗日曜版」二〇〇一年七月二十九日
「読売新聞」一九八六年八月二十九日
「実業之日本」第十四号
「移民の生活の歴史」加藤順之助

女郎花《おみなえし》は詩《うた》えたか

2003年3月12日　第1刷発行

著　者　山　田　盟　子
発行人　浜　　　正　史
発行所　株式会社　元就《げんしゅう》出版社
〒171-0022 東京都豊島区南池袋4-20-9
サンロードビル2F-B
電話　03-3986-7736　FAX 03-3987-2580
振替　00120-3-31078
装　幀　純　谷　祥　一
印刷所　東洋経済印刷株式会社

ISBN4-906631-91-6　C0036